SERIE PECADOS

Rey de la
CODICIA

SERIE PECADOS

Rey de la
CODICIA

ANA HUANG

Obra editada en colaboración con Editorial Planeta – España

Título original: *King of Greed*

© del texto: Ana Huang, 2023
© de la traducción: Mariona Gastó, 2025

© 2025, Editorial Planeta, S. A. – Barcelona, España

Derechos reservados

© 2025, Editorial Planeta Mexicana, S.A. de C.V.
Bajo el sello editorial CROSSBOOKS M.R.
Avenida Presidente Masarik núm. 111,
Piso 2, Polanco V Sección, Miguel Hidalgo
C.P. 11560, Ciudad de México
www.planetadelibros.com.mx

Primera edición impresa en España: marzo de 2025
ISBN: 978-84-08-29951-6

Primera edición impresa en México: junio de 2025
ISBN: 978-607-39-2850-2

No se permite la reproducción total o parcial de este libro ni su incorporación a un sistema informático, ni su transmisión en cualquier forma o por cualquier medio, sea este electrónico, mecánico, por fotocopia, por grabación u otros métodos, sin el permiso previo y por escrito de los titulares del *copyright*.

Queda expresamente prohibida la utilización o reproducción de este libro o de cualquiera de sus partes con el propósito de entrenar o alimentar sistemas o tecnologías de Inteligencia Artificial (IA).

La infracción de los derechos mencionados puede ser constitutiva de delito contra la propiedad intelectual (Arts. 229 y siguientes de la Ley Federal del Derecho de Autor y Arts. 424 y siguientes del Código Penal Federal).

Si necesita fotocopiar o escanear algún fragmento de esta obra diríjase al CeMPro (Centro Mexicano de Protección y Fomento de los Derechos de Autor, http://www.cempro.org.mx).

Impreso en los talleres de Litográfica Ingramex, S.A. de C.V.
Centeno núm. 162-1, colonia Granjas Esmeralda, Ciudad de México
Impreso en México – *Printed in Mexico*

Por saber lo que vales y no conformarte nunca con menos de lo que mereces

Playlist

Million Dollar Man – Lana Del Rey
Cold – Maroon 5 *feat.* Future
Same Old Love – Selena Gomez
Love Me Harder – Ariana Grande & The Weekend
Unappreciated – Cherish
Just Give Me a Reason – Pink *feat.* Nate Ruess
Dancing with a Stranger – Sam Smith & Normani
Without You – Mariah Carey
Love Don't Cost a Thing – Jennifer Lopez
We Belong Together – Mariah Carey
Revival – Selena Gomez
Two Minds – Nero
Lose You to Love Me – Selena Gomez
Amor I Love You – Marisa Monte

1
Alessandra

Hubo una época en la que adoraba a mi marido.

Por su belleza, su ambición y su inteligencia. Por las flores silvestres que tomaba de camino a casa para regalarme cuando volvía del turno de noche, o por la cariñosa forma en la que me besaba el hombro cuando me encaprichaba y me negaba a prestarle atención al despertador.

Pero de esa época hacía ya muchísimo tiempo. Ahora, en cambio, lo estaba viendo atravesar la puerta por primera vez en varias semanas y lo único que sentía era un profundo y frío dolor en lugares donde antes había reinado el amor.

—Llegas pronto —señalé a pesar de que fuera casi medianoche—. ¿Qué tal el trabajo?

—Bien. —Dominic se quitó el abrigo con una sacudida de hombros y dejó al descubierto su impoluto traje de color gris y su camisa de un blanco impecable. Todo hecho a medida y de un valor de más de cuatro cifras. Lo mejor y solo lo mejor para Dominic Davenport, conocido como el rey de Wall Street—. Sin más.

Me besó superficialmente en los labios. Ese familiar aroma a cítricos y a sándalo hizo que se me encogiera un poco el corazón. Llevaba utilizando la misma loción desde que se la regalé hacía una década cuando viajamos por primera vez a Brasil. Aquella fidelidad solía parecerme romántica, pero el nuevo recelo que habitaba en mí me susurraba que solo lo hacía porque no tenía ganas de molestarse en probar otro perfume.

A Dominic, todo aquello que no le aportara dinero le daba igual.

Paseó la vista por las copas de cristal manchadas de labial y por las sobras de comida china para llevar que había en la mesa. Como la empleada doméstica estaba de vacaciones, cuando Dominic llegó a casa yo estaba a medio recoger.

—¿Invitaste a alguien? —preguntó con lo que parecía un discreto interés.

—Solo a las chicas. —Mis amigas y yo habíamos celebrado el hito financiero al que había llegado mi pequeña empresa de flor prensada ahora que ya casi hacía dos años que había abierto el negocio, pero ni siquiera compartí dicho logro con mi marido—. La idea era ir a cenar fuera, pero al final decidimos quedarnos aquí.

—Qué bien. —Dominic ya estaba con la vista puesta en el celular. Se ceñía a una estricta política de «nada de correos electrónicos», así que supuse que estaría revisando cómo iban los mercados bursátiles asiáticos.

Se me formó un nudo en la garganta.

Seguía siendo igual de apabullantemente atractivo que la primera vez que lo vi en la biblioteca de la universidad. Cabello rubio oscuro, ojos de color azul también oscuro y una cara bien esculpida y que casi siempre dejaba entrever una expresión pensativa. Dominic no era de sonrisa fácil y eso me gustaba. No era falso; si sonreía, lo hacía de verdad.

¿Cuándo fue la última vez que nos sonreímos el uno al otro como solíamos hacer antes?

¿Cuándo fue la última vez que me tocó? Y no hablo de sexo, sino de un simple acto de cariño.

Aquel nudo se hizo aún más grande y le cortó el paso al oxígeno. Tragué saliva para deshacerme de dicha sensación y me obligué a sonreír.

—Hablando de salir, no te olvides de la escapada de este fin de semana. Tenemos una reservación para cenar en Washington el viernes por la noche.

—Lo sé. —Tecleó algo en la pantalla.

—Dom —lo llamé seria—, es importante.

Con el tiempo, había soportado que no acudiera a decenas de citas, que cancelara viajes y que rompiera promesas, pero íbamos a cumplir diez años de casados y esto no se repetía dos veces. No podía olvidarlo.

Por fin levantó la vista.

—No lo olvidaré. Te lo prometo. —Le resplandeció algo en la mirada—. Diez años ya. Increíble.

—Sí. —Se me podrían haber roto las mejillas de tanto forzar aquella sonrisa—. La verdad es que sí. —Tras dudar un momento, añadí—: ¿Tienes hambre? Puedo calentarte algo y de paso me cuentas qué tal estuvo el día.

Dominic tenía la mala costumbre de olvidarse de comer mientras trabajaba. Conociéndolo, seguramente no habría ingerido nada, aparte de café, desde el desayuno. Cuando aún estaba empezando, pasaba por su oficina para asegurarme de que comiera, pero dichas visitas cayeron en saco roto en el momento en que Capital Davenport alzó el vuelo y Dominic empezó a estar demasiado ocupado.

—No; tengo que ocuparme de algo de un cliente. Ya comeré algo luego. —Volvía a estar centrado en el celular y frunciendo sumamente el ceño.

—Pero...

«Pensaba que ya habías acabado de trabajar por hoy. ¿No llegaste antes por eso?».

Me mordí la lengua. No tenía ningún sentido que le preguntara algo cuya respuesta ya sabía.

Dominic nunca acababa de trabajar. Su trabajo era la amante más exigente del mundo.

—No me esperes despierta. Estaré en la oficina hasta tarde. —Me rozó la mejilla con los labios al pasar—. Buenas noches.

Cuando respondí, él ya se había ido.

—Buenas noches.

El eco de mis palabras retumbó por nuestra gigante y vacía sala. Era la primera noche en semanas que seguía despierta cuando Dominic llegaba a casa y nuestra conversación se había terminado antes de empezar siquiera.

Pestañeé para deshacerme de unas bochornosas lágrimas que hacían que me ardieran los ojos. ¿Qué más daba que mi marido fuera como un total desconocido? A veces, ni siquiera me reconocía a mí misma al mirarme en el espejo.

Además, me había casado con uno de los hombres más ricos de Wall Street, vivía en una casa preciosa que mucha gente mataría por tener y dirigía un pequeño aunque exitoso negocio que me permitía dedicarme a aquello que tanto me gustaba. No tenía ninguna razón para llorar.

«Serénate».

Inhalé profundamente, enderecé mis hombros y tomé los recipientes vacíos de comida para llevar que había en la mesita. Cuando terminé de limpiar, la presión detrás de los ojos había desaparecido y era como si no la hubiera notado nunca.

2
Dominic

Según el dicho, las desgracias vienen de tres en tres. Y, tras el desastre de día que había tenido, quizá me lo habría creído de no ser por mi aversión hacia las supersticiones.

Primero, un absurdo fallo tecnológico nos formateó el correo electrónico y los sistemas de calendarios por la mañana y volvimos a tenerlo todo en orden hasta al cabo de varias horas. Después, uno de mis mejores inversionistas renunció porque «está agotado» y «encontró su verdadera vocación» como maldito profesor de yoga. Y luego, una hora antes de que cerraran los mercados estadounidenses, se filtraron las noticias de que la Comisión de Bolsa y Valores estaba investigando un banco donde teníamos una gran participación. Las acciones estaban cayendo en picada y eso significaba que mis planes de irme antes se vieron frustrados de inmediato. Como director ejecutivo de uno de los grupos financieros más importantes del momento, no podía permitirme el lujo de delegar la gestión de crisis a otros.

—Cuéntame.

Tardé treinta segundos en ir de la oficina hasta donde íbamos a celebrar una reunión de emergencia con la plantilla, que se encontraba tres salas más allá. Estaba tan tenso que me dolían los músculos; era una milagro que no me hubiera dado un calambre. Había perdido millones de minutos y no tenía tiempo para que se fuera por las ramas.

—Se rumora por ahí que la Comisión está tomándose este caso con mucha severidad. —Caroline, mi jefa de personal, comenzó a caminar y me alcanzó rápidamente—. El nuevo director quiere dar una ostentosa primera impresión. ¿Y qué mejor que hacerlo enfrentándose a uno de los bancos más grandes del país?

Es el colmo. Los novatos siempre entraban en su primer año de mandato pisando fuerte, cual elefante en una cristalería. Me llevaba bien con el antiguo director, pero el de ahora me irritaba, y eso que solo llevaba ahí tres meses.

Miré la hora en el reloj de muñeca mientras abría con ímpetu la puerta de la sala de conferencias. Las tres y cuarto. A las seis tenía que tomar el avión con Alessandra para ir a Washington. Si conseguía que la reunión durara poco e iba directo al aeropuerto en lugar de pasar a casa como había planeado, aún podría llegar.

Maldita sea. De entre todos los días, ¿por qué había tenido que arruinarlo todo el nuevo director en mi aniversario de boda?

Me senté en la cabecera de la mesa y tomé el encendedor. A estas alturas, ya lo hacía por inercia; ni siquiera lo pensaba.

—Quiero cifras.

Los pensamientos sobre el viaje a Washington y los vuelos que tenía que tomar fueron desvaneciéndose mientras yo iba encendiendo y apagando el encendedor y mi equipo iba comentando los pros y los contras de dejar de invertir en el banco o intentar resistir el temporal. Cuando se trataba de emergencias, las preocupaciones personales quedaban atrás y el reconfortante y sólido peso de aquel objeto de plata hacía que pudiera concentrarme en la tarea en cuestión en lugar de dejar que unos susurros traicioneros me invadieran la mente.

Eran omnipresentes y me hacían dudar constantemente con pensamientos como que bastaría con que tomara una mala decisión más para perderlo todo. O como que siempre había sido y seguiría siendo la persona de quien todos se reían, el huérfano a quien su propia madre biológica abandonó y el que repitió sexto dos veces.

«El alumno problemático», se quejaban mis profesores.

«El idiota», se burlaban mis compañeros.

«El holgazán», suspiraba mi orientador.

En tiempos de crisis, aquellas voces eran aún más fuertes. Reinaba en un imperio de miles de millones de dólares, pero cada día caminaba por aquellos pasillos con el miedo de que todo fuera a estallar acechándome de cerca.

Encendido. Apagado. Encendido. Apagado. Fui encendiendo y apagando el encendedor cada vez más deprisa, al mismo ritmo al que me latía el corazón.

—Señor. —La voz de Caroline se metió en mis pensamientos—. ¿Qué opina?

Pestañeé para deshacerme de aquellos recuerdos indeseados que se iban asomando en la cabeza desde ciertos rincones de mi conciencia. Volví a centrar la vista en la sala y vi las expresiones nerviosas y expectantes del equipo.

En el último minuto, alguien acababa de presentar algo con diapositivas incluidas, aunque yo había repetido en numerosas ocasiones que detestaba ese tipo de soporte visual. A la derecha había una reconfortante mezcla de gráficas y cifras, mientras que la parte izquierda estaba repleta de *bullet points* más bien largos.

Las frases me fueron pasando por delante de los ojos. No podían estar bien; seguro que mi cerebro había añadido algunas palabras y había quitado otras. Me fui enojando; el corazón me latía con tanta rabia que era como si estuviera intentando atravesarme el pecho y derribar las palabras que aparecían proyectadas en la pantalla de un solo golpe.

—¿Qué les dije del formato de las presentaciones? —El ruido, cada vez más fuerte, no me dejaba ni oírme a mí mismo. Si no estallé de repente fue solo por la fuerza con la que estaba agarrando el encendedor—. Nada-de-*bullet-points*.

Escupí aquellas palabras de mala manera y la sala se sumió en un silencio letal.

—L-lo siento, señor. —El analista que estaba exponiendo su presentación palideció tanto que le quedó la cara traslúcida—. Mi ayudan...

—Me importa un bledo tu ayudante. —Estaba siendo un cabrón, pero ahora no tenía tiempo para sentirme mal por eso. Y menos cuando tenía el estómago totalmente revuelto y la migraña ya estaba empezando a acomodársme en la sien.

Encendido. Apagado. Encendido. Apagado.

Volteé la cabeza y me centré en los gráficos. Cambiar el objeto de mi atención, junto con los ruiditos del encendedor, me tranquilizó lo suficiente para poder seguir pensando con claridad.

La Comisión de Bolsa y Valores. Las acciones que caían. El qué hacer con la participación que teníamos ahí.

No podía quitarme de encima la sensación de que, algún día, la cagaría tantísimo que perdería todo lo que tenía. Pero ese día no iba a ser hoy.

Sabía qué tenía que hacer. Y mientras iba exponiendo una estrategia para seguir como estábamos con el banco, dejé de escuchar todas aquellas voces de mi cabeza, incluida la que me decía que me estaba olvidando de algo verdaderamente importante.

3
Alessandra

No iba a venir.

Me encontraba sentada en la sala, helada, mientras veía cómo avanzaban las manecillas del reloj. Ya eran más de las ocho. Se suponía que deberíamos haber despegado camino a Washington hacía dos horas, pero no había visto a Dominic ni oído nada de él desde que se había ido a trabajar por la mañana. Si lo llamaba, me contestaba el buzón, y me negaba a llamar a la oficina como si no fuera más que una conocida cualquiera que se desvive por un minuto de la atención de Dominic Davenport.

Pero yo era su mujer, maldita sea. No debería ir detrás de él ni estar imaginándome dónde estaría. Aunque tampoco es que fuera demasiado difícil saber qué estaba haciendo ahora mismo.

Trabajar. Como siempre. Incluido el día en que cumplíamos diez años de casados. A pesar de que le hubiera recordado lo muy importante que era esta escapada.

Por fin tenía una buena razón para llorar, pero ni siquiera se me humedecieron los ojos. Me sentía... sin más. Una parte de mí sabía que se olvidaría o que me pediría que pospusiéramos el viaje. ¿No era eso tristísimo?

—¡Señora Davenport! —Camila, nuestra empleada doméstica, entró en la sala con un montón de sábanas recién lavadas en los brazos. Había vuelto la noche anterior de sus vacaciones y se había pasado el día ordenando el *penthouse*—. Pensaba que ya se había ido.

—No. —La voz me sonó extraña y vacía—. Creo que, al final, este fin de semana no me iré a ninguna parte.

—¿Por q...? —Reparó en el equipaje que había al lado del sofá y en lo blancos que tenía los nudillos de las manos mientras me apretaba las rodillas, y se le fue apagando la voz. Se le relajó la expresión de aquella redonda cara matriarcal y mostró una mezcla de tristeza y simpatía—. Ah. Pues, entonces, le prepararé la cena. Moqueca, su plato favorito, ¿le parece?

Por irónico que parezca, aquel cocido de pescado era el plato que me cocinaba la empleada doméstica que teníamos en casa cuando yo era pequeña y me sentía destrozada por algún chico. Ahora mismo no tenía hambre, pero tampoco tenía fuerzas para llevarle la contraria.

—Gracias, Camila.

Se fue a la cocina e intenté aclararme entre el caos que me atormentaba mentalmente.

«¿Cancelo las reservaciones o me espero? ¿Se le hizo muy tarde o es que no piensa venir de viaje siquiera? Y, llegados a este punto y aunque él sí quiera ir, ¿quiero yo?».

La idea era que Dominic y yo fuéramos a pasar el fin de semana a Washington, donde nos conocimos y donde nos casamos. Lo tenía todo planeado: cenaríamos en el mismo restaurante al que habíamos ido en nuestra primera cita, había reservado una *suite* en un acogedor hotel *boutique* y tendríamos prohibido mirar el teléfono o hablar de trabajo. Se suponía que sería un viaje para nosotros dos solos y, como nuestra relación iba cada día peor, tenía la esperanza de que eso fuera a juntarnos de nuevo. Que lograra que volviéramos a enamorarnos como lo habíamos hecho hacía tantos años.

Sin embargo, ahí me di cuenta de que eso era imposible porque ni Dominic ni yo éramos ya las mismas personas de ese aquel entonces. Él no era el chico que se cortó cientos de veces haciéndome mis flores favoritas con papiroflexia por mi cumpleaños y yo tampoco era la chica que iba danzando por la vida con los ojos llenos de sueños e ilusiones.

—*Aún no tengo dinero para comprarte todas las flores que te mereces* —dijo en un tono tan solemne y formal que no pude sino sonreír ante el contraste que ofrecía su voz y el bote lleno de coloridas flores de papel que traía en las manos—. *Así que, en lugar de eso, te las he hecho yo.*

Me quedé sin aliento.

—Dom...

Debería haber cientos de flores. No quería ni pensar en la horas que debía de haber destinado a hacerlas.

—*Felicidades, amor.*[1] —Me dio un dulce y largo beso en los labios—. Algún día, te compraré mil rosas de las de verdad. Te lo prometo.

Había cumplido esa promesa, pero había roto mil más.

Una gota salada por fin me resbaló mejilla abajo y me sacó de aquel gélido estupor.

Me levanté y sentí que la respiración se me iba volviendo más y más superficial a cada paso que daba mientras me dirigía rápidamente al baño más cercano. Camila y el resto del personal estaban demasiado ocupados como para darse cuenta de mi silenciosa crisis, pero es que no podía ni imaginar-

---

1. Las frases en cursiva aparecen en portugués en la obra original, de modo que, cuando la palabra «amor» aparezca en cursiva, no debe interpretarse como la traducción de un término en inglés al español, sino como un apodo cariñoso en portugués. (*N. de la t.*)

me llorando sola en la sala, rodeada por unas maletas que no irían a ninguna parte y envuelta de unas esperanzas que se habían quebrantado tantas veces que ya no podían repararse como si nada.

«Qué estúpida».

¿Qué me había hecho pensar que esta vez sería diferente? Dominic le daría la misma importancia a nuestro aniversario que a salir a cenar un viernes cualquiera por la noche.

El leve dolor que sentía fue adoptando la agudeza de una daga mientras ponía el seguro de la puerta del baño. Mi propio reflejo me devolvió la mirada desde el espejo. Melena castaña, ojos azules y piel bronceada. Tenía el mismo aspecto de siempre, pero apenas me reconocía. Era como si estuviera viendo a una desconocida con mi misma cara.

¿Dónde estaba la niña que se había rebelado ante los sueños de su madre de que fuera modelo y había insistido en ir a la universidad? ¿La que había vivido la vida con una alegría desmedida y un optimismo desenfrenado, y que una vez dejó a un chico porque se había olvidado de su cumpleaños? Aquella chica que nunca se habría quedado sentada esperando a un hombre. Esa chica tenía sueños y objetivos propios, pero, en algún momento, estos habían quedado apartados a un lado, consumidos por la gravedad de la ambición de su marido.

Si lo complacía, si organizaba las cenas adecuadas con la gente correcta, si me llevaba con las personas acertadas, le serviría. Haberlo ayudado a cumplir sus sueños durante años significaba que yo no había vivido; había cumplido un propósito.

Alessandra Ferreira ya no existía; la había reemplazado Alessandra Davenport. Mujer, anfitriona y miembro de la alta sociedad. Una mujer a quien definía, exclusivamente, su matrimonio con el único y distinguido Dominic Davenport.

Con todo lo que había hecho por él durante la última década y a él ni siquiera le importaba lo suficiente como para dignarse a llamarme y decirme que llegaría tarde a nuestro puto décimo aniversario de bodas.

Estallé.

Una lágrima solitaria se convirtió en dos, luego en tres y, al final, en un torrente entero, mientras me dejaba caer al suelo y me ponía a llorar. Cada desengaño, cada decepción, cada pizca de tristeza y resentimiento que había ido encubriendo salieron de mí en un río de dolor aderezado con enojo. Me había ido tragando tantas cosas a lo largo de los años que temía hundirme bajo las olas de mis propias emociones.

Las frías y duras losetas del suelo se me clavaron en los muslos. Me permití, por primera vez en muchísimo tiempo, sentir aquellas emociones. Y, con ellas, vino una claridad cegadora.

No podía aguantar más así.

No podía pasarme el resto de mis días cumpliendo con formalidades y fingiendo ser feliz. Tenía que retomar el control de mi vida, aunque esto significara hacer añicos mi vida actual.

Me sentía vacía y frágil. Era un millón de piezas rotas, pero recogerlas dolía demasiado.

Mis sollozos se fueron haciendo más lentos hasta que remitieron por completo y, antes de que pudiera pensarlo dos veces, me levanté del suelo y salí al pasillo. En aquel *penthouse* termorregulado, hacía una agradable temperatura de casi veintitrés grados durante todo el año; aun así, no pude dejar de temblar mientras tomaba todo lo que necesitaba de la habitación. El resto de mis cosas esenciales ya estaban en las maletas que seguían esperando en el salón.

Me prohibí pensar. De hacerlo, me echaría para atrás, y ahora mismo no podía permitírmelo.

Vi un destello familiar mientras levantaba el asa de la maleta. Me quedé mirando el anillo de matrimonio y otra punzada de dolor me atravesó el pecho mientras este me observaba con lo que parecía una súplica para que me lo replanteara.

Dudé una milésima de segundo, pero apreté la mandíbula, me quité el anillo y lo dejé en la repisa de la chimenea, justo al lado de la foto en la que salíamos Dominic y yo el día de nuestra boda.

Y entonces hice lo que debería haber hecho hacía mucho tiempo.

Me fui.

4
Dominic

—¡Ale! —Mi voz retumbó por todo el *penthouse*—. Ya volví.

Silencio.

Fruncí el ceño. Alessandra solía quedarse despierta en la sala hasta la hora de irse a la cama y aún era demasiado temprano como para que se hubiera acostado ya. La reunión de emergencia del trabajo había acabado derivando en una segunda reunión de emergencia después de que varios inversionistas llamaran aterrados ante la caída de las acciones. Pero seguían siendo solo las ocho y media. Debería de estar aquí; eso o había vuelto a salir con sus amigas.

Tiré el abrigo en el perchero de pie de bronce que teníamos al lado de la puerta y me solté la corbata en un intento por ignorar aquella molesta sensación de que algo no iba bien. Ante estallidos de adrenalina laboral como ese, me costaba pensar con claridad.

La primera vez que Alessandra se fue de fiesta con Vivian y no me avisó, casi me da un infarto. Había regresado a casa temprano y, al no verla, me había imaginado lo peor. Había llamado a todos los malditos contactos de mi agenda telefónica hasta que al final ella me devolvió la llamada y me aseguró que estaba bien.

Fui a tomar el teléfono, pero entonces me acordé de que se había quedado sin batería por la tarde. Y, con tanto caos, no había tenido tiempo de cargarlo.

Mierda.

—¡Ale! —volví a gritar—. ¿Dónde estás, *amor*?

No obtuve respuesta.

Atravesé la sala y subí al segundo piso por la escalera. Con cuarenta millones de dólares se podían comprar unos cuantos lujos en Manhattan, incluida una entrada con elevador privado, mil ciento quince metros cuadrados repartidos en dos pisos, y unas extensas vistas que daban al río Hudson al sur, al puente de George Washington al norte, y a Nueva Jersey al oeste.

Apenas le di importancia a eso. No viviríamos aquí para siempre; ya le había echado el ojo a un *penthouse* más grande y más caro que estaba construyendo el Grupo Archer. Me daba igual que pasara muy poco tiempo en casa. Los bienes inmuebles eran un emblema y, si no era el mejor de todos, no lo quería.

Abrí las puertas de la habitación principal. Esperaba encontrarme a Alessandra acurrucada en la cama o leyendo en la zona de sillones, pero, igual que había comprobado en la sala, ahí tampoco había nadie.

Me fijé en la maleta que había al lado del armario. Era la que solía tomar yo mismo para los viajes cortos. ¿Por q...?

Se me heló la sangre.

Washington. Nuestro aniversario. Las seis de la tarde. Con razón llevaba horas acompañándome aquella amenazante angustia. Me había olvidado de nuestro maldito aniversario de boda.

—Mierda.

Tomé el celular y me di cuenta, de nuevo, que se había quedado sin batería.

Empecé a soltar una letanía de maldiciones mientras iba abriendo distintos cajones en busca del cargador y recordando la conversación que mantuvimos el miércoles.

—*Dom, es importante.*

—*No me olvidaré. Te lo prometo.*

Un temor viscoso y pesado me carcomió por dentro. Me había olvidado de otras citas con anterioridad. No era algo de lo que estuviera orgulloso; sin embargo, era habitual que hubiera emergencias de última hora en mi trabajo y Alessandra parecía entenderlo siempre bien. Ahora tenía la sensación de que esta vez era diferente y no solo porque fuera nuestro aniversario.

Por fin encontré el cargador y enchufé el teléfono a la corriente. Después de lo que pareció una eternidad, se hubo cargado lo suficiente para encenderse de nuevo.

Seis llamadas perdidas de Alessandra y todas entre las cinco y las ocho de la tarde. A partir de esa hora, nada.

Intenté llamarla, pero me contestó el buzón automáticamente. Me mordí la lengua para no soltar otra maldición y pasé a la segunda mejor opción: sus amigas. No tenía sus números de teléfono, pero por suerte conocía a alguien que sí.

—Soy Dominic —solté con brusquedad cuando Dante contestó la llamada—. ¿Está Vivian? Tengo que hablar con ella.

—Buenas noches a ti también —respondió alargando las palabras. Dante Russo era amigo mío, cliente desde hacía tiempo y el director ejecutivo del mayor grupo de bienes de lujo del mundo. Y lo más importante de todo: estaba casado con Vivian, con quien Alessandra había empezado a llevarse bastante en el último año. Si alguien sabía dónde estaba mi mujer, era ella—. Dime: ¿por qué tienes que hablar con Vivian a estas horas de un viernes por la noche, exactamente?

Su tono de voz denotaba cierta sospecha. Dante era extremadamente protector con su mujer, lo cual resultaba paradójico si teníamos en cuenta que, al principio de comprometerse, no quería casarse con ella.

—Es por Alessandra. —No quería entrar en detalles; mi matrimonio no era de su maldita incumbencia.

Tras una breve pausa, contestó:

—Espera.

—¿Sí? —La dulce y elegante voz de Vivian atravesó la línea al cabo de dos segundos.

—¿Alessandra está contigo? —Me ahorré las formalidades y fui directo al grano.

Me daba igual que pensara que era un maleducado; lo único que me importaba era encontrar a mi mujer. Era tarde, estaba molesta y Nueva York estaba llena de indeseables. Ahora mismo, podría estar perdida o podrían haberle hecho daño.

Se me retorcieron las tripas.

—No —respondió Vivian después de demasiado tiempo—. ¿Por qué?

—No está en casa y no suele salir tan tarde.

No mencioné lo de nuestro aniversario. Como ya he dicho antes: nuestro matrimonio no era asunto de nadie más aparte de nosotros.

—A lo mejor está con Isabella o Sloane.

Isabella y Sloane. Las otras amigas de Alessandra. No las conocía tan bien como a Vivian, pero me daba igual. Hablaría hasta con la solterona de los gatos que siempre se quedaba dormida en nuestro recibidor con tal de conseguir la más mínima información de dónde estaba Alessandra.

Por desgracia, ni Isabella ni Sloane sabían dónde estaba

mi mujer. Y, después de hablar con ellas, volví a llamarle, pero me contestó el buzón otra vez.

«Carajo, Ale. ¿Dónde estás?».

Al dirigirme de nuevo hacia la escalera, casi choco con Camila.

—¡Señor Davenport! —Abrió los ojos de par en par. Me había olvidado de que ya había vuelto de vacaciones—. Bienve...

—¿Dónde está?

—¿Quién?

—Alessandra —solté entre dientes.

Sonaba como un disco rayado, pero seguro que Camila estaba aquí cuando se fue.

—Ah. La señora Davenport estaba bastante molesta por lo del vuelo. —Nuestra empleada doméstica apretó los labios y aquel gesto me dejó más que claro cuál era su opinión acerca de mi tardanza—. Le preparé su sopa favorita para animarla, pero cuando salí de la cocina ya se había ido.

—No la escuchaste. —Lo dije en un tono monocorde y frío.

—No. —Camila fue paseando la vista de izquierda a derecha.

Aquella mujer me caía bastante bien. Era competente, discreta y una de las empleadas favoritas de Alessandra, pero si me estuviera escondiendo algo y ahora Alessandra estuviera herida...

Me quedé petrificado a más no poder.

—Te lo voy a preguntar por última vez —insistí sin levantar la voz. La sangre me rugía en los oídos con tanta vehemencia que casi ni me oía la voz—. ¿Dónde está mi mujer?

Camila tragó saliva con fuerza, gesto que denotó lo nerviosa que estaba.

—De verdad que no lo sé, señor. Como ya le dije, cuando

salí de la cocina, ya se había ido. Pero cuando me puse a buscarla... —Se sacó algo del bolsillo—. Encontré esto en la repisa de la chimenea.

Conocía bien el diamante que le resplandecía en la palma de la mano. Era el anillo de matrimonio de Alessandra.

Una sensación agria y nauseabunda hizo que se me revolvieran las tripas.

—Iba a dejarlo en su cuarto —me contó Camila—, pero teniendo en cuenta...

—¿Cuándo?

—Hace una media hora.

Tomé el saco y pasé por su lado a toda prisa, en dirección al elevador, casi antes de que terminara de pronunciar la frase. El corazón me latía con fuerza en una mezcla de temor, pánico y otra sensación a la que no supe ponerle nombre.

Media hora. Eran las nueve y Alessandra me había llamado por última vez a las ocho, con lo cual Camila había encontrado el anillo poco después de que se hubiera ido. No podía estar demasiado lejos.

Agarré en anillo con fuerza. No se la habría quitado a no ser que...

No. Estaba enojada, y con razón, pero la encontraría, le contaría lo ocurrido y todo volvería a ser como antes. Alessandra era la persona más comprensiva que conocía. Me perdonaría.

El diamante se me clavó dolorosamente en la palma de la mano.

«Irá todo bien». Tenía que ser así. No podía imaginarme otra alternativa posible.

5
Alessandra

En lugar de irme a casa de alguna de mis amigas, me fui a un hotel y pagué toda la semana en efectivo. No quería que Dominic me encontrara mediante los movimientos de la tarjeta de crédito. Por suerte, ganaba mi propio dinero gracias a Diseños Floria y, cuando el negocio empezó a alzar el vuelo, tuve la previsión de guardar cierta cantidad de efectivo en casa para emergencias; eso me bastaría para poder cubrir los gastos del hotel y poder ir arreglándomelas hasta que supiera qué iba a hacer.

¿Era de cobardes irme sin haber dicho nada? Seguramente, pero necesitaba estar a solas para pensar. Justamente por eso tampoco les había contado nada a mis amigas de inmediato.

Al salir del *penthouse*, había apagado el teléfono y así seguía mientras deshacía la maleta, tomaba un baño e intentaba no pensar en las últimas horas y aquel agudo dolor que sentía en el pecho.

—¡Dom! —Me reí cuando Dominic se metió en la regadera y me abrazó por detrás de la cintura—. Deberías estar pidiendo que nos suban la comida.

—Y lo hice. —Me recorrió el hombro y el cuello con los labios.

A pesar del vaho que inundaba el baño, aquella sensación de placer me puso la piel de gallina—. Pero decidí que prefiero empezar por los postres.

—¿Y si yo no quiero? —Lo provoqué—. A lo mejor prefiero seguir el orden natural de las cosas. No todo el mundo puede ir saltándose las normas.

—En este caso... —Dominic acercó su boca a la comisura de mis labios. Una mano me acarició el pecho mientras la otra se sumergía sin prisa en mi entrepierna. Sentí una nueva ola de placer en el estómago y fui incapaz de contener un sutil suspiro—. Tendré que encontrar la forma de convencerte, ¿no crees?

Cerré los ojos y dejé que el agua caliente se llevara mis lágrimas. Aquella primera escapada como pareja había tenido lugar hacía años, pero casi podía sentir la fuerza de su abrazo. Ese día, estuvimos juntos dos veces en el baño y, cuando salimos, la comida que nos habían subido ya estaba fría, pero nos dio igual. Nos zampamos los platos como si estuvieran recién hechos.

Me quedé más rato del que debería en la regadera, pero el agua, el calor y las emociones de la noche habían conspirado para que me quedara ahí. Cuando recosté la cabeza en la almohada, caí muerta al instante.

Al despertarme a la mañana siguiente, encendí el celular. Tenía decenas de SMS, llamadas perdidas y mensajes de voz tanto de mis amigas como de Dominic. Debió de ponerse en contacto con ellas al llegar a casa y ver que no estaba.

Mandé un mensaje rápidamente a mis amigas para decirles que no me pasaba nada y que luego se lo contaría todo. A continuación, inhalé profundamente y empecé a escuchar los mensajes de audio de Dominic.

Al oír su voz (que, con cada mensaje, denotaba más y más pánico), el corazón se me encogió de inmediato.

Dominic: ¿Dónde estás?

Dominic: Ale, no me hace gracia.

Dominic: Siento haber perdido el vuelo.
Tuvimos una emergencia en el
trabajo y tuve que ocuparme de ello.
Aún podemos seguir adelante con el resto
del viaje.

Dominic: Maldita sea, Alessandra.
Entiendo que estés enojada, pero al menos
dime que estás bien. No... Carajo.

Una retahíla de insultos se mezcló con el inconfundible sonido de la lluvia al caer contra el suelo de cemento. El mensaje era de las 3.29 de la madrugada. ¿Qué demonios hacía despierto tan tarde?
«Buscarte».
Me olvidé de aquel pensamiento tan rápido como apareció. En parte, porque dudaba de que el nuevo Dominic fuera a hacer algo así y, en parte, porque pensar que sí lo haría me dolía demasiado.
El último mensaje me lo había enviado hacía un par de horas, a las 6.23:

Dominic: Llámame. Por favor.

El corazón se me encogió tanto que el dolor se hizo insoportable. Aún no estaba preparada para enfrentarme a él, pero las horas de sueño habían disipado la neblina emocional de la noche anterior y la desesperación que le había oído en la voz había debilitado mi juramento inicial de evitar a

Dominic hasta que se me hubiera ocurrido un plan. Era mejor verlo y arrancar la curita de golpe, por decirlo de alguna manera, que dejar que la incertidumbre lo carcomiera todo.

—Hotel Violet. —Cuando tomó el teléfono, no le di ni la oportunidad de hablar siquiera—. Lower East Side.

Colgué con el estómago hecho un manojo de nervios. Anoche no había cenado, pero con solo pensar en comida se me revolvió aún más el estómago. Aun así, me obligué a comer una mezcla de frutos secos que había en el minibar. Necesitaría energía. Si algo se le daba bien a Dominic, era convencer a los demás para que hicieran lo que él quería.

Y yo ya estaba empezando a cuestionármelo todo. A plena luz del día, tenía la sensación de que me faltaba algo en el dedo anular y de que mi decisión de irme de casa había sido muy precipitada. ¿Debería haber esperado y hablado con él antes de irme? ¿Y si...?

Alguien llamó a la puerta.

Me dio otro vuelco el estómago. De repente, me arrepentía de haberle dicho dónde estaba, pero ahora ya era demasiado tarde.

«Esto es como arrancarse una curita: mejor hacerlo del tirón».

Sin embargo, por más que me lo hubiera repetido a mí misma, nada me habría preparado para lo que me encontré al abrir la puerta.

—Dios mío. —Fui incapaz de contener las palabras.

Dominic tenía un aspecto terrible. Cabello alborotado, camisa arrugada y ojeras lilas. La ropa se le pegaba al pecho y, a juzgar por los zapatos (que de por sí llevaba impecables), parecía que hubiese hecho una carrera de obstáculos.

—¿Qué...?

No me dio tiempo a terminar la frase. Dominic me agarró de los brazos y me estudió de arriba abajo.

—Estás bien. —Esta vez, sonó más aliviado; era como si estuviera recuperándose de un catarro de los fuertes o como si se hubiera pasado la noche gritando.

—Estoy bien. —Físicamente—. ¿Por qué estás empapado?

La ropa le chorreaba y estaba mojando el suelo. Aun así, lo jalé para que pasara a la habitación y cerré la puerta. El hotel donde me encontraba era sencillo, pero no quería arriesgarme a que nadie nos viera o nos escuchara. Si la isla de Manhattan era pequeña, el círculo de la alta sociedad que residía en ella, todavía más.

—Me atrapó la lluvia. —Paseó la vista por la habitación y, al ver mi maleta abierta, detuvo el recorrido—. Y es difícil distinguir los charcos a las cuatro de la madrugada.

—¿Y por qué demonios estabas tú caminando por Manhattan a las cuatro de la madrugada?

Volvió a mirarme a los ojos, incrédulo.

—Llego a casa de trabajar y me encuentro con que mi mujer se fue y que nuestra maldita empleada doméstica tiene su anillo de casada en el bolsillo. No me contesta el teléfono y ninguna de sus amigas sabe dónde está. Pensaba que... —Respiró profundamente y expulsó el aire en una exhalación larga y controlada—. Fui a los sitios a los que sueles frecuentar hasta que me di cuenta de que, ¿cómo no?, a esas horas de la noche, ya estaban todos cerrados. Así que le pedí a mi equipo de seguridad que barriera la ciudad mientras yo iba a tus barrios favoritos. Por si acaso. No sabía...

Al imaginarme a Dominic buscándome por las calles bajo la lluvia, se me entrecortó la respiración. Resultaba tan incongruente en comparación con el hombre frívolo y desinteresado al que me había acostumbrado que casi parecía que estuviera contándome un cuento de hadas en lugar de la verdad.

Sin embargo, ahí estaban las pruebas. Y eso hizo que sintiera otra punzada de dolor en el pecho.

Ojalá se preocupara siempre tanto. Ojalá no tuviera que estar yo ahí desenterrando una parte de la persona de quien me había enamorado.

—¿A qué hora llegaste a casa? —pregunté en voz baja.

Un apagado color rojo le tiñó las mejillas.

—A las ocho y media.

Dos horas y media más tarde de la hora en la que deberíamos haber tomado el avión. Me preguntaba si se habría olvidado de nuestro aniversario o si se habría acordado pero lo había ignorado así nada más. No sabía cuál de las dos opciones era peor, pero eso daba igual. El resultado final era el mismo.

—No era mi intención perder el vuelo —confesó—. Tuvimos una emergencia en el trabajo. Pregúntaselo a Caroline. La Comisión de Bolsa y Valores...

—Ese es el problema. —Mi preocupación inicial se fue disipando, reemplazada por un agotamiento que me resultaba familiar. Y no me refiero al agotamiento que sientes tras pasarte la noche en vela, sino al tipo de agotamiento que se va acumulando con el paso de los años y el ir escuchando la misma excusa una y otra vez—. Siempre te salen emergencias en el trabajo. Si no es por la Comisión de Bolsa y Valores, es por el mercado bursátil; y si no es por el mercado bursátil, es por algún escándalo empresarial. Sea lo que sea, siempre tiene prioridad. Ante mí. Ante nosotros.

Se le tensó la mandíbula.

—Cuando ocurren estas cosas, no puedo hacer como si nada —respondió—. La gente depende de mí. Miles de millones de dólares dependen de mis decisiones. Mis trabajadores e inversionistas...

—¿Y yo qué? ¿Acaso no soy persona también?

—Claro que sí. —Parecía desconcertado.

—¿Y cuando contaba con que aparecieras tal y como habías prometido? —Las emociones se me amontonaron en la garganta—. ¿Era eso menos importante que una empresa de miles de millones de dólares a la que seguramente no le pase nada si te tomas *un solo* fin de semana de vacaciones?

Un tenso silencio se abrió paso entre nosotros y casi nos ahogó hasta que Dominic volvió a hablar:

—¿Te acuerdas de nuestro último año de universidad? —Me miró fijamente a los ojos—. Apenas podíamos vernos fuera de los confines de la facultad porque yo tenía tres trabajos para poder cubrir los gastos básicos. En las citas, comíamos ramen instantáneo porque no podía permitirme llevarte a restaurantes bonitos. Era lamentable, maldita sea, y me prometí a mí mismo que, si alguna vez salía de aquella situación, jamás volvería a caer en ella. Que jamás volveríamos a estar así. Y no lo hemos estado. —Nos señaló—. Míranos. Tenemos todo lo que siempre hemos soñado, pero solo podemos seguir con este ritmo de vida si continúo haciendo mi trabajo. El *penthouse*, la ropa, las joyas... Nos quedaríamos sin nada de eso si...

—¿Y de qué sirve todo eso si no puedo verte nunca? —La frustración que sentía llegó a su punto álgido—. Me importa un bledo tener un *penthouse* de lujo o ropa cara o un *jet*. Preferiría tener marido. Uno de verdad, no solo de palabra.

A lo mejor yo no lo entendía porque venía de una familia adinerada y nunca acabaría de empatizar con los obstáculos a los que Dominic había tenido que hacer frente para llegar donde estaba ahora. A lo mejor estaba demasiado alejada de todo eso para entender lo que estaba en juego en el mundo de Wall Street. Pero me conocía a mí misma y sabía que había sido mil veces más feliz comiendo ramen con él en su dormitorio de la universidad que yendo a cualquier elegante gala envuelta de joyas y con una falsa sonrisa en los labios.

A Dominic se le ensombreció la mirada.

—No es tan sencillo. Yo no tengo una familia rica que pueda apoyarme si algo se va a mierda, Ale —contestó con frialdad—. Absolutamente todo depende de mí.

—Puede. Pero eres Dominic Davenport. ¡Eres multimillonario! Puedes permitirte un fin de semana de descanso. Dios, ¡si es que podrías jubilarte ahora mismo y seguir teniendo suficiente dinero como para continuar permitiéndote una vida de lujo el resto de tus días!

Dominic no lo entendía. Lo supe al verle aquella obstinada mirada en los ojos.

La vigorosidad me abandonó el cuerpo y el agotamiento que había sentido antes volvió a mí, apabullante.

—Era nuestro décimo aniversario —señalé con un hilo de voz.

Él tragó saliva y se le tensaron los músculos de la garganta.

—Podemos irnos ahora —sugirió—. Aún nos quedarían casi dos días enteros. Todavía podemos celebrar nuestro aniversario como habíamos planeado.

Por más que intentara explicárselo, Dominic no entendía por qué estaba molesta. No era por las cosas físicas y tangibles como un vuelo o las reservaciones para cenar en un restaurante. Era por la desconexión fundamental que habían sufrido nuestros valores y aquello que considerábamos importante para mantener una relación sana. Yo creía en disfrutar de ratos juntos y en las conversaciones, y él creía que el dinero era la solución a todo.

Siempre había sido ambicioso, pero creí que llegaría un punto en el que estaría satisfecho con lo que tenía. Ahora me daba cuenta de que dicho punto no existía. Dominic nunca tendría suficiente. Cuanto más tenía (dinero, estatus, poder), más quería. Y esto iba en detrimento de todo lo demás.

Sacudí la cabeza despacio.

—No.

Al despertarme por la mañana, no tenía ni idea de cuál era mi plan. Ahora, en cambio, lo veía más claro que el agua.

Aunque me matara y aunque lo más fácil fuera hundirme en sus brazos y perderme en el recuerdo de lo que fuimos en su día, tenía que hacerlo. Ya estaba bastante desgastada. Si no lo hacía ahora, acabaría amargada y mi vida no sería más que un montón de tiempo perdido y sueños por cumplir.

Aquella obstinada mirada de Dominic fue perdiéndose y, en su lugar, apareció otra llena de confusión.

—Pues vuelve a casa conmigo. Hablemos.

Volví a negar con la cabeza e intenté respirar a pesar de sentir cómo se me iban clavando un montón de agujas en el pecho.

—No voy a volver.

Dominic se quedó petrificado. La confusión dio paso a la comprensión y, finalmente, a la sospecha.

—Ale...

—Quiero el divorcio.

6
Dominic

Quiero el divorcio.

Aquellas palabras nos envolvieron cuales gases venenosos. Entendía lo que significaban, pero era incapaz de asimilarlas.

Divorciarnos significaba romper. Romper significaba separarnos. Y separarnos sencillamente era imposible. Era algo que le pasaba a los demás, no a nosotros.

Su anillo de matrimonio me quemaba en el bolsillo.

—No me puedo creer que me haya casado con alguien a quien le guste el helado de menta y chocolate —dije mientras Alessandra se zampaba un tazón entero de su helado favorito—. Sabes que básicamente te estás comiendo pasta de dientes, ¿no?

—Una pasta de dientes deliciosa —respondió enfatizando el adjetivo y sonriéndome pícara de una forma que se me clavó muy hondo. Llevábamos casados una semana, dos días y doce horas, y a mí me seguía pareciendo increíble que Alessandra estuviera conmigo—. Ya sabías qué postres me gustaban antes de que nos casáramos, o sea que ahora no puedes quejarte. Me temo que vas a tener que quedarte conmigo y con el helado de menta y chocolate para siempre.

Para siempre.

Hacía un año, el concepto de «para siempre» me parecía ridícu-

lo. Nada duraba para siempre. La gente, los lugares, las relaciones... Todo tenía una fecha de caducidad.

Sin embargo, por primera vez en mi vida, me permití creer a alguien que decía que iba a quedarse.

Le agarré la mano y entrelacé los dedos con los suyos.

—¿Me lo prometes?

Se le relajó la expresión. Técnicamente, deberíamos estar viendo el último éxito de taquilla de acción, pero, a estas alturas, las explosiones de la película no eran más que ruido de fondo.

—Te lo prometo.

Oí la puerta azotándose en el pasillo y aquel recuerdo se desvaneció con la misma rapidez con la que había aparecido.

Volví a notar un zumbido en los oídos.

—No lo dices en serio.

Alessandra estaba mirándome fijamente con los ojos llenos de lágrimas reprimidas. No obstante, su rostro emanaba una silenciosa determinación.

Dios, ¿por qué me apretaba tanto la corbata? Me costaba hasta respirar.

Levanté la mano para soltármela un poco, pero mis dedos no encontraron nada más allá de algodón mojado. Ni rastro de la corbata; solo un tornillo que me apretaba el cuello y un puño que me estrujaba los pulmones.

—Nunca has dicho nada. —Bajé el brazo y me pregunté en qué diantres nos habíamos equivocado—. Nunca me habías dicho nada de esto hasta ahora.

¿Me había olvidado más citas de las que debería en los últimos años? Sí. ¿Alessandra y yo hablábamos tanto como solíamos hacerlo antes? No. Pero eso era lo que ocurría cuando construías un imperio, y yo pensaba que nos entendíamos mutuamente. Llevábamos muchísimo tiempo juntos; no hacía falta que nos recordáramos el uno al otro cuán importante era nuestra relación.

—Debería. —Alessandra apartó la mirada—. Fue culpa mía. Me lo he ido guardando para mis adentros a pesar de que debería haberte contado cómo me sentía. No se trata de un viaje ni de una cena. Ni siquiera se trata de decenas de viajes y cenas. Se trata de lo que significa el hecho de que te olvides de ellos. —Me miró a los ojos de nuevo y, al ver todo el dolor que se escondía en los suyos, me dolió el corazón. ¿En serio había estado tan ciego que no me había dado cuenta de lo infeliz que era mi mujer?—. Me has dejado más que claro, en numerosas ocasiones, que no soy tu prioridad.

—No es cierto.

—Ah, ¿no? —Sonrió triste—. ¿Sabes lo que me preguntaba cada noche cuando tú te quedabas hasta tarde en la oficina? Me preguntaba a quién elegirías en caso de que alguna vez hubiera una emergencia en el trabajo y otra en casa al mismo tiempo: ¿a tus inversionistas o a mí?

El zumbido que notaba en los oídos se intensificó.

—Sabes que te elegiría a ti.

—Ahí está el quid de la cuestión: no lo sé. —Una lágrima le resbaló por la mejilla—. Porque hace mucho muchísimo tiempo que no me eliges a mí.

El silencio se abrió paso entre nosotros, exacerbado por mi acelerada respiración y el ensordecedor tictac de las manecillas del reloj que había en la esquina. Cualquier respuesta que se me hubiera podido ocurrir se habría ahogado bajo el peso de las lágrimas de Alessandra.

Miseria. Fracaso. Sabotaje. Había tenido que hacer frente a un montón de cosas a lo largo de los años y había sobrevivido a ellas, pero ver llorar a Alessandra era lo único que me destrozaba. Total y completamente.

—Me he inventado muchísimas excusas por ti, tanto para contarles a mis amigas como para mentirme a mí misma, pero ya no puedo más. —Bajó la voz hasta convertirla en un susurro—. Hemos estado aguantando algo que ya no existe y tenemos que soltar. Los dos seremos más felices así.

Cada sílaba que pronunciaba iba acabando un poco más con la compostura que yo mismo había tardado una década en construir. Una armada de emociones me atravesó cual rayo (enojo, vergüenza y una encarnizada desesperación que no había sentido desde que no era más que un adolescente luchando por largarse de su maldita ciudad natal).

Se suponía que no debería haber vuelto a sentir nada de todo eso, maldita sea. Era el director ejecutivo de una empresa, demonios, no un pobrecito niño sin familia ni dinero. Sin embargo, ahora que me encontraba ante la posibilidad de perder a Alessandra...

El pánico se me fue esparciendo por el pecho.

—¿En serio crees que vamos a ser más felices si nos divorciamos? ¿Crees que seré más feliz sin ti? Estamos hablando de nosotros. —La última palabra me rasgó la garganta y me salió cargada de emoción—. *Você e eu. Para sempre.*

El silencioso sollozo de Alessandra se me clavó en el corazón. Alargué el brazo hacia ella, pero dio un paso atrás y la daga que sentía en el corazón acabó de clavárseme hasta lo más hondo.

—No lo hagas más difícil de lo que ya es —dijo en un tono prácticamente inaudible—. Por favor.

Bajé la mano y el puño que me estrujaba los pulmones fue cerrándose más todavía. No tenía ni idea de cómo habíamos llegado hasta aquí, pero no pensaba irme sin luchar.

—Ayer la cagué —acepté—. Y la he cagado muchísimas otra veces antes. Pero sigo siendo tu marido y tú sigues siendo mi mujer.

Cerró los ojos y siguió llorando en lo que ahora era una corriente de silenciosas lágrimas que al correr le acariciaba las mejillas.

—Dom...

—Lo solucionaremos. —Me resultaba imposible imaginarme viviendo sin ella; era como pedirle al corazón que dejara de latir o a las estrellas que no brillaran por la noche—. Te lo prometo.

Teníamos que hacerlo.

A lo mejor no lo había expresado tanto como debería haberlo hecho, pero Alessandra era una parte indeleble de mí. Llevaba siéndolo desde el primer momento en que la vi hacía once años, aunque entonces yo no lo supiera.

Sin ella, yo no existía.

7
Dominic

Once años antes

—No necesito ninguna niñera.

—No es una niñera —dijo, paciente, el profesor Ehrlich—. Es una tutora. De hecho, es de las mejores. Ha trabajado con distintos alumnos con dislexia...

—Tampoco necesito ninguna tutora. —La simple idea de tener a una sabelotodo siendo condescendiente conmigo cada semana hizo que me entraran ganas de arrancarme la piel.

Había llegado hasta donde estaba solito, ¿o no? De pequeño, nunca había contado con la ayuda de ningún tutor; mis mejores profesores habían sido mediocres y los peores, destructivos. Pero aquí estaba yo: sentado en la oficina que tenía uno de los mejores economistas en la prestigiosa Universidad Thayer, a un año de acabar el doble grado en Economía y Administración de Empresas. Y casi podía tocar el dinero y la libertad con la punta de los dedos.

El profesor Ehrlich suspiró. El hombre estaba acostumbrado a lidiar con gente testaruda, pero noté algo en su voz que hizo que se me retorcieran las tripas.

—Sí la necesitas —respondió amablemente—. Literatura y Escritura Inglesa es obligatoria. Ya reprobaste la asignatura una vez y solo se ofrece en otoño; si vuelves a reprobarla de nuevo este trimestre, no te graduarás.

Se me aceleró el pulso, pero mantuve una expresión neutra.

—No voy a reprobar. Ya aprendí de mis errores.

Para empezar, no entendía por qué tenía que estudiar una asignatura de inglés. Mis estudios estaban enfocados a las finanzas, no al maldito sector editorial. Lo estaba haciendo muy bien en las clases de economía, que era lo verdaderamente importante.

—Puede que sea así, pero es mejor no arriesgarse. —Volvió a suspirar—. Tienes una mente brillante, Dominic. Nunca había conocido a nadie con un don natural para los números como el tuyo y eso que llevo décadas enseñando. Sin embargo, llegará un punto en el que no podrás seguir avanzando por más talento que tengas. Un diploma de Thayer te abre puertas, pero para conseguirlo tienes que ceñirte a las normas. ¿Quieres comerte Wall Street? Pues primero tendrás que graduarte y, si insistes en proteger más tu orgullo que tu futuro, no lo conseguirás.

Estaba apretando tanto los descansabrazos con las manos que los nudillos se me pusieron blancos.

A lo mejor era por el miedo a perder ahora que estaba tan cerca de la meta o tal vez era porque el profesor Ehrlich era la única persona que había mostrado interés por mí en toda mi vida. Fuera por lo que fuera, me tragué aquella aversión visceral que sentía hacia su sugerencia y, entre dientes, cedí tan solo un poco.

—Está bien. Me reuniré con ella una vez —contesté—. Pero, si no me cae bien, no habrá una segunda.

Al lunes siguiente, me presenté en la biblioteca principal de Thayer con ganas de quitarme esa reunión de encima. Como aún estábamos a principios de trimestre, no había prácticamente nadie, así que no debería costarme demasiado encontrar a mi tutora entre los estantes.

El profesor Ehrlich nos había mandado la información de contacto del otro y la chica me había dejado una nota de voz aquella misma mañana para confirmar la cita.

Estaré en el segundo piso; traigo puesto un vestido amarillo. Hasta luego.

No tenía la voz tan vivaz como había temido; en realidad, la tenía más bien extrañamente relajante, de un tono rico y cremoso acompañado de una dulce calma, como las voces que se oyen en los estudios de yoga o en los consultorios de psicología.

Aun así, yo iba predispuesto a que no me cayera bien. Dejando de lado al profesor Ehrlich, no solía llevarme bien con nadie que se dedicara a la enseñanza.

Atisbé un *flash* de color cerca de la ventana.

Vestido amarillo. Café y un libro azul de Escritura Inglesa que me resultaba familiar. Tenía que ser Alessandra.

Estaba con la cabeza agachada, mirando algo en la mesa y, cuando aparté la silla que quedaba justo enfrente de ella, ni siquiera levantó la vista. Típico. Había intentado estudiar con un montón de tutores en la preparatoria y, en cuanto veía que preferirían revisar mensajes y escribirse con otras personas, dejaba de volver a verlos.

Abrí la boca. No obstante, cuando Alessandra por fin levantó la cabeza y nos miramos a los ojos, mi irritación desapareció por completo.

Si su voz era digna de radio, su cara era digna de la gran pantalla, carajo. Labios carnosos, pómulos elevados y una piel que brillaba cual seda líquida bajo la luz del sol. La melena, de color castaño, le caía en unas voluminosas y sedosas ondas por los hombros. Cuando se levantó y me tendió la mano, aquellos ojos azul grisáceo le resplandecieron.

Había un sinfín de chicas guapas en Thayer, pero había chicas guapas y luego estaba ella.

—Tú debes de ser Dominic —señaló. No sé cómo, pero su voz era aún mejor en persona—. Soy Alessandra, pero mis amigos me llaman Ale.

Finalmente recuperé la voz.

—Hola, Alessandra. —Marqué, con especial énfasis, su nombre.

No éramos amigos. Acabábamos de conocernos y mi reacción hacia ella había sido únicamente física; no significaba nada.

—Encantada de conocerte. —En caso de que le hubiera desanimado el hecho de que la llamara por su nombre completo, no lo demostró—. Como es la primera vez que nos vemos y el semestre prácticamente ni ha empezado, no he preparado nada de material para estudiar —me contó cuando nos sentamos—. Te acabo de destrozar, seguro.

—Ni te imaginas.

Alessandra sonrió e inmediatamente sentí cierta calidez recorriéndome las venas. Me moví en el asiento; una parte de mí deseaba no haber venido nunca y, la otra, deseaba que no tuviera que irme jamás.

—Pensé que podríamos dedicar la sesión de hoy a hablar sobre qué expectativas tienes y a conocernos un poco —dijo—. Aunque sea una tutoría formal, caerse bien ayuda.

Era de ese grupito de personas. Debería habérmelo imaginado.

—Mientras no me pidas que te haga una trenza... No acabaríamos contentos; ni tú ni yo.

Se rio y a mí casi se me escapa una sonrisa.

Casi.

—Nada de hacerme trenzas, te lo prometo, aunque tampoco puedo asegurarte que no vaya a presentarme por aquí con galletas de vez en cuando. Son exquisitamente poco saludables y, en caso de apuro, son un soborno bastante bueno. —Otra sonrisa y otra cálida ola que me corrió por las venas—. No preguntes cómo lo sé.

Nos pasamos la siguiente hora hablando de los horarios que teníamos ese semestre, del amor irracional de la profesora Ruth por la yuxtaposición y de otras mierdas varias como nuestros músicos o colores favoritos. Alessandra también ahondó en mis hábitos de estudio: cómo prefería estudiar, si aprendía mejor a través del oído, de forma visual o con actividades más prácticas, e incluso a qué hora del día solía estar más cansado.

Yo jamás le había prestado atención a todo eso hasta entonces y me resistí a responder. Sin embargo, para ser alguien que parecía una princesa Disney, Alessandra era como un maldito sabueso.

Al final, tras darle un par de vueltas, cedí y acabé respondiendo.

Cómo prefería estudiar: en una mesa grande, con luz natural y con algo de ruido de fondo mejor que en un silencio sepulcral.

Cómo aprendía mejor: de forma visual.

A qué hora del día solían darme ganas de tomarme una siesta: a primera hora de la tarde.

—Perfecto. La sesión de hoy sirvió de mucho —señaló cuando se terminó la hora—. Creo que nos llevaremos bien. Toda persona a quien le guste Garage Sushi tiene madera para ser mi amigo.

Descubrir que a ambos nos gustaba aquella banda local *indie* había sido una sorpresa gratificante, aunque la verdad es que yo no veía que fuera a servir de base sólida para forjar una amistad.

—¿Te va bien que nos veamos a la misma hora la semana que viene? —quiso saber—. No tengo clase los lunes, así que estoy bastante disponible.

—No. La semana que viene empiezo a dar clases de repaso para los SAT. —Los ricos se gastaban una cantidad ingente de dinero en conseguir que sus hijos entraran en las universidades de la Ivy League y el dinero que ganaba dando clases de matemáticas me servía muchísimo para cubrir gastos.

—¿Y por la mañana?
—Trabajo.
—¿Por la noche?
—Trabajo.

Arqueó las cejas.

—¿O sea, que trabajas, das clases de repaso y luego vuelves a trabajar?

—Son dos trabajos distintos —respondí con frialdad—. Por la mañana, en una cafetería y, por la noche, en el Frankie's.

Me había acumulado las clases los martes y los jueves para poder trabajar el resto de la semana. Entre la cafetería, el restaurante, las clases de repaso y las veces en las que les cortaba el pasto a algunas personas el fin de semana, ganaba lo suficiente como para encajar, más o menos, en Thayer.

En realidad, me daba igual el hacer equipo con el resto de mis compañeros (quienes, en su mayoría, procedían de colegios privados; algo con lo que yo nunca podría identificarme). No obstante, la mayor ventaja de estudiar en una universidad como Thayer era las conexiones que te ofrecía. Para que la gente me tomara en serio, tenía que aparentar ser uno de ellos, y simular ser uno de ellos era muy caro.

A Alessandra se le relajó la expresión. Ella era el tipo de alumna que encajaba ahí sin intentarlo siquiera. En ningún momento mencionó a qué se dedicaban sus padres, pero me bastó con mirarla para saber que venía de una familia adinerada.

—¿A qué hora terminas de trabajar? —se interesó—. Podemos vernos luego. Según los horarios que tenemos, los lunes son el...

—No salgo hasta las once. —La miré fríamente, como retándola—. Imagino que es demasiado tarde para ti. —Me ahorré mencionar que yo solía estudiar después del trabajo. No sabía por qué, pero me concentraba mejor cuando estaba cansado.

Alessandra me cayó mejor de lo que me había esperado, pero todo esto de las tutorías no acababa de convencerme. Lo último que necesitaba era que me dejara tirado a la mitad del semestre porque yo no estaba progresando tan rápido como le gustaría.

—Pues qué bien que seas una persona nocturna —contestó mirándome a los ojos con serenidad—. Nos vemos el próximo lunes.

No me creí en absoluto que Alessandra fuera a renunciar a su lunes por la noche (o a cualquier otra noche) para ayudarme a estudiar. Seguramente tendría alguna cita o alguna fiesta a la que ir, y a mí me parecía bien. Si no encontrábamos un espacio que nos fuera bien a los dos, qué le íbamos a hacer. A pesar de las reticencias del profesor Ehrlich, yo estaba convencido de que podía aprobar inglés solito. Tenía que hacerlo. No graduarme no era una alternativa.

Limpié una mesa del Frankie's e intenté hacer caso omiso a una indeseada punzada de celos que sentí al imaginarme a

Alessandra en una cita. No tenía nada con ella ni tampoco quería tenerlo. Había dormido con unas cuantas chicas en Thayer, pero nunca me había molestado en salir con ninguna. Demasiado ocupado estaba ya como para tener que lidiar con el drama que implica relacionarse con alguien a nivel romántico.

—Guau. —Lincoln silbó discretamente desde el gabinete donde estaba devorando una hamburguesa con papas fritas en lugar de estar cerrando. Era el sobrino del propietario y uno de los seres humanos más vagos con los que me había cruzado en la vida—. ¿Quién es esa?

Levanté la vista enojado por el hecho de que alguien hubiera entrado cuando solo quedaban cinco minutos para cerrar, pero, por segunda vez en una semana, mi enojo se desvaneció rápidamente.

Cabello oscuro. Ojos azules. Un montón de libros en el brazo y una sonrisa medio amenazante medio bromista que se le dibujó en los labios al ver mi estupefacción.

Alessandra. Aquí. En el Frankie's. A las once de la noche de un lunes.

¿Qué diantres hacía aquí?

—Está cerrado —solté, a pesar de que técnicamente no debíamos negarnos a servir a ningún cliente hasta que fuera literalmente la hora de cierre y de que, para empezar, no era yo quien tenía que echar a nadie.

Lincoln dejó de babear el tiempo suficiente como para fulminarme con la mirada.

—Hombre —bufó—. Pero ¿qué haces?

—No vine por la comida —respondió Alessandra tranquila—. Habíamos quedado para estudiar, ¿recuerdas? Vine a ponerte las pilas. —Se sentó en uno de los taburetes de la barra—. Tú haz como si yo no estuviera. Esperaré a que termines.

—¿Esta es tu tutora? Maldición, debería haber seguido estudiando. —Lincoln continuó mirándola tan lascivamente que me entraron ganas de arrancarle los ojos de la cara.

—Estoy cansado. —Me coloqué justo enfrente de él para bloquearle la vista. Eso o acabarían deteniéndome por agredir al sobrino de mi jefe—. Ya quedaremos otro día para estudiar.

—Genial —contestó pasando de la indignada protesta de Lincoln—. Te concentras mejor cuando estás cansado, ¿verdad que sí?

«¿Cómo...? El profesor Ehrlich». Iba a matarlo.

A juzgar por la expresión de Alessandra, no tenía previsto moverse de ahí, así que no insistí más. Había aprendido hacía mucho tiempo a discernir entre qué batallas debía librar y cuáles no.

Al final, Lincoln se cansó de babear mirándola (eso o se le quitaron las ganas de hacerlo cuando lo fulminé con la mirada) y me dejó a mí para que cerrara el local.

—¿No tienes nada más que hacer? —le pregunté a Alessandra cuando al final nos acomodamos en un gabinete—. Es casi medianoche.

—Como te dije el otro día, soy una persona nocturna. —Sonrió picarona—. Y he oído por ahí que en el Frankie's hacen unos batidos muy ricos.

Resoplé mientras intentaba contener la risa que casi se me escapa.

—¿No decías que no habías venido por la comida?

—Técnicamente, es cierto. Pero yo nunca le diría que no a una malteada si alguien me la ofrece.

—Cómo no.

Alessandra tenía que tener algún otro motivo por el cual haber venido. La gente no se esmeraba tantísimo por algo solo porque tuviera buen corazón.

Debió de captar mi persistente sospecha porque serenó la expresión.

—Mira, ya sé que todavía no confías en mí y no te culpo por ello, pero quiero dejar algo claro: soy tu tutora, no tu madre ni un sargento instructor. Te prometo que haré todo lo que pueda para ayudarte a aprobar inglés, pero esto es cosa de dos. Tú también tienes que poner de tu parte y, si de verdad no quieres, si te da la impresión de que estás perdiendo el tiempo conmigo y que preferirías no volverme a ver nunca más, dilo ya. Yo no dejo a mis alumnos tirados, pero tampoco voy a obligar a nadie a hacer algo que no quiere hacer. Así que, dime: ¿seguimos o lo dejamos?

La sorpresa se apoderó de mí, seguida de una reacia sensación de respeto y algo infinitamente más incómodo. Aquellas sensaciones me formaron un nudo en la garganta que me impidió responder a la defensiva de forma visceral.

Nunca nadie me había puesto los puntos sobre las íes de forma tan calmada y tan efectiva hasta entonces. A nadie le había importado lo suficiente.

—Seguimos —contesté finalmente sin pizca de reticencia.

A lo mejor no había sido más que fanfarronería y se iría cuando su entusiasmo inicial se hubiera desvanecido. No sería la primera en hacerlo. Sin embargo, mi intuición me decía que se quedaría, y eso me asustó más que ninguna otra cosa.

Alessandra relajó los hombros.

—Bien. —Sonrió de nuevo y aquel gesto me sentó cual cálido rayo de sol bajo el fluorescente resplandor de las luces del local—. En ese caso, pongámonos manos a la obra.

A lo largo de las dos horas siguientes entendí por qué el profesor Ehrlich la tenía en tal pedestal. Como tutora, era buenísima. Era paciente, motivadora y empática sin llegar a ser condescendiente. Además, venía más preparada que una chica *scout*: una mochila llena de marcadores para codificarlo todo por colores, tarjetas en forma de L para encuadrar secciones del libro y que pudiera centrar mejor mi atención, y una grabadora para que yo pudiera volver a escuchar la sesión cuando lo necesitara.

Y lo peor de todo era que funcionaba. Al menos, funcionaba mejor que mis métodos habituales, que consistían en apretar los dientes y perseverar a base de tosca determinación.

La única parte negativa era la gran distracción que suponía Alessandra en sí. Si hablaba durante demasiado tiempo, me perdía en su voz en lugar de en sus palabras y, cada vez que se movía, el discreto aroma de su perfume cruzaba la mesa y me nublaba el juicio.

Dios. Que ya era adulto, no un adolescente hormonal que tiene un *crush*.

«Ubícate».

Estiré el brazo para tomar el marcador azul al mismo tiempo que ella. Nos rozamos los dedos y una corriente eléctrica hizo que me diera una especie de calambre en el brazo.

Aparté la mano de golpe como si acabara de quemarme. A Alessandra se le sonrosaron las mejillas y la tensión fue envolviendo el gabinete.

—Se está haciendo tarde. Deberíamos irnos. —La voz me sonó tan fría que hasta yo mismo noté ese cambio, pero el corazón me latía con una fuerza alarmante—. Mañana tengo clase por la mañana.

—Ya. —Alessandra recogió las cosas y volvió a guardarlas en la mochila; aún estaba un poco sonrojada—. Yo también.

En el coche de vuelta al campus, ni ella ni yo dijimos nada. Aun así, no pude dejar de pensar en lo que había ocurrido en el restaurante.

Lo suave que tenía la piel. Cómo se le había entrecortado el aliento. El diminuto y casi imperceptible vuelco que me había dado el corazón durante una milésima de segundo cuando nos rozamos las manos y el *shock* que había experimentado mi cuerpo de forma inesperada justo después.

Lo achaqué al agotamiento. Nunca había reaccionado de semejante forma a un segundo de tacto tan breve; sin embargo, ante un momento de intimidación, el cuerpo respondía de formas extrañas. Era la única explicación posible.

Alessandra frenó justo delante de mi residencia. Nos quedamos mirando el imponente edificio de ladrillos que teníamos delante y hubo otro breve e incómodo silencio hasta que al final dije:

—Gracias. —Aquella palabra me salió con más brusquedad de la que habría querido. No estaba acostumbrado a darle las gracias a la gente; casi nunca nadie hacía nada que mereciera un genuino agradecimiento—. Por traerme y por haber ido hasta el Frankie's. No tenías por qué hacerlo.

—De nada. —La picardía inicial de Alessandra apareció de nuevo—. Ya solo por los gabinetes de vinilo y las luces fluorescentes valió la pena. Me comentan que me hacen ver bien.

—Es verdad.

Y no lo dije en broma. Alessandra debería de ser la única persona en el planeta Tierra que, a pesar de estar en un restaurante con una iluminación pobre y bastante cuestionable, seguía pareciendo una supermodelo.

Se le encorvaron los labios.

—¿La semana que viene a la misma hora?

Dudé. Ahí estaba. Mi ultimísima oportunidad para salir por patas antes de que lo hiciera ella.

¿Quieres comerte Wall Street? Pues primero tendrás que graduarte y, si insistes en proteger más tu orgullo que tu futuro, no lo conseguirás.

Yo no dejo a mis alumnos tirados, pero tampoco voy a obligar a nadie a hacer algo que no quiere hacer. Así que, dime: ¿seguimos o lo dejamos?

Exhalé. Maldición.

—Claro —contesté haciendo caso omiso a lo que sentí al imaginarme que volvería a verla. «Ojalá no me arrepienta de esto»—. La semana que viene a la misma hora.

8
Alessandra

—Tengo que ir corriendo a una reunión; tú, como si estuvieras en tu propia casa —dijo Sloane—. Pero que no se te olviden las normas: nada de fumar, nada de pisar la alfombra con zapatos y nada de darle de comer a Pez fuera de las horas estipuladas o más cantidad de la establecida; lo tienes apuntado en la mesa que hay al lado de la pecera. ¿Alguna pregunta?

—No. Todo entendido. —Conseguí dibujar una discreta sonrisa—. Gracias de nuevo por dejar que me quede aquí mientras veo qué hago. Te prometo que no te molestaré mucho tiempo.

De todas mis amigas (que sumaban solamente un total de tres o cuatro, aunque mejor dejamos este tema para otro día), Sloane era la más fría y la menos cariñosa. Sin embargo, tanto Vivian como Isabella vivían con sus parejas y, a pesar de la falta de emoción visible que denotaba Sloane, siempre estaba allí para sus amigas.

Yo ya me había cansado de estar viviendo en un hotel y, al pedirle si podría quedarme en su casa mientras buscaba un departamento para mí, Sloane no dudó en decirme que sí. Además, me había recibido con una taza de café, un rígido abrazo y una navaja Karambit envuelta con un listón que, según ella, era para que la utilizara en cuestiones de defensa básica o de ofensa, según lo enojada que estuviera con Dominic.

—No le des demasiadas vueltas. —Se le relajó la expresión, aunque solo un poco—. Luego iremos a tomar algo. Podrás quejarte de los hombres mientras Viv e Isa fingen no estar metidas en unas relaciones enfermizamente cursis.

Se me escapó una risa ronca aunque genuina.

—Hecho.

Hacía una semana que le había dicho a Dominic que quería el divorcio. A ninguna de mis amigas había parecido sorprenderles que quisiera dejarlo, lo cual hablaba por sí solo y dejaba claro cómo se veía nuestra relación desde fuera.

Me entró una llamada y se me iluminó la pantalla del celular.

Dominic. Otra vez. Se había pasado la semana entera llamándome sin parar y, cada vez que veía su nombre, sentía una nueva punzada en el pecho. Aun así, todavía no era capaz de bloquearlo, de modo que iba dejando que le contestara el buzón en cada llamada. Escuché el primer mensaje que dejó, pero ignoré el resto; me dolía demasiado.

—¡¿Cómo que está en Miconos?! —preguntó Sloane iracunda, pero sin levantar la voz, hecho que hizo descender unos cuantos grados la temperatura de la sala mientras ella se iba hacia la reunión. Como publicista de renombre con su propia empresa chic de relaciones públicas, siempre estaba apagando los fuegos de sus clientes—. Es inaceptable. Sabe que deberá estar aquí para la reunión...

Su voz fue sonando cada vez más y más lejos hasta que al final oí que azotó la puerta cuando salió. Mi celular también dejó de sonar y suspiré aliviada solo para volver a entrar en tensión acto seguido al ver que volvían a llamarme.

Pearson, Hodder y Blum.

La zozobra me azotó el estómago. No sabía qué era peor: que me llamara mi marido o que me llamara mi abogado de lo familiar.

—Alessandra, soy Cole Pearson. —Su grave voz me tranquilizó un poco. Cole era uno de los mejores abogados de lo familiar del país. Sus servicios costaban un ojo de la cara, pero era el único con el que podría enfrentarme a la potente flota de abogados de Dominic.

—Hola. —Lo puse en altavoz mientras iba deshaciendo la maleta. Tenía que hacer algo con mis manos o acabaría empeorándolo aún más—. ¿Cómo estuvo?

La zozobra fue aumentando mientras esperaba su respuesta.

Había solicitado el divorcio hacía unos días y Cole, siguiendo su *modus operandi*, había acelerado el proceso para poder entregarle los papeles a Dominic hoy mismo. Quería acabar rápido con lo del divorcio, antes de que pudiera echarme para atrás o de que Dominic consiguiera que me lo replanteara.

La mayoría de los días, estaba convencida de estar haciendo lo correcto; no obstante, había otras ocasiones en las que me despertaba sola y lo extrañaba tanto que incluso me dolía respirar. Llevaba bastante tiempo sin ser feliz, pero tampoco podía olvidar los once años que habíamos compartido de la noche a la mañana.

—Le entregamos los documentos —me contó—. Tal y como imaginábamos, se negó a firmarlos.

Cerré los ojos. Conocía a Dominic y sabía que alargaría el proceso tanto como pudiera. Tenía el dinero y el poder suficientes como para que nos pasáramos años yendo a los juzgados. Me entraron náuseas con solo imaginarme ahí, en el limbo, durante tanto tiempo.

—Por suerte, estamos preparados para esto. —Cole no parecía estar demasiado preocupado y eso hizo que me sintiera ligeramente mejor—. Sacaremos el divorcio hacia delante de una manera u otra, pero quiero que esté preparada. Estamos hablando de Dominic Davenport; la cosa podría ponerse fea.

—¿Aunque no tengamos hijos y no quiera ninguno de sus bienes?

El *penthouse*, los coches, el *jet*... Dominic podía quedárselo todo. Yo solo quería separarme.

—El problema no son los bienes, señora Davenport —me contó Cole—. El problema es usted. Lo que no quiere Dominic es perderla y, a no ser que usted misma logre convencerlo de lo contrario, vamos a tener que luchar largo y tendido.

—Lo siento, pero el señor Davenport estará en reuniones toda la mañana. —Martha, la secretaria de Dominic, tampoco parecía que lo sintiera tanto—. Aunque puede dejarme algún mensaje y que la...

—Es una emergencia. —Agarré la correa de la bolsa con fuerza—. Me gustaría hablar con mi marido en persona —señalé marcando especial énfasis en la palabra *marido*.

Me daba igual que, si conseguía salirme con la mía, estuviera a punto de convertirse en mi exmarido. Mientras estuviéramos casados, yo seguía disfrutando de ciertas ventajas y una de estas debería ser el hecho de poder verlo sin que su secretaria me tratara como si no fuera más que una vagabunda que va deambulando por las calles.

Me estudió de arriba abajo, supongo que reparando en que no estaba herida ni presentaba daños físicos.

—Y lo entiendo, pero me temo que no tiene ni un espacio de dos minutos en la agenda. Como le dije antes, si quiere, puede dejarme algún mensaje y le diré que la llame lo antes posible. —Arrancó un *post-it* de los que tenía en el escritorio—. ¿Tiene que ver con algún acontecimiento social o es por algún tema familiar?

Me hirvió la sangre. Yo no solía ser una persona violenta, pero tenía hambre, estaba cansada y me sentía irritada tras la llamada con Cole. Tuve que echar mano de toda mi fuerza de voluntad para no tomar el café de Martha y tirárselo a su engreída y condescendiente cara.

—Nada de eso. —Dejé de mantener un tono de voz tan educado—. Si Dominic está en una reunión, esperaré. Supongo que en algún momento tendrá que parar para comer, ¿no?

Martha apretó los labios.

—Saldrá a comer a Le Bernardin porque tiene una reunión a la hora de la comida. Señora Davenport, por favor, le insisto en que...

—¿Qué pasa aquí? —la interrumpió una fría voz.

Las dos nos quedamos heladas una milésima de segundo antes de voltear la cabeza hacia la puerta de la oficina de Dominic, que ahora estaba abierta. El sol le iluminaba la silueta desde atrás y el ancho de sus hombros llenaba el marco de la puerta, haciendo que Dominic pareciera más imponente de lo normal.

Se me secó la garganta y el cuero de la correa de la bolsa se me clavó en la palma de la mano. Me obligué a relajar los músculos.

—¡Señor Davenport! —Martha saltó de la silla—. Terminó la reunión antes. Justo le estaba diciendo a la señora Davenport que est...

—Repite eso. —Dominic se acercó. A plena luz, se veían claramente sus marcados pómulos, aquellos ojos borrascosos y la forma en que frunce el ceño, que podría asustar al mismísimo Satanás.

No estaba mirándome a mí. Estaba centrado en Martha, que se achicó bajo la ira de su jefe.

—Le comentaba que estaba diciéndole a la señora Davenport que...

—La señora Davenport —repitió él con un tono letal—. Es decir: mi mujer. Si mi mujer quiere verme, me verá. No vuelvas a impedírselo nunca más o la única parte que volverás a ver de una oficina de Nueva York será la fachada exterior cuando te eche yo de aquí. ¿Entendido?

Martha palideció tanto que parecía que le hubieran pintado el rostro con gis.

—Sí, señor. Entendido.

Venganza y empatía estaban luchando en mi interior. Al final, ganó la última.

—Qué duro —dije en voz baja mientras lo seguía hacia su oficina.

Todavía no me había ni mirado.

—Y aún debería haberlo sido más.

En lugar de sentarse, apoyó la espalda contra el escritorio; parecía emanar confianza. Sin embargo, cuando por fin me miró a los ojos, vi lo agotada que tenía la mirada y sentí tal punzada en el corazón que incluso tuve que contenerme para no expresar lo preocupada que estaba.

«Da igual. No es tu trabajo asegurarte de que esté descansando lo suficiente».

Dominic me estudió la cara y reposó la vista en mis labios.

—No estás durmiendo lo suficiente.

Me sonrojé.

—Muchísimas gracias.

Supongo que él no era el único que parecía cansado.

En un acto reflejo, me coloqué un mechón de cabello detrás de la oreja. Era cierto: no había estado durmiendo lo suficiente. Me había dedicado a buscar la forma de abrir una tienda física para Diseños Floria (un sueño que tenía desde hacía tiempo) y, cuando no estaba trabajando, me encontraba agonizando por el tema del divorcio. El desasosiego y el trabajo no eran precisamente la mejor combinación para estar guapa.

—Ya sabes a qué me refiero. —Me acarició la mejilla con el pulgar y con agonizante dulzura—. Duermas o no, siempre estás preciosa.

Se me encogió el corazón. Ojalá hubiera sido así de atento cuando nuestra relación no estaba a punto de derrumbarse.

Normalmente me daba un beso en los labios, de esos muy breves, y había algún que otro momento dichoso cuando nuestros cuerpos conectaban en mitad de la noche. Sin embargo, hacía años que no me tocaba así: de forma casual, familiar, *íntima*.

Debería apartarme y poner la distancia que tanta falta hacía entre nosotros, pero no pude sino inclinarme hacia él. «Un minuto. No necesito más».

—No soy la única que no ha estado durmiendo.

Las oscuras bolsas que le acunaban los ojos y el tono amarillento de su rostro lo delataban, pero Dominic seguía siendo tan atractivo que dolía.

—Cuesta bastante dormir cuando tu mujer se niega a contestarte las llamadas —respondió en voz baja.

Sentí que un doloroso nudo impedía el paso del oxígeno a mis pulmones. «No dejes que te afecte».

Me obligué a retroceder un poco y a ignorar el destello de dolor que se le había asomado en la mirada.

—No vine aquí a hablar de horas de sueño —dije obviando la segunda parte de su frase.

Dominic volvió a proveerse de aquella máscara de seguridad en sí mismo y se deshizo de cualquier pizca de vulnerabilidad que pudiera quedar. Sin embargo, su mirada se clavó en la mía con una intimidad perturbadora.

—Entonces, ¿a qué viniste, *amor*? —Aquel apodo aterciopelado me acarició la piel e hizo que me envolviera una involuntaria ola de nostalgia.

—*No puedo creer que hables portugués.* —Sacudí la cabeza; seguía alucinando con que se hubiera pasado toda la cena hablando con mi familia en nuestra lengua materna—. *¿Cuándo demonios aprendiste portugués?*

—Me pasé los miércoles por la noche yendo a clases en el Instituto de Lenguas Extranjeras. —*Se le dibujó una diminuta sonrisa en los labios mientras enjuagaba el último plato y lo dejaba en la rejilla. Como mi hermano había preparado la cena y mi madre había desaparecido con su nueva joven conquista justo después de los postres, Dominic y yo nos habíamos ofrecido para lavar los platos*—. Cierra la boca, *amor*; que te va a entrar una mosca.

—Me dijiste que los miércoles por la noche trabajabas —lo regañé.

—Y es cierto. Trabajaba en mi portugués. —*Levantó los hombros y una pizca de color le tiñó las mejillas*—. Iba a conocer a tu familia por primera vez, así que pensé que sería un bonito gesto de mi parte.

Sentí cierta punzada detrás de la caja torácica.

—No tenías por qué hacerlo. Les habrías caído genial de todos modos.

A Dominic no le resultaba fácil aprender idiomas, pero el hecho de que lo hubiera hecho de todos modos para causar buena impresión a mi familia...

Esa punzada se intensificó. Dios, adoraba a este hombre.

—Puede que no, pero quería. —*Se le relajó la expresión*—. *Faria qualquer coisa por ti.*

El peso de aquel recuerdo casi me destroza. Tomé una dolorosa bocanada de aire y me olvidé de ese día.

Eso fue en el pasado. Ahora, la cosa era distinta. «Céntrate en el presente».

—Cole me ha dicho que te negaste a firmar los papeles.

Mi respuesta causó que nos envolviera un frío invernal.

La dulzura que había percibido antes en su rostro desapareció y Dominic tensó la mandíbula a la vez que se erguía, levantándose con su imponente metro noventa.

—Vaya, ya te tuteas con el abogado.

Fue como si me hubiera pegado un manotazo en toda la cara.

Ante la insinuación que se escondía tras sus palabras, una vigorosa ola de enojo se apoderó de mí.

—Ni se te ocurra ponerte ahora de celoso. Y menos cuando no te ha importado con quién hablaba ni con quién me veía hasta que te he golpeado el ego...

—¿Crees que esto tiene que ver con eso? ¿Que es una cuestión de ego? —Le destelló la mirada—. Carajo, Ale, hace una semana. Una semana y ya tienes a ese cabrón de abogado entregándome los papeles para el divorcio. Ni siquiera hemos intentado arreglar las cosas. Podemos ir a terapia de parej...

—Ya intentamos arreglarlo una vez, ¿recuerdas? —espeté. Hacía unos cuantos años de eso, cuando a mí me frustraba tanto que Dominic trabajara hasta tan tarde que conseguí convencerlo para que fuéramos a terapia de pareja—. Y no te presentaste a la sesión porque, ¡sorpresa!, te había surgido una emergencia en el trabajo.

Seguramente él ni se acordaba. Ya no había vuelto a proponerle que fuéramos a otra sesión porque si había algo más humillante que contarle las penurias de tu relación a un desconocido era que tu marido directamente no se presentara a dicha cita. Aún me dolía acordarme de cómo me miró el terapeuta, como si sintiera tristeza por mí.

Dominic cerró la boca de repente. Tragó saliva con fuerza y un imponente silencio se abrió paso como respuesta a mi comentario.

—Tienes dos semanas para firmar los papeles, Dominic. De lo contrario, esto se convertirá en una guerra, y los dos sabemos que quien más perjudicado saldrá serás tú. —Porque él era el director de una empresa multimillonaria, no yo.

No quería entrar en una guerra legal contra él, pero, si esa era la única opción, lo haría. Tenía que retomar el control de mi vida y, si no cerraba este capítulo con Dominic, no podría hacerlo.

«Por más que duela».

9
Dominic

Dejé de dormir en el *penthouse*. Lo intenté, pero por más dinero que tuviera con el que permitirme los mejores pasatiempos y un montón de personal para no sentirme tan solo, aquel lugar me parecía insoportablemente vacío sin Alessandra. Todo me recordaba a ella: los vestidos en el clóset, los lirios blancos del pasillo, el aroma a flores que desprendía su shampoo y que aún podía oler entre las sábanas...

Así que decidí quedarme en la oficina, donde ya tenía montada una zona de descanso para aquellas noches en las que, de vez en cuando, me había tenido que quedar trabajando.

Me vibró el celular. Para no variar, el corazón me dio un vuelco con la esperanza de que quien llamara fuera Alessandra, pero la decepción la mató de inmediato.

«Número desconocido». Ya era la cuarta llamada de ese tipo que recibía en todo el día. No tenía ni idea de cómo habían conseguido mi número de teléfono, porque no aparecía en ninguna parte y solo lo tenía un grupo muy reducido de personas, pero me molestaba a más no poder. La primera vez había respondido y solo había oído silencio.

De no ser por Alessandra, me conseguiría un nuevo número al día siguiente y acabaría con esto.

Hacía dos semanas que se había presentado en mi oficina y me había exigido que firmara los papeles. El cabrón de su abogado seguía acosándome e, hiciera lo que hiciera, Alessandra seguía negándose a verme. Le había mandado regalos. La había llamado. Incluso había reservado una maldita sesión con el terapeuta de pareja más cotizado de todo Manhattan, pero ella no había venido.

Me froté la cara con la mano e intenté centrarme en la pantalla que tenía delante. Aún estaba ocupado con lo de la investigación que la Comisión de Bolsa y Valores estaba llevando a cabo contra el DBG, que cada vez estaba en boca de más gente y arrojándonos al caos. Había algo que no me cuadraba, pero no sabía muy bien por qué.

Al final, tras treinta minutos de esfuerzos en vano, me rendí y di la jornada laboral por terminada. Como aún eran las diez y no podía ni imaginarme quedándome dormido tan temprano envuelto por el silencio de la oficina, tomé el abrigo que había dejado colgado en el respaldo de la silla y fui al único lugar en el que, con un poco de suerte, podría olvidarme de Alessandra aunque solo fuera durante unos minutos.

El Club Valhalla de Nueva York se encontraba en una finca fuertemente vigilada del Upper East Side. Hoy en día, apenas se veían zonas privadas tan grandes en Manhattan; sin embargo, el club se fundó hacía más de un siglo y, en esa época, aquellas personas que eran extremadamente ricas y cuyas familias tenían contactos por todas partes lo tenían mucho más fácil para apropiarse de un amplio terreno y convertirlo en un bien inmueble.

El Valhalla no había cambiado en ese sentido: seguía

siendo un lugar exclusivo destinado a las personalidades más ricas y poderosas de la alta sociedad. Sin embargo, se había expandido más allá de los confines de Nueva York y ahora tenía una sede en cada una de las ciudades más importantes del mundo, como Londres, Shanghái, Tokio, Ciudad del Cabo y São Paulo.

De no ser por Dante Russo, descendiente de uno de los padres fundadores del Valhalla, yo jamás habría tenido ni la más mínima posibilidad de ser miembro de dicho club.

—Tienes un aspecto penoso —señaló Dante mientras me acercaba a la barra donde estaban sentados él y Kai Young, director ejecutivo del imperio de medios de comunicación Young.

—Yo también me alegro de verte, Russo. —Me senté al otro lado de Dante y pedí un *bourbon*.

Dante había sido uno de mis primeros inversionistas. Era el director del Grupo Russo, el mayor grupo de bienes de lujo del mundo, y una combinación de suerte, tiempo y mucha perseverancia lo apartaron en su día de su gestor de patrimonio y lo acercaron a mi incipiente empresa. La alta sociedad seguía a Dante adonde fuera, incluido Kai, quien también se había convertido en un buen amigo a lo largo de los años.

Sabía que, de los tres, yo era el más distinto. Kai y Dante venían de familias tan adineradas que había que echar la vista muy atrás para ver de dónde procedía su riqueza; yo, en cambio, hacía dos días que me había convertido en multimillonario. Aunque, al fin y al cabo, el dinero era el dinero. Ni siquiera los esnobs de pedigrí del Valhalla se atrevían a hacerme el feo abiertamente cuando quien controlaba la suerte que sufrían sus inversiones era justamente yo.

—Tiene razón —terció Kai cuidadosamente—. Parece que llevas semanas sin dormir.

«Y así es».

—Si sigues así, asustarás a tus inversionistas —añadió Dante—. Bastante fea tienes ya la cara como para que encima le sumes ojeras y el ceño fruncido.

Reí en voz baja.

—Mira quién habla. —Se había metido en tantas peleas que tenía la nariz hecha mierda, aunque las mujeres seguían lanzándose a sus brazos hasta que se casó.

—A Vivian le gusta mi cara.

—Porque es tu mujer. No tiene más remedio que fingir.

—Igual que Alessandra fingía ser feliz cuando en el fondo no lo era.

Sentí una aguda punzada en el corazón que se me clavó hasta lo más hondo.

Me tomé la bebida de un trago en un intento por perderme en el escozor del alcohol a la vez que Dante y Kai intercambiaban miradas. No les había contado lo ocurrido con Alessandra, pero esta se llevaba muy bien con Vivian e Isabella, la novia de Kai, así que supuse que ya habían informado a sus parejas de lo ocurrido.

—Hablando de mujeres, ¿qué tal va todo con Ale? —se interesó Kai con un tono tan relajado que fue como si estuviera hablando del tiempo.

—Bien —respondí seco.

—Escuché que te llevaron los papeles del divorcio al trabajo. —A diferencia de Kai, Dante poseía el mismo tacto que un elefante sin dotes sociales.

Se me tensaron los hombros.

—Fue un malentendido.

—La gente no contrata a Cole Pearson por un malentendido. —A Dante se le dibujó algo de compasión en el rostro—. Dime que no vas a hacer como si nada con esto. Si te divorcias, tus bienes...

—Ya sé lo que les pasará a mis bienes —lo interrumpí. La lógica me decía que debería preocuparme más por eso, pero me daba igual—. No vamos a divorciarnos. —Tomé el encendedor; no obstante, esta vez, aquel familiar gesto con la piedra no consiguió apaciguar la tormenta que se había desatado en mi interior—. Lo solucionaremos. Iremos a terapia; nos tomaremos unas largas vacaciones en algún lugar bonito.

Se me había olvidado que una vez me pidió que fuéramos a terapia hasta que me lo echó en cara el otro día en la oficina. Fue hacía tres años y yo estaba ocupadísimo con una compra. Como solo me lo pidió una vez, pensé que no había sido más que algo impulsivo en lugar de tratarse de una señal que indicaba que teníamos un problema más gordo. Durante el tiempo que habíamos estado saliendo, si algo no le gustaba, Alessandra jamás había tenido problema alguno en hacérmelo saber.

Lo único que necesitábamos era volver a conectar; nada más. Podíamos recrear nuestra luna de miel en Jamaica o pasarnos dos semanas viajando por Japón. Siendo realistas, yo no podría tomar más de dos semanas de vacaciones, pero eso ya bastaría, ¿no? Cuando Alessandra y yo pasáramos algunos días juntos, la cosa se solucionaría. Para empezar, esta había sido la razón principal por la cual ella misma había querido ir a terapia de pareja.

Dante y Kai permanecieron en silencio.

—¿Qué? —La cólera me corría por las venas.

Bastante al límite estaba ya, entre lo agotado que estaba, el estrés que tenía encima y aquella extraña y opaca aflicción que parecía acompañarme a todas partes. Lo último que me faltaba era que mis amigos me juzgaran en silencio.

—Que no creo que unas vacaciones o ir a terapia vayan a solucionar sus problemas —confesó Dante.

—¿Y por qué diablos no?

Me miró incrédulo.

—Te olvidaste de su décimo aniversario —dijo marcando bien las últimas dos palabras—. Yo me olvidé de ir a una cena una única vez y Vivian se pasó días sin hablarme. Si me olvido de un aniversario... —Hizo una mueca—. Prefiero no pensarlo.

—Lo que Dante intenta decir es que irse unas cuantas semanas a un resort de lujo no servirá para compensar años de sentimientos reprimidos —explicó Kai, tan diplomático como siempre—. Es evidente que Alessandra lleva un tiempo... afligida. Y lo del aniversario fue la gota que derramó el vaso, por decirlo de alguna manera. Eso no puede arreglarse con dinero.

Me les quedé mirando.

—Carajo, hombre —espetó Dante—. Dejemos de irnos por las ramas. El problema eres tú, Dom. Basta con haber coincidido con ustedes dos una sola vez para ver que, cuando tenías a Alessandra cerca, apenas le prestabas atención. ¿Cuántas veces te has quedado en algún acontecimiento a pesar de que ella se había ido a casa porque no se encontraba bien? ¿Cuántas veces has salido a cenar con clientes en lugar de ir con ella? —Sacudió la cabeza—. Tu obsesión por el trabajo me viene genial para mi cartera de inversión, así que no me voy a quejar, pero que no te sorprenda que Alessandra esté harta.

—Una situación así no puede arreglarse con algo temporal —intervino Kai con un tono de voz más amable que el de Dante—. Necesitas cambiar tu forma de pensar y tu forma de actuar por completo.

—Suenan como los preparadores físicos que salen en los comerciales. —Seguí encendiendo y apagando el encendedor sin cesar.

A pesar de mi jovial respuesta, tenía un caos mental enorme. Dante me estaba argumentando lo mismo que había dicho Alessandra; los comentarios de mi mujer me habían sentado como dagas que se clavan en el cuerpo y, los de mi amigo, como patadas en el estómago.

Que tu pareja señalara los fallos de su relación era una cosa, pero era muy distinto que una tercera persona lo hiciera con una precisión tan exacta, sobre todo cuando yo había pensado que todo iba bien. A ver, no genial, pero tampoco tremendamente mal. Me había equivocado, evidentemente.

Encendido. Apagado. Aquella diminuta llama hizo que fueran pasándome *flashes* de los últimos años por delante de los ojos.

¿En qué momento nuestro matrimonio se había convertido en lo que era ahora? Alessandra y yo solíamos cenar juntos cada noche. Organizábamos una cita cada viernes, sin falta, y nunca nos íbamos a la cama sin contarle al otro cómo nos había ido el día. Pero en cuanto abrí Capital Davenport, la cosa empezó a cambiar y dicho cambio, aunque se fue gestando poco a poco, fue claramente real.

—Perdona, amor, *pero este inversionista solo está esta noche en la ciudad* —le conté—. *Está al mando de una de las mayores empresas de seguros del país. Si puedo conseguir que se una a nosotros...*

—No pasa nada. Lo entiendo. —*Alessandra me dio un dulce y tranquilizador beso*—. *Aunque tendrás que compensármelo luego.*

La culpabilidad que sentía se alivió un poco.

—Lo haré. Te lo prometo.

Era la primera vez que cancelaba nuestra sagrada cita del viernes por la noche. Detestaba defraudarla, pero necesitaba inversionistas y conseguir a Wollensky sería un golpe maestro.

Un día de estos, el mundo entero sabría quién era Dominic Davenport; además, con el reconocimiento venían el estatus social, el dinero, el poder... Todo lo que siempre había soñado. Y, cuando lo consiguiera, podría compensar a Alessandra mil veces mejor.

—Pero, si la semana que viene también cancelas la cita, tendremos un problema —bromeó, ahuyentando aquellas imágenes que tenía en la mente de jets privados y tarjetas de American Express—. Casi tuve que poner a mi primera criatura como garantía para conseguir una reservación en Le Fleur.

Reí.

—Estoy seguro de que nuestra primera criatura lo entenderá. —Le pasé un brazo por la cintura, la acerqué y la besé de nuevo—. Gracias por entenderlo —murmuré—. Será solo esta vez. No se va a repetir.

Pero se repitió. «Solo esta vez» se convirtió en dos veces, tres..., hasta que al final resultó ser lo habitual. Supuse que a Alessandra no le importaba porque no solía decir nada, a excepción de la vez que sugirió que fuéramos a terapia. Sin embargo, que con los años se lo hubiera ido guardando todo cada vez más, que se fuera antes de aquellos eventos donde no era la anfitriona y que no pareciera sorprendida cuando le decía que tenía que cancelar algún plan que habíamos hecho...

De repente, fui asimilándolo todo y casi me quedé paralizado. «Mierda».

—Lo que te decía: tienes que cambiar tu forma de pensar y tu forma de actuar por completo. —Kai había visto claramente lo que me acababa de ocurrir. Se acercó la copa a los labios y arqueó una ceja antes de añadir—: La pregunta es: ¿estás dispuesto a hacerlo?

10
Alessandra

La suerte me dio en la cara cuando vi un letrero rojo enorme que ponía: LOCAL EN RENTA.

El letrero en cuestión estaba pegado a la ventana de un minúsculo escaparate en el barrio de NoMad, justo entre una cafetería y un salón de uñas.

Había pasado por delante de un montón de letreros de ese tipo el otro día, mientras volvía de una jornada más de buscar departamento sin éxito alguno; sin embargo, este me llamó la atención. A lo mejor era porque se encontraba en una calle tranquila, porque tenía unos ventanales enormes o por las paredes de ladrillo que se veían en el interior. O a lo mejor era porque estaba tan frustrada con que el tema del divorcio no avanzara que deseaba ansiosamente hacer algo. Encontrar aunque solo fuera una parte de mí que no tuviera que ver con mi matrimonio.

Fuera por lo que fuera, me llevó a llamar al número de teléfono que aparecía en el letrero y a dejar un mensaje de voz para que me dieran más información.

Dominic podía paralizar el proceso tanto como quisiera, pero yo no pensaba seguir poniendo mi vida en pausa por él. Que Cole se ocupara de lo del divorcio mientras yo empezaba a construir mi nueva vida: una en la que yo misma controlara tanto mis finanzas como mi futuro.

—Estoy disponible cualquier día —dije después de dar la información de contacto que pedían. «¿Con esto no pareceré demasiado desesperada?». La gente normal no se pasaba el día sentada esperando a que la llamaran, ¿verdad que no?—. Cualquier día entre las nueve y las cinco —me apresuré a añadir. «Mucho mejor»—. Espero que podamos hablar pronto. Gracias.

Colgué. Tenía las manos sudorosas.

Listo. Ya había dado un primer paso hacia mi independencia. Bueno, aparte de irme de casa, aunque eso no contaba del todo porque todavía no tenía un lugar que fuera mío y solo mío y seguía teniéndolo casi todo en el *penthouse*. Aún no me veía con fuerzas para volver a Hudson Yards y llevarme lo que quedaba.

El fresco aire de principios de octubre me calmó un poco los nervios mientras cruzaba la calle para acortar el camino hacia el apartamento de Sloane. Dos años atrás, tuve el impulso repentino de abrir Diseños Floria y, desde entonces, había crecido hasta convertirse en un pequeño aunque fructífero negocio. No generaba millones ni nada por el estilo, pero sí ganaba bastante y me gustaba lo que hacía. Sin embargo, ahora que estaba sola, había llegado el momento de llevarlo al siguiente nivel.

Quería crear mi propio futuro y tener las riendas de este. No quería ser de la clase de personas que se ocupan de todo y ellas quedan rezagadas en último lugar.

Entré en el recibidor del edificio donde vivía Sloane y sonó el celular. Se me detuvo un segundo el corazón, pero quien me llamaba no era el agente inmobiliario del local, sino alguien cuyo nombre me resultaba familiar.

—Ya nunca me llamas ni me escribes; es como si hubiera

dejado de existir —dijo Marcelo cuando respondí. Su tono burlón me hizo sonreír—. ¿Dónde quedó la lealtad entre hermanos?

—Quien está sentando estándares culinarios imposibles para los ricos y famosos no soy yo —solté—. ¿Cómo va alguien a comer un bistec cualquiera después de haber probado el tuyo?

—Vaya, qué cumplido. Te funciona siempre. —Mi hermano rio. Era dos años más pequeño que yo, pero ya se había convertido en uno de los chefs de más renombre del mundo gastronómico de São Paulo. Estuvimos hablando un poco sobre trabajo, me contó que necesitaba unas vacaciones de inmediato, y entonces preguntó—: ¿Cuándo vendrán de visita? Hace siglos que no los veo ni a ti ni a Dom.

Se me borró la sonrisa. Aún no le había contado nada acerca del divorcio a mi familia. En primer lugar, porque bastante difícil era dar con mi madre en un día normal. Y, segundo, porque solo los veía una o dos veces al año. Ni ellos tenían idea de lo infeliz que me sentía en aquel matrimonio ni yo había sido capaz todavía de aunar las fuerzas necesarias para enumerarles todos los detalles que se escondían tras la decisión de separarme.

—¿Ale? —me llamó Marcelo al ver que no respondía—. ¿Todo bien?

—Sí, es... —Se abrieron las puertas del elevador y no pude acabar de pronunciar la frase.

«Vamos. Tiene que ser una broma».

—Te llamo luego —espeté sin apartar la vista del espectáculo que me esperaba fuera del departamento—. Estoy bien, pero me... surgió una cosa.

Corrección: surgieron cientos de cosas, a juzgar por los ramos que llenaban el pasillo. Rosas de color rosa en señal de afecto, lirios blancos para pedir perdón, jazmines de Cuba para enfrentar obstáculos con fuerza y salir victorioso... Intenté ignorar el significado que escondía cada ramo mientras estudiaba el jardín que había estallado en pleno edificio. No había que ser un genio para saber quién había enviado las flores.

«Voy a matar a Dominic».

—Hola. ¿Alessandra Davenport? —El repartidor me pasó un portapapeles y una pluma—. ¿Le importaría firmar, por favor? Tenemos más abajo, pero, a ver..., es que en el pasillo no caben todas.

Ni siquiera toqué la pluma.

—¿Cómo subieron hasta aquí?

Sloane estaba en Europa gestionando algo de Xavier Castillo, uno de sus clientes más complicados, y los de seguridad del edificio no dejarían que entregaran nada sin avisar primero al destinatario.

El chico levantó los hombros.

—Un tal... —miró el celular— señor Dominic Davenport llamó y se encargó de todo. Dijo que conocía al propietario del edificio.

Viendo la situación, pensaba tener una seria conversación con el jefe del equipo de seguridad del edificio.

—Gracias, pero no quiero las flores —solté—. ¿Les importaría devolverlas a la tienda? Tampoco quiero que se echen a perder.

El pánico se apoderó del rostro del repartidor. Intercambió algunas miradas con el resto de los trabajadores de la florería, quienes se habían quedado con una expresión parecida a la suya.

—Nuestro jefe nos dijo que teníamos que entregarlo todo sí o sí. Cuando volvamos, querrá ver la firma de entrega.

Contuve las ganas de gruñir.

El chico no debería tener más de dieciocho o diecinueve

años. Seguramente ese fuera un trabajo extra para él y no tenía la culpa de que Dominic fuera tan... tan insoportable. Si pensaba que podría convencerme de que no siguiera adelante con el divorcio inundándome con flores es que no me conocía en absoluto.

«Y, para empezar, ¿no es este el problema?».

—¿Qué les parece si hacemos lo siguiente? —Tomé el portapapeles—. Yo les firmo la entrega y ustedes llevan las flores al hospital más cercano. Su jefe no tiene por qué enterarse de que no me las quedé yo.

Tuve que insistir un poco para convencerlo, pero al final el chico cedió y aceptó mi contraoferta. Sin embargo, cuando ya se iba, me dio la nota que acompañaba las flores y se fue antes de que me diera tiempo a protestar.

Entré en el departamento sin poder quitar la vista de encima de la caligrafía familiar y confusa de Dominic:

Siento haberme perdido la cena de aniversario y tantas otras antes. Las flores no van a compensarlo, pero dame la oportunidad de arreglarlo en persona y lo haré. Multiplicado por mil.

Las últimas palabras eran prácticamente ilegibles, pero lo entendí igualmente. Como siempre.

Una diminuta gota húmeda difuminó la tinta. El corazón amenazó con salírseme del pecho mientras las palabras de Dominic me traían recuerdos del pasado.

Algún día, te compraré mil rosas de las de verdad. Te lo prometo.
No me olvidaré. Te lo prometo.
Lo solucionaremos. Te lo prometo.

Cuántas promesas y solo había cumplido unas pocas. Sin embargo, yo siempre caía.

«Esta vez, no».

Hice caso omiso del dolor que sentía en el pecho. Apreté

la mandíbula, arrugué la nota y la tiré a la basura. Tras un baño rápido, abrí las puertas del clóset de par en par y traté de dar con un *outfit* que dejara claro mi mensaje: «Vete a la mierda».

Me había quedado muchísimas noches en casa esperando a Dominic cuando debería haber estado saliendo y viviendo mi vida. Ya iba siendo hora de que recuperara el tiempo perdido.

Y pensaba empezar esta noche.

—Eres preciosa.

Me giré para estudiar al dueño de aquellas palabras a pesar del aturdimiento causado por tres *gin-tonics* y un martini de manzana. Parecía un veinteañero: cabello revuelto, traje de marca y un aspecto más que evidente de acabar de graduarse de una universidad de la Ivy League para convertirse en banquero de inversión.

Dominic se lo comería con papas en un santiamén.

«Deja de pensar en Dominic».

—Gracias —respondí con una discreta sonrisa.

Sus palabras no habían sido nada extraordinarias, pero habían sido mejores que los cumplidos que había recibido antes sobre mis «increíbles pechos» o las ofertas que me habían hecho de «una noche que no olvidaría jamás».

—Soy Drew. —Me tendió la mano.

—Alessandra.

No tenía ningún interés hacia él, ni romántico ni sexual. Seguía casada y, a pesar de que estuviera frustrada por las evasivas de Dominic, yo no era de las que ponían los cuernos. Aun así, Drew parecía bastante lindo y yo ya me estaba cansando de seguir bebiendo sola. La idea principal de salir era conocer gente.

«Pasito a pasito».

—Bueno, Drew, ¿y a qué te dedicas? —Pasé automáticamente a preguntas generales. Tal y como había esperado, mi nuevo compañero de bebidas se puso a soltar, enérgicamente, una perorata sobre el banco donde trabajaba; yo fui dándole sorbos a la bebida e intenté recordar cómo era eso de ser una persona soltera abierta a posibilidades. Aún no estaba soltera, pero debería empezar a practicar, ¿no?

Por suerte, Drew tenía el entusiasmo de un cachorrito y continuó conversando por sí solo. De vez en cuando se acordaba de preguntarme algo sobre mí y, con cada respuesta, se iba acercando más hasta que al final me rozó la rodilla con la suya.

—Increíble —respondió después de que le contara, brevemente, qué hacía en Diseños Floria—. Oye, eh..., ¿estás libre este fin de semana? Tengo boletos para el partido de los Yankees. Con asiento en los palcos —añadió con un tono de jactancia que se le notó en la voz.

«No, gracias». Nunca había entendido de dónde salía la fascinación que sentía la gente por el béisbol. Yo ni siquiera veía la pelota la mitad del tiempo.

Abrí la boca, pero una voz gélida respondió antes de que pudiera hacerlo yo.

—No. —Aquella persona me apoyó la mano en la espalda baja y entonces noté el suave roce de un traje de lana y el aroma de una loción que me resultaba familiar—. Mi mujer y yo tenemos planes —aclaró marcando con énfasis la palabra *mujer*.

Me tensé de los pies a la cabeza a la vez que Drew saltaba del taburete rojo como un tomate y con los ojos desorbitados.

—¡Señor Davenport! Guau, soy un gran fan suyo. Me llamo Drew Ledgeholm. Nos han hablado de usted en clase de Finanzas...

Contuve las ganas de gruñir. Cómo no, tenía que reconocer a Dominic con solo verlo. A todo el mundo le encantaba oír historias sobre gente que había pasado de ser pobre a ser rico, y Dominic era, básicamente, una leyenda para cualquier optimista recién llegado a Wall Street.

Él no parecía impresionado en absoluto por el entusiasmo del chico. De hecho, más bien parecía que fuera a destrozarlo con sus propias manos.

Drew también debió de darse cuenta porque, al final, se le apagó la voz. Supongo que fue porque entonces asimiló que Dominic acababa de decirle que era su mujer. Palideció y los ojos se le llenaron de pánico mientras alternaba la mirada entre él y yo.

—¿Es su mujer? No sabía... Es que no lleva...

Tres pares de ojos reposaron la vista en mi dedo, desprovisto de anillo. A Dominic se le ensombreció la expresión y la temperatura del aire que nos envolvía bajó una decena de grados más.

—Ahora ya lo sabes. —Si antes ya había parecido frío, ahora su voz resultó gélida a más no poder—. Supongo que tendrás algún sitio al que ir, ¿verdad, Drew? —La relajada forma en que pronunció su nombre sonó más amenazante que una amenaza directa.

Drew ni siquiera se molestó en responder. Salió por patas, dejándome a mí ahí, con un marido enojado y brasas de ira prendiéndome fuego desde el interior.

Aparté la mano de Dominic y me giré para mirarlo.

—¿En serio? Pero ¿a ti qué te pasa? ¡Asustaste tanto a ese pobre chico que casi le da un infarto!

—Ese «pobre chico» estaba coqueteándole a mi mujer. —Los ojos de Dominic dejaban entrever cólera en su estado más puro—. ¿Qué esperabas que hiciera? ¿Que le diera una palmadita en la espalda?

—No sabía que estaba casada. —Sacudí la cabeza—. Además, ¿qué haces tú aquí? No me digas que me estás *stalkeando*. —Sería capaz. Dominic haría lo que hiciera falta con tal de salirse con la suya.

Una pizca de evidente diversión apagó un poco el enojo de su mirada.

—Este bar está en la misma calle que mi oficina, *amor*. Tenía una reunión con un cliente justo aquí.

—Oh. —Claro. Había recurrido a una lista sobre «mejores lugares para la hora feliz en la ciudad» antes de escoger dónde ir y se me había olvidado por completo que este bar quedaba tan cerca del trabajo de Dominic.

Se le relajó la expresión.

—Aunque si me lo vuelves a preguntar otro día, puede que mi respuesta sea distinta. Si con *stalkearte* lograra que volvieras a hablarme, lo haría.

—Qué romántico.

—Ya pasé ese punto, Alessandra. Estoy desesperado.

Reprimí la compasión que estaba empezando a sentir por dentro. ¿Y qué si sonaba miserable? Se lo había ganado a pulso.

De todos modos, desvié la vista hacia la señal de salida que le quedaba justo encima para no tener que mirarlo a los ojos.

Debería irme. Cada segundo que pasara con él era una oportunidad más que le estaría dando para que acabara con mis defensas; además, yo todavía no confiaba lo suficiente en mí misma como para estar cerca de Dominic, y menos aún después de haberme tomado tantas copas.

—¿Recibiste las flores?

No volvió a intentar tocarme, pero la forma en la que me miraba era como una caricia. Una que me envolvió el rostro, me recorrió la mandíbula y los pómulos, y finalmente me besó los labios con su calidez.

—Sí. —Levanté la barbilla aunque sentí que se me erizaba la piel. «No debería haberme tomado ese martini». El alcohol siempre menoscababa mis inhibiciones, lo cual no era bueno con Dominic cerca—. Las doné al hospital de niños más cercano.

En caso de que estuviera enojado porque había donado un montón de flores que habían costado miles de dólares, no lo mostró.

—Seguro que les gustó el gesto.

Suspiré y a él se le dibujó una sonrisa en los labios. Y entonces atisbé, mínimamente, al hombre que había sido en su día: aquel que me llevaba a cuestas a pesar de que diluviara porque se me había roto el tacón, el que cada día me daba un beso de buenas noches por más tarde que llegara a casa y el mismo que una vez intentó hacerme uno de esos pasteles elaborados que yo misma había guardado en Pinterest por mi cumpleaños. Lo que importaba era su intención.

Una punzada de sentimentalismo mermó mis ganas de lucha. Suspiré de nuevo. Tener que mantenerme tan en vilo al estar con él ahí me había agotado.

—Firma los papeles, Dom.

11
Dominic

No creía en el destino en general, pero, como en todo en la vida, siempre había excepciones. Y, en mi caso, esto había ocurrido solo dos veces: el día en que conocí a Alessandra en la biblioteca de Thayer y hoy.

De todos los bares del mundo y todas las noches posibles, estábamos los dos hoy aquí. Si esto no era un mensaje del universo, nada lo sería.

—Si no lo haces, me quedaré con la mitad de todo. No firmamos ningún acuerdo prematrimonial —me recordó Alessandra. Un mesero pasó por nuestro lado y la corriente de aire que generó hizo que le cayera un mechón de cabello en el ojo—. No...

Dejó de hablar cuando le aparté el cabello de ahí. Detuve la mano en su mejilla para disfrutar del calor que desprendía.

—¿Tan desesperada estás por deshacerte de mí? —musité.

En cualquier otra situación, me habría negado a pensar siquiera en perder la mitad de mi fortuna, pero en lo único que podía pensar ahora era en las ganas que tenía de besarla. Pero de besarla de verdad, no de forma mecánica como solía hacer al llegar a casa porque había vuelto agotado del trabajo.

El arrepentimiento de haber perdido miles de oportunidades se me metió en las venas.

A Alessandra se le relajó la expresión una milésima de segundo, pero enseguida volvió a ponerse seria.

—Te hice llegar los papeles, ¿no?

De no ser por aquel diminuto temblor que le noté en la voz, le habría creído; aun así, su respuesta siguió teniendo el efecto deseado. Hizo trastabillar mi compostura y me arrancó dolor y sangre en un corte limpio y feroz.

Alessandra no era del tipo de persona que disfrutaba haciendo sufrir a los demás; verla tan a la defensiva era una clara prueba de cuánto daño le había hecho. Y eso fue lo que más me dolió.

Pensaba que estaba haciendo lo correcto al ganar dinero para los dos. Sin embargo, era evidente que, con el paso del tiempo, el significado de esta acción había ido cambiando para cada uno de nosotros.

Una situación así no puede arreglarse con algo temporal.

Volví a recordar las palabras de Kai, que fueron acompañadas del dulce y cálido canturreo de la siguiente canción. Una que me resultaba familiar.

Alessandra y yo nos quedamos sin aliento a la vez. En el letrero de fuera del local se leía «Noche latina», pero ¿qué probabilidades había de que fueran a poner justamente esta canción en este preciso momento?

Como decía antes, yo no creía en el destino..., hasta que nos vino a buscar.

—Baila conmigo. —Bajé la mano y se la tendí. No la tomó. Me lo veía venir, pero me dolió igual—. ¿Cómo sería esta noche si las cosas fueran distintas? —pregunté con un hilo de voz—. ¿Si fuéramos los de antes?

Alessandra tragó saliva con fuerza; un gesto que traicionó las emociones que sentía.

—Para.

—Dame el gusto —le rogué con un tono de voz más dulce todavía—. Por los viejos tiempos.

La música nos envolvió y nos alejó del bar para llevarnos al pasado.

—*Vamos, baila conmigo. —Alessandra se rio al ver mi mueca—. Solo una vez. Te prometo que no te morirás.*

—*Eso ya lo veremos. —Aun así, le tomé la mano que tenía tendida. No me gustaba nada hacer el ridículo, pero nunca había sido capaz de negarle nada a ella—. No sé cómo se baila esto.*

Era la última noche que pasábamos en Brasil. Su madre y su hermano habían salido y nos habíamos quedado a solas. La brisa se coló a través de las ventanas, deleitándonos con el olor a verano, y desde el tocadiscos de la esquina se oía una exquisita voz femenina.

—*No te preocupes. No es como los pasos de samba que intenté enseñarte ayer. —Me jaló hacia el centro de la sala—. Tú solo pon las manos aquí... —Me colocó las manos en sus caderas—. Sujétame así... —Apoyó su mejilla en la mía y, cuando la apreté delicadamente por encima del delgado algodón del vestido, se le entrecortó la respiración—. Y balancéate —acabó de decirme en un susurro.*

Habíamos avanzado mucho desde que nos habíamos conocido por primera vez hacía nueve meses y, en silencio, le di las gracias a la fuerza mayor que fuera y que hizo que Ale se cruzara en mi camino, aunque a mí me hubieran tenido que llevar a rastras para que llegara a ese punto.

—*Mi madre solía poner esta canción cada vez que tenía un ligue nuevo. —Alessandra levantó la cabeza—. La he oído muuuchas veces.*

No me cabía ninguna duda. Alessandra era una persona de trato fácil y que tenía los pies en la tierra; su madre, que había sido supermodelo en el pasado, vivía en su propio mundo. La noche an-

terior había venido a cenar con un minivestido de plumas, un collar de diamantes y con la boca de su novio (una estrella del rock) *pegada al cuello.*

—¿Quién canta? —pregunté.

—Marisa Monte. —Su sonrisa emanaba tanta dulzura y calidez que me caló muy hondo—. Se llama Amor I Love You.

La Alessandra de hoy no estaba sonriendo, pero el destello de sus ojos me dio un poco de esperanza. Mientras sintiera algo, aún podíamos salvar la relación; porque lo que más miedo me daba no era que me odiara, sino su indiferencia.

—Si las cosas fueran distintas, habríamos venido juntos —señaló—. Pediríamos unas copas, nos contaríamos cómo estuvo el día y nos quejaríamos del tráfico de la hora pico. Nos inventaríamos historias sobre la vida de la gente que nos rodea y discutiríamos sobre si aún es demasiado temprano para poner las decoraciones de Navidad. Seríamos una pareja normal y seríamos... —Se le entrecortó la voz—. Seríamos felices. —La forma en la que se le quebró la voz al pronunciar aquella última palabra me partió el corazón en dos.

La imagen que acababa de describirme era un tributo a una época más sencilla y, a pesar de que nunca más quería volver a ser aquel joven sin dinero ni poder de cuando nos conocimos, sí quería volver a ser el hombre de quien se había enamorado.

Quería que me sonriera como lo había hecho en el pasado.

Quería tenerla a mi lado; feliz, risueña y completa.

Quería que volviéramos a estar bien, a pesar de que para lograrlo tuviera que deshacerme de partes de mí que tanto me había empeñado en construir.

—Una canción. —Hacía muchísimo que no le rogaba nada a nadie, pero aquí estaba yo ahora—. Por favor.

La canción terminó. Aquel momento de nostalgia se disipó, pero yo, que seguía aguardando la respuesta de Alessandra, apenas me di cuenta.

Se quedó mirándome la mano. El corazón me latía con mucha fuerza y, justo cuando pensé que iba a irse y a llevarse mi maldito órgano con ella, apoyó la palma en la mía.

El alivio liberó el aire que tenía atascado en la garganta.

La acerqué a mí con cuidado de no moverme demasiado rápido para no asustarla.

Un baile. Una canción. Una oportunidad.

—¿Te acuerdas de la primera vez que fuimos a un bar los dos juntos? —le pregunté—. Había aprobado Escritura Inglesa y fuimos a celebrarlo con unos tragos en el Crypt.

Alessandra sacudió la cabeza.

—¿Cómo iba a olvidarme de eso? Casi acabas entre rejas.

No hacía ni cinco minutos que habíamos llegado cuando un imbécil borracho le tiró la cerveza. Como el tipo se había negado a dejarnos en paz y cada vez se había ido poniendo más y más agresivo, le di un puñetazo; él me lo devolvió y la cosa fue escalando tanto que al final acabamos armando una buena pelea e incluso tuvieron que llamar a la policía.

—Habría valido la pena —confesé—. Espero que se le quedara la nariz chueca de por vida.

Su reticente risa hizo que sintiera una pequeña ola de calor en el pecho. No me había dado cuenta de cuánto extrañaba ese sonido. No la había escuchado reír en mucho tiempo (incluso antes de que se fuera de casa); al menos, no de la misma forma que lo había hecho años atrás.

Alessandra se fue relajando poco a poco mientras yo iba sacando más recuerdos a la luz: nuestra primera cita, la graduación, el primer viaje que hicimos juntos a Nueva York... Lo que nos deparaba el futuro era incierto, pero, en su día, habíamos formado un buen equipo. Podíamos volver a formarlo. Solo necesitábamos tiempo.

La canción llegó a su fin y Alessandra intentó apartarse de mí, pero la abracé con más fuerza.

—Todavía no —le dije con la voz agitada.

Aún no estaba preparado para soltarla, pero no sabía cómo conseguir que se quedara.

Le temblaron los labios, pero enseguida volvió a mantenerlos firmes.

—Una canción, ¿recuerdas?

—Sí. —Agaché la cabeza. Ojalá tuviera el poder de volver atrás en el tiempo—. Pero tengo una última petición. Un beso. Solo uno.

Cerró los ojos.

—Dom...

—Por los viejos tiempos —repetí y aquellas palabras quedaron colgando como jirones en el diminuto espacio que nos separaba.

La respiración se le volvió irregular, igual que a mí. No respondió, pero tampoco se fue, así que me tomé aquella señal como un consentimiento tácito.

Acerqué mi boca a la suya y le di una última oportunidad para que se apartara. Como no lo hizo, acorté la distancia que nos separaba y le rocé los labios con el beso más delicado del mundo. Lo hice con tanta sutileza que, más que un beso, parecía una caricia; aun así, fue cargado de todas aquellas emociones que había intentado enterrar con todas mis fuerzas. Dolor, anhelo, arrepentimiento, amor. Nadie podía hacerme sentir tanto ni con tanta pasión como Alessandra, y cualquier control que pudo haber habido en mí se desató cuando oí su suspiro de placer, prácticamente mudo.

La besé con más vehemencia, entregando mis labios a los suyos con la facilidad que nos habían aportado los años de práctica. Le coloqué la mano en el cabello y ella me agarró por los hombros. Le exploré cada rincón de la boca con la lengua, embriagándome con el sabor a manzana, a ginebra y a ella. Tras dos semanas separado de Alessandra, besarla fue como volver a casa.

La desesperación que sentía fue intensificándose a cada segundo que pasaba y nos envolvió en unos amplios lazos. Sentí que entraba en tensión y Alessandra comenzó a respirar de forma entrecortada; a pesar de eso, seguía estando lo suficientemente lúcido como para no olvidar que estábamos en un lugar público.

Sin saber muy bien cómo, conseguí ir hacia un pasillo que quedaba cerca y donde, por sorpresa, el baño de los empleados estaba abierto. Para ser un baño, era bonito, aunque apenas reparé en los detalles dorados o en el suelo de mármol. Estaba demasiado centrado en Alessandra: en lo sonrojadas que tenía las mejillas, en cómo entreabría los labios y en cómo tembló cuando la senté en el tocador del lavamanos y le subí la falda hasta la cintura.

Ninguno de los dos habló para no arruinar el delicado hechizo que estaba manteniendo nuestros problemas a raya.

Mañana, esos problemas seguirían ahí. Esta noche, en cambio, era para nosotros.

Volví a besarla, pero ahora lo hice con más ahínco, desesperado por poder beber tanto de ella como fuera posible. Me daba igual cuánto tiempo hubiéramos estado juntos o lo mal que se me hubiera dado expresar mis sentimientos en los últimos años; necesitaba más de ella. Siempre necesitaría más.

Le agarré la nuca con una mano mientras, con la otra, fui recorriéndole el encaje de la ropa interior. La rigidez que había mostrado a principios de la noche ya había desaparecido y, cuando me detuve justo en el punto entre su muslo y el sexo, soltó un ruidito en señal de protesta.

—Sssh. —Fui besándole el cuello en dirección descendiente, deteniéndome, a mi paso, por los puntos que la volvían loca: justo detrás de la oreja, el hueco al final de la garganta, y la curva entre el cuello y el hombro—. Paciencia.

Me conocía el cuerpo de Alessandra como la palma de mi mano y, cada vez que me desviaba, lo hacía a propósito. Conseguí provocarle unos gemidos que acabaron convirtiéndose en un grito en toda regla cuando le aparté la ropa interior a un lado y le acaricié el clítoris con el pulgar.

Contuve un gruñido. Ya estaba demasiado mojada para mí.

Una ola de calor me bajó por la espalda mientras iba jugueteando con su clítoris, acariciándoselo, dibujándole círculos y tocándoselo hasta que me empapó la mano. Se retorció contra mí con la expresión llena de lujuria y frustración.

—Dom —se le escapó una jadeante súplica de los labios—. Por favor.

Se me endureció tanto que me dolía. Dios, no había sonido más dulce en el mundo que el de mi nombre pronunciado por ella.

Cuando finalmente le metí dos dedos, se le escapó otro grito; estaba tan húmeda que pude hundirlos con facilidad. Alessandra movió las caderas de nuevo cuando intenté metérselos hasta los nudillos.

—Oh, Dios. —Me clavó dolorosamente las uñas en los hombros—. No puedo... Es... Carajo...

Las palabras se le fueron entrecortando mientras la cogía con los dedos hasta que fue soltando un sinfín de sollozos incoherentes. Sus gemidos y el húmedo sonido de mis dedos al metérselos y sacárselos llenaron el baño y ahogaron mi agitada respiración.

Al verla tan perfectamente dilatada a mi alrededor, casi pierdo el control, pero me obligué a serenarme. Llevaba demasiado tiempo centrándome en mí mismo. Esto lo hacía por ella y quería disfrutar cada segundo, aunque yo tuviera que aguantarme.

Le hundí los dedos con dureza y los encorvé para llegar a su punto más sensible sin apartarle los ojos de encima.

Estalló al instante. Echó la cabeza hacia atrás, con la piel al rojo vivo, y gritó mientras se venía sin que le hubiera sacado los dedos. Seguí ejerciéndole presión en el clítoris con la palma de la mano mientras el orgasmo la azotaba y no se la aparté hasta que hubo terminado de tiritar.

Apoyé la frente en la suya. Una feroz mezcla de anhelo y lujuria me estrujaba el pecho. Se nos mezcló la respiración y, a pesar de que notaba mi dolorosa erección presionándome contra el cierre del pantalón, mi excitación se quedó en la retaguardia ante la irresistible intimidad del momento. Y, aun así, ni siquiera todos mis esfuerzos me sirvieron para evitar que la claridad poscoital volviera a hacer acto de aparición.

Quería volver a tener a Alessandra en nuestra cama, en nuestra casa, en nuestra vida. Desde que se había ido, no paraba de extrañar una parte vital de mí y me parecía imposible que, en algún momento, hubiera llegado a dar por sentado que siempre la tendría conmigo cuando en realidad la necesitaba más que el aire para respirar.

—Regresa a casa —le susurré sin pensarlo y con la boca prácticamente pegada a la suya.

Alessandra cerró los ojos; tenía una expresión confusa. A lo mejor se había ablandado. Noté que ya no tenía los hombros tan tensos y que el ritmo de su respiración también había cambiado. Sin embargo, antes de que pudiera responder, un estridente ruido perforó el aire.

Mierda. Me aparté y colgué la llamada. Era el mismo maldito número desconocido que antes. No obstante, cuando levanté la vista al cabo de cinco segundos, vi que ya la había perdido.

El pánico me clavó sus despiadadas garras.

—Ale...

—No puedo. —Su acongojada respuesta me cayó con una rotundidad apabullante.

No puedo.

Me pasaba la vida gestionando contratos larguísimos y haciendo complejos cálculos, pero resultaba irónico ver que dos palabras tan simples como esas podían destrozarme con la brutalidad de una bomba nuclear.

No puedo. ¿Qué más podía decir yo?

Cuando se fue y la puerta se cerró tras ella, salí de aquella estupefacción.

—¡Carajo! —Le di un puñetazo al tocador.

El dolor me atravesó el cuerpo, tanto por el impacto contra el frío mármol como por la partida de Alessandra.

La había presionado demasiado y demasiado rápido, y ahora me arriesgaba a que levantara aún más la guardia. Y todo por un beso y unos cuantos minutos a solas robados.

«¿Valió la pena?», me susurró una voz.

«Sí». La respuesta me salió sin pensarlo.

Alessandra siempre valía la pena.

Lo haría todo por un momento con ella, por breve y fugaz que fuera, porque no sabía cuánto tiempo nos quedaba juntos.

Cerré los ojos y noté cómo me retumbaba cada latido del corazón en la cabeza. No me había sentido tan inseguro desde que era un adolescente en las periferias de mi maldita ciudad, y no me gustaba nada. Había invertido muchísimo tiempo y dinero en deshacerme de cualquier posible pérdida de control, pero todos mis esfuerzos se iban al traste con solo una respuesta por parte de Alessandra.

Esperé a que la migraña se me hubiera atenuado un poco y luego me erguí. Cuando hube salido del baño, me obligué a recomponer la compostura de nuevo, pero estaba tan metido en mis cavilaciones que ni siquiera me di cuenta de la figura que estaba esperándome hasta que se apartó de la pared y le dieron los focos.

Casi paso de largo por su lado hasta que lo vi.

El *shock* se deshizo de mi agitación por lo de Alessandra. «No. No puede ser».

Unos pómulos tan marcados y cortantes cual daga que incluso resplandecían entre la oscuridad, y un color de cabello negro azabache a juego con el de su camiseta, sus pantalones y sus botas. Había cambiado bastante con el paso de los años: su suave piel estaba cubierta de una oscura barba incipiente y su delgada figura de adolescente era, ahora, puro músculo. Los ojos, en cambio, seguían siendo los mismos. Dos inconfundibles canicas de color verde destellaron, con frialdad y diversión, bajo la tenue luz del pasillo.

La sangre me rugió con tanta fuerza en los oídos que aplacó el ruido y la música que provenían del bar.

Cualquier esperanza que hubiera podido albergar de estar delante de un doble suyo se desvaneció al momento cuando sonrió engreído.

—Hola, hermano.

12
Alessandra

Jamás volvería a beber *gin-tonics* ni martinis de manzana. Estaban bien para tomar por la noche y cuando una está embriagada por la emoción del momento, pero, ahora que lo veía a plena luz del día, acordarme de mi reciente proeza con Dominic hizo que me sonrojara a más no poder.

No podía creer que hubiera dejado que me besara. No podía creer que le hubiera devuelto ese beso y lo hubiera seguido hasta el baño de un bar, encima, donde había llegado a un orgasmo tan fuerte que hasta se me encorvaban los dedos de los pies con solo pensarlo.

Gruñí y me di un cabezazo contra el clóset, sin fuerza aunque a propósito, mientras esperaba a que hirviera el café. Gracias a Dios que Sloane seguía en Europa o enseguida se daría cuenta de que algo no iba bien. Esa mujer tenía la nariz de un sabueso cuando se trataba de olisquear nuestros secretos.

¿Cómo sería esta noche si las cosas fueran distintas?
Un beso. Solo uno.
Sssh. Paciencia.

Me subieron los colores al acordarme de la boca y las manos de Dominic. Besándome, acariciándome, explorándome.

Llevándome al límite con destreza, como solo él podía hacer. A pesar de todos los problemas que habíamos tenido a lo largo de los años, la atracción física nunca había sido uno de ellos. Incluso a pesar de estar pasando por nuestros peores momentos, el sexo siempre había sido bueno.

—Al menos no te fuiste a casa con él —murmuré.

Casi cedo. El alcohol y el sexo ya se la habían jugado a mi juicio, y la vulnerabilidad de Dominic, tan poco habitual en él, había sido la gota que derrama el vaso.

«Menos mal que lo llamaron». Era evidente que el universo me había protegido, porque me negaba a convertirme en aquella persona que volvía con su pareja después de cuatro palabras bonitas y de un buen (está bien, espectacular) orgasmo.

Lo de anoche había sido casualidad. No volvería a repetirse nunca más, y mucho menos después de que nos divorciáramos. Porque nos divorciaríamos.

El café acabó de hervir. Me serví una taza e ignoré la voz de mi interior que me iba canturreando que podía echarle tanto como quisiera la culpa al alcohol, pero que había una parte de mí que sí había querido irse a casa con él.

Estábamos en plena semana laboral. Tenía encargos por terminar, facturas por pagar y un negocio que gestionar. Lo que no tenía era tiempo para perder agonizando al pensar en mi mala toma de decisiones.

Desayuné apresuradamente y me serví otra taza de café antes de atrincherarme detrás del escritorio.

Nada de Dominic. Nada del divorcio. A trabajar y punto.

Por suerte, tenía suficientes correos y reuniones como para seguir ocupada toda la mañana. El año pasado, había contratado a dos asistentes para gestionar las cuestiones logísticas y el servicio de atención al cliente, y acababa de terminar la videollamada con ellas cuando vibró el celular.

—¿Hola?

Respondí sin ni siquiera mirar quién llamaba; estaba demasiado distraída con un nuevo encargo donde me pedían que creara un *collage* de flores prensadas en forma de la vagina de la mujer que me hacía el pedido. Lo más triste era que me habían llegado a encargar cosas más raras.

—Hola. Quisiera hablar con Alessandra Ferreira —anunció una profunda voz masculina desde el otro lado del teléfono.

Me erguí con el corazón acelerado. Últimamente, solo había utilizado mi apellido de soltera una única vez.

—Soy yo.

—Me llamo Aiden Clarke. Le llamaba porque me dejó un mensaje ayer diciendo que le gustaría que le dieran más información sobre el local en NoMad.

—Sí. —Respondí en un tono tan agudo que resultó incluso bochornoso. Carraspeé y volví a intentarlo—. Sí, así es.

Si le soy sincera, se me había olvidado por completo. Ayer me pareció una buena idea, pero yo no tenía ni idea de cómo llevar una tienda física. Aunque la verdad es que tampoco tenía ni idea de cómo abrir un negocio online hasta que lo hice, así que supongo que era cosa de lanzarse a la aventura.

Los sueños había que perseguirlos.

Después de hablar un poco. Aiden se ofreció a vernos ese mismo día para enseñarme el local. Acepté sin pensarlo dos veces. Quien no arriesga no gana, ¿no?

Me apresuré a hacer lo que tenía de trabajo y llegué a la tienda después de comer, con exceso de cafeína y sin aliento porque casi me atropella un taxista que iba a más velocidad de la que debía.

Paseé la vista por la acera en busca de un reluciente traje y de una sonrisa blanqueada por un buen dentista, características distintivas de un agente inmobiliario en Nueva York. Sin embargo, solo vi a un hombre que podría hacer de doble de algún leñador, vestido con camisa de franela y pantalones de mezclilla.

—¿Alessandra? Soy Aiden —se presentó—. Me alegro de que hayas podido venir y perdona otra vez por las prisas. Mañana tengo un viaje de negocios y no sé muy bien cuándo volveré.

—No pasa nada. —Traté de esconder mi sorpresa. Era más joven y más atractivo de lo que me había imaginado. No debía de llegar a los cuarenta, tenía el cabello castaño oscuro y una barba pulidamente rasurada. Eso, combinado con aquel *outfit* casual y su porte amigable, hacía que Aiden pareciera el típico que le pagaría una ronda de cervezas a todos los parroquianos del bar más cercano en lugar de dedicarse a la gestión de inmuebles de alta gama—. Gracias por llamarme tan pronto.

—No hay problema. Soy bastante compulsivo cuando se trata de devolverle llamadas a la gente. —Le brillaron los ojos, risueño—. Mi mejor amigo dice que por eso sigo soltero: porque no soy capaz de ceñirme a esa norma de esperar tres días antes de llamar.

Reí.

—De todos modos, es una norma ridícula —respondí.

Por un segundo, me pregunté si me estaba informando ya de cuál era su estado civil para mover sus fichas, pero desestimé la idea. Acabábamos de conocernos y yo no era tan narcisista como para pensar que cualquier hombre que me viera estaría interesado en mí.

Mientras me enseñó el local, Aiden no volvió a mostrar señal alguna de intentar ligar conmigo, así que achaqué aquel comentario inicial a algo puramente amistoso.

El espacio era tan pequeño que lo vimos en un santiamén. Aparte de la zona principal, el local contaba con un baño y otra sala que podía utilizarse como oficina o anexo para guardar las cosas. El hombre fue sincero y me fue contando que había algunas partes del interior que habría que reparar, y la verdad es que se lo agradecí. Además, me escuchó atentamente mientras le explicaba qué tenía pensado hacer con mi negocio.

—¿A cuánto asciende la renta? —quise saber cuando terminamos la visita.

Seguramente debería habérselo preguntado al principio, pero las paredes de ladrillo expuesto y la luz natural que iluminaba el local me habían dejado tan prendada que no había reparado en detalles.

Cuando respondió, me estremecí. Sin duda, debería habérselo preguntado antes de nada. Con lo que ganaba con la tienda online ahora mismo, no podía permitirme aquella renta ni en broma; además, no quería complicar aún más el tema del divorcio echando mano de la cuenta bancaria que compartía con Dominic.

—Te seré sincero. Tengo varios inmuebles en la ciudad, pero este es mi favorito. —Repiqueteó los nudillos en la pared—. Hay que hacer algunas reparaciones, pero es un local encantador.

Habría atribuido sus palabras a las típicas de un agente inmobiliario de no ser porque yo también estaba de acuerdo con él.

—¿El local es tuyo?

—Sí. Hace años mi padre compró un par de locales por un módico precio y luego yo seguí sus pasos. Rentamos espacios por toda la ciudad a una docena de negocios. —Otra resplandeciente sonrisa. Los propietarios de locales de por aquí casi nunca solían ser agradables y me costaba asimilar que este hombre tuviera millones de dólares en bienes inmuebles—. Ahora mismo, este es el único que nos queda libre. Antes era una panadería, pero los propietarios decidieron jubilarse hará un par de meses y aún no he encontrado a nadie para que los sustituya. Me gusta llevarme bien con mis arrendatarios, a quienes les doy mi número de teléfono y saben que pueden llamarme a cualquier hora del día en caso de que surja algún problema, de modo que quiero encontrar a alguien con quien sienta que hay buena relación.

Pfff. Aquel local estaba muy bien situado, el dueño era agradable ¿y encima las paredes eran de ladrillo? Era el espacio perfecto..., si no fuera por que valía los dos ojos de la cara y un riñón al mes.

—Es genial. —Tragué saliva para deshacerme del nudo que se me estaba formando en la garganta en señal de decepción—. Seré sincera: me encanta el local, de veras, pero no puedo permitírmelo. Debería haber preguntado cuánto costaba antes de hacerte venir hasta aquí. —Señalé la sala principal, bañada por la luz del sol—. Siento haberte hecho perder el tiempo.

—Para nada. Me impresiona lo que tienes en mente y te lo digo como alguien que no sabe distinguir un tipo de lirio de otro. —Aiden me estudió con la mirada—. ¿Tienes abogado? Estaría encantado de negociarlo con él.

Me dio la impresión de que la experiencia en derecho familiar no iba a servir.

—No —admití.

Aiden frunció el ceño. Seguramente le parecí ridícula; no lo culpaba. Cuando alguien se proponía hitos como este, se organizaba. Yo, en cambio, había pasado por delante de un escaparate un día y había decidido que quería alquilarlo.

Me sonrojé avergonzada.

—¿Qué te parece esto? —dijo al final—. Si contribuyes con el costo de las reparaciones y accedes a ampliar el período de arrendamiento, te daré tres meses de ventaja sin renta, lo cual debería ayudarte con los gastos iniciales mientras vas haciendo crecer la tienda física.

Levanté la vista de golpe hasta mirarlo a los ojos.

—¿Y eso por qué? —La sorpresa acabó con mis filtros habituales; además, no tenía tiempo de parafrasear aquella pregunta con más tacto.

—Tenerlo libre sale caro y prefiero no perder más tiempo del necesario entrevistando a posibles inquilinos —me contó—. Como te decía, me gusta rentar a gente con quien conecto bien y, aunque acabemos de conocernos, sé que tú encajas en el perfil. Si pagas cuando toca y mantienes el local en buenas condiciones, nos llevaremos estupendamente.

Me mordí el labio inferior.

Si algo sonaba demasiado bien como para ser verdad, seguramente sería por algo. Y lo último que necesitaba yo ahora era que me timaran en alguna estafa del mundo inmobiliario.

Aiden debió de percatarse de mi vacilación porque añadió:

—Sé que es precipitado, pero encontrar buenos arrendatarios en la ciudad no es nada fácil; cuando veo a uno, intento que no se me escape. Te mandaré el contrato de renta con los cambios estipulados para que puedas pedirle a algún abogado que le eche una ojeada. No tienes por qué decidir hoy mismo, pero me gustaría saber algo en un par de semanas. —Me tendió la mano—. ¿Trato hecho?

Me parecía justo. No quería recurrir a los abogados de Dominic, pero seguro que alguna de mis amigas conocía a alguien que pudiera echarme una mano.

Le estreché la mano y se me llenó el estómago de nervios y de una pizca de ilusión.

—Trato hecho.

—Quiere acostarse contigo —señaló Isabella la noche siguiente mientras entrábamos en Le Boudoir—. Ni de broma un arrendador de Nueva York iba a ser así de agradable a no ser que tuviera algo más en mente —añadió haciendo énfasis en *Nueva York*.

—Que no. Tiene sus propias razones empresariales para dejarme el local durante tres meses sin pagar renta. —Lo había buscado ayer mismo al llegar a casa y, por lo visto, era una «ventaja» típica que solían ofrecer los propietarios cuando estaban en proceso de negociación.

—Sí, pero eso de que lo haya sugerido él de la nada sin que tú tuvieras que pedírselo... —Isabella arqueó una ceja—. Sospechoso.

—Tiene razón. —Vivian se quitó su exuberante abrigo de piel falsa de animal y se lo pasó al personal de guardarropa—. Sobre todo porque tiene más o menos tu edad y está soltero. Porque no viste que llevara anillo de casado, ¿no?

De camino al restaurante, les había contado a mis amigas lo ocurrido con Aiden y ya me arrepentía. La única que no había venido era Sloane, que seguía en Europa.

—Chicas, ustedes son una cosa especial —me defendí—. No todo el mundo va con intenciones ocultas. Además, ya veremos cómo sigue la cosa, porque todavía no me ha enviado los documentos y yo tengo que encontrar a un abogado que pueda echarles un vistazo.

Desvié la vista rápidamente hacia Dante y Kai, que estaban intentando, con todas sus fuerzas, fingir que no nos escuchaban. Se habían quedado un poco rezagados mientras caminábamos, pero sabía que se habían enterado de todo. Teniendo en cuenta que eran muy amigos de Dominic, aquella conversación tenía que ser tan incómoda para ellos como lo era para mí.

Por suerte, las disparatadas presunciones de mis amigas

sobre los motivos de Aiden para hacerme aquella contraoferta pasaron a segundo plano cuando nos saludamos y nos pusimos a hablar de otras cosas con más invitados que se habían acercado.

Le Boudoir era la última joya del imperio del Grupo de Restaurantes Laurent y gran parte de la élite de Manhattan había decidido acudir a la exclusiva preinauguración que habían organizado. Yo llevaba semanas manteniéndome al margen de los eventos de la alta sociedad porque no quería tener que enfrentarme a las inevitables preguntas acerca de mi relación con Dominic (no había nadie más entrometido que los ricos y aquellos que no tenían nada más que hacer), pero mis amigas me habían convencido para que hiciera una excepción. Era un acontecimiento al que iría poca gente y cuyo anfitrión era Sebastian Laurent; además, había cero posibilidades de que Dominic asistiera a dicho evento porque, según Dante, ahora mismo debería estar de camino a Londres.

Repito: *debería*.

Cuando entré en el salón principal y reconocí, al instante, a alguien de cabello rubio oscuro justo al lado de la barra, el estómago me dio un vuelco impresionante. Ni siquiera tuve que buscarlo; su presencia era como la gravedad y me jalaba, quisiera o no.

—Dijiste que estaba de camino a Londres —le susurró Vivian a su marido, fulminándolo con la mirada.

—Dije que *debería* estar de camino a Londres —la corrigió Dante—. Por lo visto, eh..., ha habido un cambio de plan.

No oí el resto de la conversación. Todo (la música, los invitados, los meseros que iban deambulando con bandejas de champán) se convirtieron en un tenue rugido cuando Dominic apartó la vista de Sebastian, con quien estaba conversando. Nuestras miradas se encontraron en una fuerte colisión de un azul oscuro y otro claro y el impacto casi hizo que me cedieran las rodillas.

El corazón me empezó a latir a un ritmo dolorosamente lento. Habíamos estado casados durante una década y, sin embargo, verlo hoy aquí después de lo de la noche anterior fue como volver a verlo, de nuevo, por primera vez.

—Tú debes de ser Dominic. Soy Alessandra, pero mis amigos me llaman Ale. —Sonreí en un intento por esconder aquel inesperado arrebato de atracción.

A pesar de su seria mirada y de aquella expresión tan fría y estoica, el atractivo de Dominic te dejaba con la boca abierta. Aun así, más allá de aquella cincelada estructura ósea y de su musculosa construcción, hubo algo en él que se me clavó en el corazón.

Reconocí el recelo que escondía su mirada. Era el mismo recelo que nace de un sinfín de decepciones por parte de la gente que te rodea. Mi hermano cargó con ese mismo peso durante años antes de encontrar su lugar. A lo mejor por eso sentí cierto apego hacia él a pesar de que acabáramos de conocernos; su desconfianza me recordó a la de Marcelo, que a menudo solía malinterpretarse por antipatía.

—Hola, Alessandra. —La cuidadosa enunciación de mi nombre entero por parte de Dominic me hizo ver que echar abajo sus murallas sería todo un reto. Por suerte, a mí me encantaban los retos.

No obstante, cuando se sentó justo delante de mí y un pequeño racimo de mariposas alzó el vuelo al rozarme la pierna con los pantalones de mezclilla, me di cuenta de que a lo mejor me había metido en un buen problema.

Al Dominic del presente se le tensó la garganta. No estaba prestándole atención alguna a Sebastian. Yo quería apartar la vista y hacer como si nada, como si no me afectara su presencia, pero su mirada me inmovilizó ahí mismo.

No me gustaba nada que tuviera ese efecto en mí. No me

gustaba nada que mis ojos siempre lo buscaran en una sala llena de gente ni tampoco que no pudiera dejar de pensar en él por más que lo intentara con todas mis fuerzas. Y, por encima de todo, no me gustaba nada el hecho de no poder odiarlo ni siquiera un poquito. Por más que me rompiera el corazón en repetidas ocasiones, siempre habría una parte que le pertenecería.

Un dolor ya conocido se me extendió por debajo de la caja torácica.

Dominic se giró como si fuera a comenzar a caminar hacia mí, pero alguien chocó conmigo y por fin aparté la atención de la barra de golpe.

Aquella persona me agarró el codo con fuerza para sujetarme.

—Disculpa. —Esa fría y grave voz fue como el equivalente acústico de una navaja de afeitar envuelta en seda.

—No... —Al levantar la vista, me quedé sin palabras.

Un hombre espectacularmente atractivo, de ojos verdes, piel clara y la mandíbula más afilada que había visto en toda mi vida me devolvió la mirada. A pesar de su atractivo, hubo algo en él que me hizo escuchar las alarmas de inmediato.

Me apartó la mano del brazo y sonrió a modo de disculpa, pero dicho gesto no llegó a alcanzarle aquellos fríos e inexpresivos ojos.

Entré en tensión. Antes de que me diera tiempo a decir nada más, el hombre se perdió entre la multitud y me dejó ahí, acompañada de un perturbador mal presentimiento.

Y ese mismo mal presentimiento se intensificó cuando desvié la vista hacia la barra de nuevo y vi que Dominic había desaparecido. Como si nunca hubiese estado allí.

13
Dominic

—¿Qué diablos haces tú aquí? —Las palabras me salieron como veneno de la boca en medio de aquel oscuro pasillo a la vez que empotraba a Roman contra la pared.

Que me topara con él anoche pudo ser casualidad, pero ¿dos noches seguidas? No era ninguna coincidencia. Y menos si tenía que ver con Roman.

En cuanto salí del bar, contraté a un investigador privado con quien ya había trabajado en el pasado para que lo investigara. Sin embargo, todavía no había encontrado nada, cosa que, ya de por sí, era preocupante. Solía mandarme un informe detallado en menos de doce horas y, si no lo había hecho, significaba que a Roman se le daba verdaderamente bien encubrir sus huellas.

Y la gente solo se asegura de cubrir sus huellas cuando tiene algo que ocultar.

—Asistir a la inauguración de un restaurante, al igual que tú y tu encantadora mujer —respondió arrastrando las palabras y enfatizando en el adjetivo *encantadora*. No parecía que mi hostil saludo lo hubiera sorprendido lo más mínimo—. Mi invitación debió de perderse por el camino, pero es preciosa. Con razón no puedes quitarle los ojos de encima.

Un gélido temor me recorrió la espalda y a este lo siguió una rabia que fue cociéndose a fuego lento.

—Como le toques un solo cabello —lo amenacé en voz baja—, no habrá lugar en el mundo donde puedas esconderte. Te perseguiré y te mataré tan despacio que acabarás suplicándome que termine con tu vida de una vez por todas.

Le ejercí más presión en el cuello con el brazo. No se inmutó, pero vi cómo le resplandecía algo en los ojos antes de que dicho destello volviera a desaparecerle bajo ese gélido color verde.

—No me encontraste en todos estos años. No hasta que me presenté justo delante de tus narices.

—No te he estado buscando.

—No. Estabas demasiado ocupado construyendo tu imperio como para acordarte de tu querido hermano. —Sonrió con amargura—. ¿A qué sabe el dinero, Dom? ¿Sabe tan bien como siempre habías soñado?

«Maldita sea». Lo maldije en voz baja y lo solté, pero no me moví de donde estaba, interponiéndome entre él y el salón.

—Te lo voy a preguntar por segunda vez. ¿Qué carajo haces tú aquí y de dónde diablos conoces a Sebastian?

Lo había interceptado mientras se dirigía al baño después de que se encontrara con Alessandra. Se habían invertido los papeles en comparación con la noche anterior, cuando se fue sin responderme a ninguna de las preguntas que le había hecho sobre dónde había estado, cómo me había encontrado y por qué había vuelto a aparecer después de haberse pasado más de una década en silencio.

—No eres el único que tiene contactos. —Roman se alisó el saco. Se había arreglado para venir a la inauguración, pero rebosaba aires de peligro incluso vestido con ropa de diseño—. Ha pasado mucho tiempo desde que vivíamos en Whittlesburg, ¿o no?

Se me tensó la mandíbula. Tanto su presencia como el hecho de que mencionara nuestra ciudad natal me trajo recuerdos que prefería mantener enterrados.

—*Algún día, los dos nos largaremos de aquí.* —A Roman le *centellearon los ojos con una férrea determinación poco habitual en alguien de tan solo catorce años. Tenía un oscuro moretón en la cara, justo en el mismo sitio donde le había pegado nuestra madre de acogida—. Y, cuando lo hagamos, todos pagarán por lo que nos han hecho.*

Roman y yo habíamos sido hermanos de acogida en la que fue mi cuarta casa. Solo tenía un año menos que yo y fue, para mí, lo más parecido a un aliado en aquel infierno hasta que empezó a juntarse con la gente equivocada y acabó en el correccional de menores acusado de incendio premeditado, lo cual sucedió en mi último año de preparatoria. Me negué a mentir por él y dar un falso testimonio; acababan de aceptarme en Thayer y no podía arriesgarme a arruinar mi propio futuro porque alguien hubiera cometido un delito. Y, desde entonces, no había vuelto a oír nada de él ni tampoco lo había vuelto a ver.

Hasta anoche.

—No te preocupes. No pienso tocar a tu valiosa mujer. Solo quería saludarte, aunque no debería haberlo hecho. —El mismo centelleo de emoción que había vislumbrado antes volvió a hacer acto de aparición, pero se desvaneció con la misma rapidez que hacía un rato—. Si no quieres que la gente te encuentre, no deberías tener tu cara en el *Wall Street Journal* ni en todos los artículos de la alta sociedad. —Roman pasó por mi lado—. Y ahora, si me disculpas, debo regresar a la fiesta.

Volví a hablar cuando él ya estaba al final del pasillo:

—Dime que no vuelves a estar metido en problemas.

Debería darme igual. Hacía muchísimo que no teníamos nada que ver el uno con el otro, pero una parte de mí no podía quitarse de encima aquella sensación de culpabilidad por haberlo dejado en Ohio. Roman había tomado sus propias decisiones y yo, las mías; sin embargo, en su día, él fue la única familia que tuve de verdad.

Se detuvo y se quedó inmóvil; tanto que incluso parecía una estatua iluminada por las luces del local.

—No finjas que te importa —espetó—. No te queda.

La primera mitad de la cena avanzó sin incidente alguno, pero yo apenas probé la comida. Estaba demasiado distraído, tanto por la presencia de Alessandra, que estaba sentada en un extremo de la mesa, como por la de Roman, que estaba sentado en el otro.

Roman tenía algo en mente. Seguro. Además, mis sospechas no hicieron sino aumentar cuando Sebastian me confesó que no lo conocía personalmente, sino que le había mandado la invitación alguien de su equipo.

Mientras tanto, Alessandra iba haciendo todo lo posible por fingir que yo no existía, aunque la descubrí mirándome más de una vez cuando creía que yo no estaba prestando atención. Y eso debería haberme subido el ánimo; sin embargo, su cercanía con Roman, que era lo suficientemente listo como para percatarse de la tensión que había entre Ale y yo y aprovecharse de ello, hizo que me entraran ganas de irme de la cena y llevarme a Alessandra conmigo por una cuestión de seguridad. A la mierda los buenos modales.

—Deja de mirarla —soltó Dante sin desviar la vista hacia mí—. Estás siendo igual de discreto que un tipo con un martillo.

—Mira quién habla.

A Dante se le conocía por su mano dura (literalmente) cuando se trataba de castigar a aquellas personas que lo habían hecho enojar. Huesos rotos, gente en coma... Toda la parafernalia.

Aun así, aparté la vista de Alessandra, que estaba riendo con Vivian e Isabella. Teníamos que hablar sobre lo ocurrido en el bar, lo cual resultaría más fácil si pudiera encontrarla a solas un minuto. Si había venido hoy aquí había sido exclusivamente para verla; sin embargo, sus amigas eran como guardaespaldas y se negaban a dejarla sola. Debería...

Se oyó un estrepitoso estruendo, seguido de un sonido sibilante de alguien que parecía asfixiarse. Paró bruscamente y el salón entero se quedó en silencio. Volteé la cabeza de golpe hacia el lugar de donde había procedido dicha conmoción.

Uno de los invitados se había desplomado y tenía la cara encima del plato. Traje azul y un distintivo cabello canoso. Martin Wellgrew, el director ejecutivo del Banco Orión.

Sebastian se levantó del asiento de inmediato.

—¿Qué pasó? —preguntó.

—No lo sé. Estábamos hablando y de golpe se... se desmayó —musitó la mujer que estaba sentada al lado de Martin—. ¿Está bien? No se mueve. Dios mío... ¿Y si...?

Sebastian le buscó el pulso a Martin en medio de un silencio sepulcral. Inhaló profundamente y con eso me bastó para saber qué iba a decir a continuación:

—Está muerto.

Atónita, la gente permaneció callada durante un segundo. Acto seguido, estalló el caos. La mitad de los invitados se fue corriendo hacia la salida y la otra mitad hizo lo propio en dirección a los baños, seguramente por miedo a que Martin hubiera muerto a causa de la comida. Con el alboroto, casi se atropellan los unos a los otros y, entre tanto desorden, perdí a mis amigos de vista. De todos modos, a mí solo me interesaba encontrar a una persona.

Alessandra.

Fui abriéndome paso entre la multitud con el corazón aceleradísimo. Un zumbido ya familiar acalló la histeria que se iba acumulando en la sala. No sabía lo que le había ocurrido a Martin, pero tenía que ver a Alessandra y asegurarme de que estaba bien. Podía estar herida, podían haberle pasado por encima con las prisas, podía estar inconsciente...

Aquel zumbido me taladró la cabeza en una frecuencia sumamente aguda. Maldita sea, ¿por qué hacía tanto calor aquí?

Me empezaron a sudar las manos. Intenté seguir avanzando entre la amontonada multitud, pero era un caos.

Cabello negro. Vestido negro. Cabello gris. Traje azul marino. Los invitados fueron desdibujándose en una imagen más bien genérica. Alguien chocó conmigo y estuve a punto de apartar a dicha persona de un solo golpe, pero entonces bajé la vista y reconocí aquel par de ojos azul grisáceo que también me estaban mirando.

Exhalé aliviado. «Está bien».

Nos quedamos mirándonos el uno al otro durante un segundo más, con la respiración agitada a causa de la adrenalina, hasta que otro invitado chocó con nosotros y nos hizo reaccionar.

Agarré a Alessandra por la cintura y fui hacia la salida. No opuso resistencia. Acababa de llegar la policía, pero conseguimos meternos en un taxi sin que nos lo impidieran. Estaba seguro de que luego interrogarían a todos los invitados y les preguntarían por la muerte de Martin, pero ahora mismo no tenía nada de ganas de quedarme y jugar a hacer de testigo.

Alessandra permaneció en silencio mientras yo le daba la dirección del *penthouse* al taxista. Parecía conmocionada por el desconcertante giro de la noche y no la culpaba. Yo mismo había asistido a cientos de acontecimientos de la alta sociedad a lo largo de los años, pero ninguno había terminado nunca con la muerte de nadie.

Aunque, claro, ninguno había contado con la presencia de Roman como invitado.

No lo había visto desde que Martin se había desplomado. Ni entre la multitud, que se había ido en estampida hacia la salida y hacia los baños, ni tampoco fuera del restaurante.

Sentí un nudo de terror en el estómago. Entre la investigación de la Comisión de Bolsa y Valores contra el DBG y la muerte de Martin, estaba habiendo un montón de crisis en el sector bancario. No sabía a qué se debía la repentina reaparición de Roman, pero seguro que era una pieza de un rompecabezas mucho más grande. Me lo advertía la intuición.

—Bueno —dijo Alessandra mientras nos acercábamos a nuestro edificio. Yo seguía diciendo «nuestro», pero desde que ella se había ido ya no me daba la sensación de que fuera un hogar—, para mí, han sido los postres más memorables hasta la fecha.

A pesar de la turbación que sentía, se me dibujó una sonrisa en los labios. Extrañaba sus salidas. El sentido del humor de Alessandra era una de las muchas razones por las cuales me había enamorado de ella; sin embargo, a lo largo de los años, cada vez había ido haciendo menos y menos bromas.

El remordimiento le ganó el pulso a mi momentánea diversión.

—De ahora en adelante, las relaciones públicas de Sebastian van a ser una pesadilla —comenté.

Martin no me caía especialmente bien. En vida, había tenido fama de corrupto y deshonesto, así que tampoco podía decir que me sintiera muy consternado por su muerte. Sin embargo, las circunstancias y el momento en que había ocurrido todo acarrearía unas repercusiones masivas.

—Eso seguro. —Alessandra se agarró con fuerza al borde del asiento—. Dios mío. Murió una persona. Estaba sentado justo delante de... Estaba...

Se le entrecortó la respiración. «Mierda».

Le pagué al taxista de inmediato y me apresuré a llevarla dentro del edificio y a subirla al *penthouse* antes de que volviera a entrar en *shock*.

—Seguramente fue una reacción alérgica. —Lo dudaba, pero si eso iba a hacerle sentir mejor, eso iba a decirle—. En mal momento, pero es lo que hay. No podrías haberlo evitado.

Al llegar al *penthouse*, la envolví en una cobija y le traje una taza de té que ella recibió con ambas manos. El personal ya se había ido, así que el silencio reinaba en la sala.

—Debes de pensar que estoy exagerando.

Se quedó mirando la taza con expresión inescrutable. Si volver a estar en casa después de semanas le hizo aflorar alguna emoción, no lo demostró.

Sentí un nudo lleno de emoción en la garganta.

—No. Ver perecer a alguien delante de ti es bastante traumático.

Alessandra arqueó muy sutilmente una ceja.

—¿Perecer?

—En mi cabeza sonaba mejor que el verbo morir. —Me froté la boca con una mano—. Pero no, ¿no?

—No, la verdad es que no. —Su dulce risa bañó la sala de cierta calidez. Nos aguantamos la mirada y se le fue desvaneciendo lentamente la sonrisa mientras el silencio volvía a abrirse paso entre nosotros. Esta vez fue un silencio conmovedor, cargado de recuerdos y arrepentimientos y, tal vez, de una minúscula pizca de esperanza.

—¿Puedo confesarte algo? —preguntó con un hilo de voz prácticamente inaudible—. Cuando se desató el caos y todo el mundo se echó a correr, fuiste la primera persona a quien fui a buscar. No fue algo voluntario, pero me salió de dentro.

El corazón me latió con tanta fuerza que fue como si tuviera vida propia.

—Bien —contesté en voz baja—. Porque yo también te estaba buscando a ti.

El resto de las palabras que quedaron por decir fue bailando a nuestro alrededor, chispeantes y a nada de estallar.

A Alessandra se le ensombreció la mirada y finalmente ocurrió. Llamaradas de emoción llenaron el aire, incinerando cualquier inhibición o pensamiento racional. Lo único que noté fue un insaciable y obstinado deseo de besarla antes de morir por abstinencia.

Mi expresión debió de dejarle claras cuáles eran mis intenciones porque la respiración se le volvió entrecortada. Separó los labios y no necesité más invitación que esa.

Primero estaba sentado justo al otro lado del sofá y, de repente, tenía la boca pegada a la suya, con su cuerpo empotrado al mío y estábamos yendo hacia el elevador a tropezones, llenos de una reprimida adrenalina, intensa y deseosa. Gracias a Dios que el *penthouse* tenía un elevador privado, porque ni de broma habríamos conseguido subir por la escalera sin hacernos daño. Y menos cuando la sangre me corría ávida por las venas y tenía a Alessandra agarrándome del cabello con tanta desesperación que noté que se me partía el alma.

Sin saber muy bien cómo, conseguimos llegar a la habitación. Cerré la puerta de un puntapié mientras dejábamos que la ropa cayera al suelo, tirada de cualquier forma.

Vestido. Zapatos. Camisa. Ropa interior.

Fue cayendo todo detrás de nosotros, siguiéndonos el rastro mientras nos dirigíamos a la cama. Le fui besando el cuello en dirección descendente hasta llegar al pecho mientras, con los dedos, le buscaba el calor de la entrepierna.

Tan mojada. Tan perfecta. Tan mía.

Alessandra gimió suavemente cuando le envolví el pezón con la boca y se lo lamí y succioné hasta que la tuve jalándome del cabello con la fuerza suficiente para que me doliera.

—Por favor —jadeó meciéndoseme contra la mano en un inútil esfuerzo por buscar más fricción—. Más. Necesito más.

—¿Más qué? —Le rocé los pezones con los dientes y se los acaricié con dulzura al pasearles la lengua por encima. Con una mano le sujetaba las caderas, que ella no paraba de menear, y con la otra jugueteaba con el clítoris, deteniéndome en aquellos puntos que tan loca la volvían—. Dime qué quieres, *amor*.

—Quiero... Oh, Dios.

Se agarró con fuerza a las sábanas mientras yo seguía recorriéndole el torso. Fui bajando la boca entre los pechos, por el estómago y por la sutil protuberancia del hueso púbico. Alessandra tenía la piel en llamas y, a medida que me fui acercando al clítoris, empezó a tiritar.

Me detuve justo en la unión de sus muslos y levanté la vista, deleitándome al verla sonrojada y con los ojos vidriosos.

—Te hice una pregunta —insistí tranquilamente. Le hundí un dedo y ella gimió de nuevo—. Dime qué quieres o te tendré así toda la noche.

—Quiero tenerte dentro de mí —jadeó Alessandra retorciéndose y cerrando su sexo a mi alrededor con una necesidad evidente.

—Ya estoy dentro de ti —le metí otro dedo más, se los saqué y luego volví a metérselos con agonizante lentitud. Casi me vibraba el cuerpo de la necesidad que sentía de embestirla y deleitarme con sus gritos mientras se venía, pero quería alargar esto tanto como pudiera y saborearlo al máximo—. Sé más específica.

—Cógeme. —Aquella súplica se le escapó en forma de grito ahogado—. Quiero tu verga dentro de mí. Por favor.

Sus palabras casi me desatan. Gruñí. Una pátina de sudor me cubrió la frente mientras le sacaba los dedos y le hundía la cara entre las piernas.

—Todavía no. —Le envolví el clítoris con la lengua, dejando que su olor y sabor me distrajeran de lo mucho que me dolía la verga—. Primero quiero que te vengas en mi cara. Enséñame las ganas que tienes.

Sus ruegos se convirtieron en un montón de sollozos ininteligibles mientras yo disfrutaba del festín que era Alessandra. Me encantaba cómo se arqueaba para acercarse a mí, ávida, buscando más. Me encantaba cómo jadeaba al pronunciar mi nombre y cómo me jalaba del cabello. Y me encantaba ella. Había extrañado tantísimo tenerla en mis brazos que renunciaría a cualquiera de mis posesiones con tal de poder congelar este preciso instante.

Le agarré las caderas y le apoyé las piernas en mis hombros para poder introducirle la lengua en el sexo. La mantuve en esa posición con firmeza mientras la cogía con la lengua y dejaba que sus sollozos de placer me hicieran hacérselo con más fuerza y más rapidez hasta que al final llegó a un clímax estremecedor y terminó.

Su excitación me inundó los sentidos y no pude aguantar más.

Cambié de posición de inmediato y enseguida estuve dentro de ella, hundiéndome lentamente tanto por su bien como por el mío. Por el suyo, porque ahora estaba, justo después del orgasmo, hipersensible, y por el mío, porque estar dentro de ella era tan increíble que tuve que apretar los dientes e ir enumerando la lista de los Yankees mentalmente para no dejarme en ridículo.

Fui exhalando con fuerza y con la respiración entrecortada cada vez que salía y volvía a entrar en ella, asegurándome de que le llegaba a los puntos más sensibles en lugar de ir empotrándola con fuerza contra el colchón y cogerla hasta la saciedad como me pedían a gritos mis instintos más básicos.

Mi mujer estaba en casa y no pensaba echar esta noche a perder con una cogida rápida.

Alessandra se sujetó a mí mientras yo me hundía en ella, cada vez con más rudeza y más deprisa, hasta que casi se quedó sin aliento. Me agarré con fuerza al colchón respirando de forma cada vez más agitada. La cabecera fue chocando contra la pared con cada empellón y, a pesar de que debería haber sabido que no era buena idea, cometí el error de desviar la vista hacia el punto donde se unían nuestros cuerpos.

Y ahí ya no aguanté más, porque verme la verga entrando y saliendo de Alessandra, ver que encajábamos a la perfección y que su cuerpo me recibía tan bien, fue tan erótico que el orgasmo me estalló sin previo aviso. Noté cómo me recorría la columna vertebral y cómo me hacía perder el control hasta llevarme a penetrarla con unas embestidas más largas y más salvajes hasta que al final Alessandra estalló y gritó de nuevo.

Ella aún no había acabado de recuperarse del todo cuando, quien llegó al clímax en otra explosión, fui yo. Me azotó de la forma más pura, contrayéndome los músculos y agudizándome los sentidos hasta que pensé que me moriría de tanta estimulación. Alessandra me clavó las uñas en la espalda, prologando aquellas olas de placer (tanto suyas como mías) mientras las sentíamos a la vez. Y por la mente se me pasó un discreto pensamiento que me decía que, en caso de morir, lo haría completamente dichoso porque estaba justo donde tenía que estar: con ella.

14
Dominic

Olía a una mezcla de lirios, lluvia y una dorada calidez. Olía a ella y este aroma era tan embriagante que no fui capaz de abrir los ojos por más que los rayos de sol que me acariciaban la piel me estuvieran advirtiendo de que ya era muy de día.

Normalmente, a las seis de la mañana ya estaba en la oficina, pero no quería despertarme y darme cuenta de que lo de anoche no había sido más que un sueño. Ya había tenido demasiados de ese tipo y luego tenía que recurrir a un buen baño frío para quitarme de encima la decepción de encontrarme con Alessandra en la vida real.

Me fueron viniendo imágenes de la noche anterior a la mente. Ver a Alessandra en el restaurante, traerla a casa, el beso que compartimos y lo que sucedió a continuación...

Tenía la engorrosa sensación de que se me estaba olvidando una pieza importante de aquel rompecabezas, pero ya me ocuparía luego de eso. Ale estaba en casa, donde pertenecía, y yo...

El suave ruido de la ropa me sacó de aquel soñoliento júbilo.

Abrí los ojos de repente y, al ver que el otro lado de la

cama estaba vacío, se me revolvieron las tripas. Volví a oír el sonido de la ropa y desvié la atención hacia la esquina donde estaba Alessandra pasándose el vestido por la cabeza. La luz del sol la bañaba de un brillo etéreo, tiñéndole el cabello de un resplandor dorado y ensalzando el bronceado de su piel en contraste con la seda roja. Estaba de espaldas a mí, pero la tenía tan grabada a fuego en la mente que fui capaz de imaginarme hasta el más mínimo detalle de su expresión, de notar cada curva y encontrar cada llanura y hendidura de su cuerpo, que anoche había venerado durante horas.

El vestido le cayó por encima de los muslos y se subió el cierre de la espalda con agonizante delicadeza. No quería despertarme, lo cual quería decir...

Se me revolvieron las tripas de nuevo, esta vez con más vehemencia.

—¿Adónde vas?

El eco de mi pregunta retumbó en medio del silencio. Alessandra se detuvo un segundo y enseguida continuó vistiéndose.

—A casa de Sloane. Tengo mucho trabajo que hacer.

—Ya... —Salí de la cama con movimientos lentos, precisos y controlados, a diferencia del temor y del enojo que me abrasaban el pecho—. ¿Pensabas despedirte o ibas a irte sin decir nada, como si no fuera más que un encuentro de una noche del cual te arrepientes?

No respondió.

«Maldita sea...». Pensaba que habíamos avanzado, pero ya notaba cómo la perdía antes de haber tenido incluso la posibilidad de recuperarla del todo.

—Lo de anoche...

—Fue un error —me interrumpió mientras se alisaba la parte delantera del vestido con las manos temblorosas—. Y lo del bar también.

—Pues no lo parecía mientras gritabas mi nombre y me suplicabas que te dejara terminar. —Mi sedosa respuesta nada tenía que ver con las espinosas enredaderas que estaban clavándoseme en el pecho. Cuantos más segundos pasaban, más dolorosas se volvían estas.

El rostro le adoptó un tono rojo escarlata.

—Fue solo sexo. —Al pronunciar la última palabra, le tembló la voz; sin embargo, mientras yo cruzaba la habitación para colocarme justo delante de ella, Alessandra siguió firme y tiesa—. No significó nada.

—Ni de broma.

Había visto cómo me miraba y había oído la forma en la que susurraba mi nombre. Además, ni ella ni yo éramos de los que se acuestan con alguien porque es «solo sexo», y menos si las partes implicadas somos nosotros.

—Nuestra vida sexual no suponía ningún problema, pero los problemas que sí teníamos no podemos resolverlos con sexo —respondió marcando bien el verbo *resolver* y mirándome por fin a los ojos, aunque con una expresión totalmente indescifrable tras aquella máscara de acero—. La noche del bar estaba borracha, y anoche nos dejamos llevar por la conmoción de lo ocurrido en Le Boudoir. Había muchísimos estímulos a nuestro alrededor que nada tenían que ver con... esto —concluyó señalándonos a ambos.

Le Boudoir. Roman. ¡Mierda! Eso era otro problema por sí solo, pero ya me encargaría de ese tema más tarde. Ahora centré toda mi energía en respirar a pesar de tener un nudo inmenso en la garganta que me entorpecía el flujo al oxígeno. Bajo este nudo, una nueva chispa de enojo cobró vida y me aferré a ella cual náufrago a una cuerda.

—¿Y qué? ¿Piensas salir por la puerta y fingir que no pasó nada? ¿Qué piensas hacer, Alessandra? —espeté—. ¿Correr a tu eminente abogado y pedirle que vuelva a hacerte el trabajo sucio porque te da demasiado miedo enfrentarte a mí?

Tomó aire profundamente.

—Que te cojan.

—Ya lo hiciste.

Lo vi venir, pero el bofetón que me dio con la mano en la mejilla me dolió más de lo esperado. El ardor se me extendió de la cara al pecho y se me carcomió el corazón mientras nos mirábamos el uno al otro con la respiración agitada.

—Lo sie... No quería... —titubeó aturdida.

El enojo se me pasó tan deprisa que ni siquiera tuve tiempo de asimilar que ya no sentía dicha emoción, reemplazada ahora por el frío estupor del remordimiento.

Esto no tenía que ocurrir. Las relaciones que no funcionaban eran cosa del pasado, del Dominic de hacía años, del que no tenía nada para que la gente se quedara a su lado. Nunca nadie se había preocupado por mí hasta que fui alguien. Cuanto más dinero acumulaba, más gente me rodeaba. Así funcionaba la naturaleza humana. Y se suponía que no tenía que perder a la única persona a la que quería tener a mi lado ahora, justo cuando era más rico de lo que jamás había sido.

Sal de mi clase.

Vaya que llegas a ser estúpido. Con razón te abandonó tu madre...

Tus padres de acogida actuales solicitaron un cambio para que te vayas a otra casa...

Me obligué a reprimir aquellos recuerdos. Mi mundo ya no era ese; prefería morir que volver allí.

Me llevé la mano a la mejilla. El resultado de la bofetada de Alessandra dolía menos que el abismo que nos separaba. La tenía a menos de treinta centímetros, pero fue como si estuviéramos en continentes distintos.

Alguien encendió la aspiradora en alguna parte lejana de la casa y dicho ruido sirvió para acabar con el hechizo que nos mantenía helados. Alessandra se dio la vuelta y yo le tomé la muñeca antes de que pudiera irse.

—Espera. —El corazón me latía con tanta fuerza que fue como si quisiera salírseme del pecho—. Lo siento, *amor*.

Me había comportado como un idiota, pero cuando mis únicas alternativas eran el sufrimiento o el enojo, mi instinto buscaba cobijo en este último.

Exhaló con la respiración temblorosa.

—Déjame.

La agarré con más firmeza. Alessandra no estaba hablando de ese preciso momento y los dos lo sabíamos.

—Ojalá pudiera.

Sería muchísimo más fácil si nunca me hubiera enamorado de ella. El primer día que la conocí, fui a la reunión acordada dispuesto a odiarla sin saber que, en realidad, se convertiría en la persona que me demostraría qué era el amor de verdad. A lo mejor no lo había expresado tanto como debería haberlo hecho, pero Alessandra siempre había sido el sol que mantenía mi mundo en órbita.

Sacudió la cabeza y vi cómo le resplandecían las mejillas, húmedas.

—Se acabó, Dominic. Acéptalo. Solo estás prolongando lo inevitable.

Aceptarlo, un carajo. No podía ser el final. El nuestro no, y menos después de lo de anoche.

—Entonces, ¿por qué no puedes mirarme? —quise saber.

Volvió a sacudir la cabeza. Sollozaba en silencio y le temblaban los hombros.

—Maldita sea, Ale. —Al pronunciar su nombre, se me entrecortó sutil y vergonzosamente la voz. Estaba rompiéndome en un millón de pedazos y Alessandra ni siquiera se inmutaba—. ¿En serio eres capaz de mirarme a los ojos y decirme que ya no me quieres?

—¡Quererte NUNCA fue el problema! —Por fin me miró a los ojos con una expresión que emanaba rabia y agonía en partes iguales—. Te he querido durante once años, Dom. Te he querido tantísimo que hasta me he perdido a mí misma. Todo lo que hice, todo a lo que renuncié y todo lo que aguanté fue POR TI. Cuando te pasabas las noches trabajando, cuando no venías a una cita, cuando cancelabas un viaje... Creía en ti y quería que triunfaras, y no porque me importara el dinero, sino porque me importabas TÚ. Pensé que llegaría un día en el que tendrías suficiente y serías feliz con lo que teníamos. Pero tú nunca serás feliz y yo nunca seré suficiente. —Los sollozos se le mezclaron con una amarga sonrisa—. ¿Sabes que incluso hubo momentos en los que DESEÉ que tuvieras una amante? Al menos tendría algo claro contra lo que luchar, pero no puedo luchar contra lo que no veo; así que cada noche me iba a dormir y me encontraba una cama vacía, y cada mañana me despertaba y me encontraba una casa que también estaba vacía. Me pasé tanto tiempo fingiendo sonrisas que hasta se me olvidó cómo era sonreír de verdad. Y me odio a mí misma porque, a pesar de todo esto, no pude desprenderme de lo que tuvimos en su día. —Se le quebró la voz—. Tienes razón. Todavía te quiero. Y hay una parte de mí que siempre te querrá. Pero ya no eres el hombre de quien me enamoré. Me pasé muchísimo tiempo fingiendo que sí lo eras, pero me está matando.

La habitación se volvió borrosa y un doloroso rugido me perforó los tímpanos mientras le soltaba el brazo.

No conseguía llenarme los pulmones de aire. No podía pensar con claridad. No podía respirar.

A pesar de todo (de lo largas que se habían hecho las semanas, de que no me hubiera contestado las llamadas e incluso de los malditos papeles del divorcio), había seguido pensando que lo superaríamos. Al fin y al cabo, si había llegado tan lejos, había sido gracias a la perseverancia. El huérfano de Ohio al que nadie quería convertido en el rey de Wall Street. El pobre convertido en millonario. Alguien a quien nadie podía querer convertido en esposo.

Sin embargo, la perseverancia se desmoronaba frente a la verdad. Y la verdad de Alessandra tiró a la basura cualquier excusa que hubiese podido tener hasta dejarla hecha añicos. Así que opté por mi propia verdad; la única indiscutible desde el día que Ale entró en mi vida.

—Eres la única persona a la que he querido en toda mi vida. —No me reconocí la voz. Me salió demasiado genuina, demasiado cargada de emociones que me había jurado que no sentiría jamás—. Aunque no lo demostrara. Siempre has sido tú.

Una lágrima le resbaló mejilla abajo.

—Ya lo sé.

«Pero no es suficiente».

La conocía demasiado bien como para oír las palabras que no pronunció. Y, si fuera posible morir en repetidas ocasiones, habría ido al infierno mil veces en tan solo ese preciso instante.

—Si de verdad me quisieras —susurró Alessandra—, me dejarías ir. Por favor.

Oí el profundo y lúgubre eco del silencio. No quedaba nada más por decir.

Una extraña y húmeda neblina me obstruyó la visión, así que eché mano de la memoria muscular para ir hacia el buró. Esquirlas de cristal se me fueron clavando en las costillas a cada paso que daba, pero un gélido entumecimiento se apoderó de mí mientras abría el cajón.

Tomé una pluma, saqué un fajo de papeles del sobre de papel manila que tenía ahí aguardando y, tras un último y agonizante latido, firmé los papeles del divorcio.

15
Alessandra

Era oficial. Me había divorciado.

Aprobaron los papeles exactamente seis semanas después de que Dominic hubiera firmado. En Nueva York, la mayoría de los divorcios tardaban entre unos tres y seis meses en oficializarse, pero Cole consiguió mover algunos hilos y acelerar el proceso.

Pensé que me sentiría distinta. Más ligera, más libre, más *feliz*... Pero, mientras iba montando mi tienda en piloto automático, no sentí nada más que aturdimiento.

Le había pedido a un abogado que revisara el contrato de arrendamiento que me había enviado Aiden y me había dicho que parecía todo en orden. Así que, en ese frente, el tema avanzó igual de rápido que mi divorcio.

—Ale. ¡Ale!

Al oír mi nombre, me sobresalté. El café estaba cayéndose a borbotones por el borde de la taza y me manchó el escritorio temporal.

—*Merda!* —grité.

Me apresuré a apartar los papeles de ahí en medio antes de que acabaran empapados. Mis amigas me ayudaron, aunque sospechaba que su evidente preocupación tenía que ver más conmigo que con las hojas de los pedidos que se habían mojado.

Isabella había venido a escribir su próxima novela porque el ruido de construcción «le ayudaba a concentrarse», y Vivian y Sloane habían venido para comer. Les quedaba lejos de donde trabajaban las dos, pero desde que me había divorciado se habían mostrado extremadamente serviciales.

—Toma. —Vivian arrancó un pedazo de papel de un rollo que teníamos cerca y me lo pasó para que pudiera secarme el café que me había caído encima—. ¿Estás bien? ¿Te traemos hielo?

—Estoy bien. —Por suerte, cuando la había servido, la bebida ya estaba tibia—. Estaba distraída pensando en mis cosas.

Intercambió miradas con Isabella y Sloane. El ruido de los taladros y las reparaciones que estaban haciendo en el baño llenó el silencio. Los trabajadores llevaban dos semanas entrando y saliendo, renovando interiores viejos y cambiando la loseta. El local tardaría unos tres o cuatro meses en estar listo, pero al menos los preparativos me mantendrían ocupada durante las vacaciones.

Eran las primeras fiestas en una década que pasaría sin Dominic.

—¿Sigues pensando en él? —preguntó Isabella con delicadeza en un instante en que se detuvo el ruido.

—Es inevitable. —Me obligué a sonreír—. Estuvimos casados muchos años. Tardaré algo de tiempo en acostumbrarme.

Mis amigas hacían todo lo posible para evitar que pensara en él. Habíamos salido a bailar, nos habíamos ido de escapada de fin de semana para ver los colores otoñales de New Hampshire, y nos habíamos atiborrado de palomitas con jalapeños mientras veíamos las comedias románticas que tanto amaba odiar Sloane. Eran planes que, a corto plazo, funcionaban; sin embargo, cuando estaba sola, el vacío que sentía en el corazón se volvía vengativo.

—Exacto. Tienes que acostumbrarte. —Sloane tiró el recipiente de ensalada, ahora vacío, a la basura—. Y justamente por eso deberías volver a lanzarte a tener citas. La mejor forma de olvidar lo viejo es pasar página e ir por algo nuevo.

Vivian negó con la cabeza y terció:

—Es demasiado pronto. Déjala que disfrute de la soltería.

—La soltería incluye tener citas —replicó Sloane—. No estoy diciendo que se meta en otra relación, pero al menos debería ver un poco cómo está el mercado. La ayudara a olvidarse de...

—Eh, estoy aquí. —La interrumpí antes de que pudiera decir el nombre de Dominic. Hacía tantísimo tiempo que no tenía una cita con nadie que me entró ansiedad con solo pensarlo—. ¿Acaso mi opinión no cuenta?

—Claro que cuenta. —A Sloane le vibró el celular. Lo miró y se puso a teclear a la velocidad de la luz mientras gestionaba a saber qué crisis de relaciones públicas que hubiera estallado justo ahora—. Pero pasaste *once* años con el mismo hombre. Es hora de que amplíes tus horizontes. Piénsalo.

Por más que intenté evitarlo, sus palabras me retumbaron por la mente toda la tarde. Antes de conocer a Dominic, tuve un montón de citas que nunca derivaron en nada. Necesitaba sentir cierta conexión emocional antes de acostarme con alguien. Aunque, claro: ahora ya no tenía veintiún años. A lo mejor Sloane tenía razón y sí que debería ampliar mis horizontes. Intentarlo tampoco tenía nada de malo, ¿no?

Los albañiles se fueron. Estaba a punto de cerrar cuando la puerta se abrió y apareció Aiden, vestido con su uniforme habitual de camisa de franela y pantalón de mezclilla; su cálida sonrisa sacó a relucir unos dientes blancos en medio de la barba.

—Estaba por la zona y pensé en pasar por aquí —me contó a la vez que me acercaba un vaso de café para llevar de la cafetería que había al final de la calle—. *Matcha*. Me pareció que a estas horas del día no te convendría un expreso.

—Gracias. —Le di un sorbo, alegre, y lo miré por encima del borde del vaso de cartón.

Aiden no mentía cuando dijo que prefería llevarse bien con sus inquilinos. Me contactaba a menudo para saber cómo iban las cosas, pero no de forma perturbadora ni controladora, sino más bien para ayudar (seguramente porque sabía que yo no tenía experiencia alguna en lo que venía a ser abrir una tienda al menudeo) y, cuando me vio agobiada eligiendo entre varias opciones de albañiles, me recomendó a los suyos, que eran de confianza.

—¿Cómo va todo? —se interesó—. Espero que los chicos no te estén dando muchos dolores de cabeza.

—Para nada; han sido geniales. Me dijeron que, en principio, terminarán después de Año Nuevo.

En realidad, si no fuera porque las vacaciones lo hacen todo un poco más lento, habrían acabado antes. Aunque no me quejaba: por más que me esmerara en tener la tienda lista, cuando pensaba en el hecho de abrirla en sí me daban ganas de vomitar.

¿Y si no atraía a clientes? ¿Y si, sin querer, incendiaba el local? ¿Y si alguien cometía un acto vandálico contra la tienda o se me rompía una tubería o... me robaban a punta de pistola alguna noche mientras cerraba? El barrio era seguro, pero bueno... Tener una tienda física era muy distinto a tener un negocio online, y yo me había lanzado a la aventura sin planearlo mucho ni darle demasiadas vueltas al tema.

—Bien —respondió Aiden—. Seguro que será todo un éxito. Lo de la cafetería fue buena idea.

Como dudaba de que ofrecer solo flores fuera a generar mucha afluencia, le había sumado unos cuantos elementos más a mi plan de negocios original. Cuando terminaran las obras, el espacio contaría con un apartado que serviría de galería; otro, de tienda de flores, y otro, de cafetería.

—Sí. No hay nada que atraiga a los neoyorquinos como un buen... —Vislumbré a alguien de cabello rubio al otro lado de la ventana y se me fue apagando la voz.

Hombre alto. Traje hecho a medida. Y caro.

Me dio un vuelco el corazón y sentí un nudo en la garganta. El hombre se dio la vuelta y el corazón volvió a su sitio.

No era Dominic. Solo alguien que se le asemejaba un poco.

Me gustaría poder decir que aquella era la primera vez que confundía a un desconocido con mi exmarido. No lo había visto desde que firmó los papeles, pero el espectro de su presencia me acompañaba a todas horas.

¿Existiría algún grupo de ayuda para cosas de este tipo? ¿Un Divorciados Anónimos donde se pudieran exorcizar a los fantasmas de matrimonios pasados? De personas divorciadas, solo conocía a mi madre, y su consejo era más inútil que un paraguas de papel en plena tormenta.

—¿Alessandra? —me llamó Aiden, haciendo que volviera a centrar la atención en él.

—Perdona, pensaba... pensaba que había visto a alguien a quien conozco. —Le di otro sorbo a la bebida y encontré consuelo en su terrosa calidez.

Traerme *matcha* en lugar de café fue todo un detalle de su parte, aunque tampoco me sorprendió. Aiden era *siempre* muy detallista. ¿Por qué no podría haberme casado con alguien como él? Se mostraba constantemente amable y atento, y parecía feliz con la vida que llevaba. Cierto es que, hasta la fecha, mis interacciones con él se habían limitado a charlas sobre cuestiones de plomería y el mejor restaurante de comida para llevar, pero a lo mejor no tenían por qué quedarse ahí.

Pasaste once años con el mismo hombre. Es hora de que amplíes tus horizontes.

El consejo de Sloane volvió a entrar en mi mente, así que di el paso antes de que pudiera echarme para atrás.

—Oye, ¿tienes algún plan mañana por la noche? —le pregunté con la esperanza de que sonara como una pregunta despreocupada en lugar de parecer nerviosa.

«Respira. Puedes hacerlo».

Aiden arqueó sutilmente las cejas.

—Nada en especial. Normalmente suelo ir al bar con los amigos para ver algún partido, pero no es algo fijo.

Puede que hiciera años que no tuviera ninguna cita, pero incluso yo reconocí esa clara invitación.

—¿Quieres que vayamos a cenar? Como amigos —me apresuré a añadir. Aún no estaba preparada para tener una cita oficial de las de verdad, pero esto era lo que más se le asemejaba y todo cuanto podía hacer por ahora—. En señal de agradecimiento por tu recomendación; de no ser por ti, me habría pasado semanas buscando unos buenos albañiles.

Un destello de sorpresa le atravesó la mirada y a este le siguió una alegre sonrisa.

—Me encantaría ir a cenar contigo.

Fue un error.

No hacía ni veinticuatro horas desde que había invitado a Aiden a cenar y ya tenía ganas de darle una cachetada a mi yo del pasado por estúpida.

Habíamos dicho que era una cita platónica, pero yo me había peinado y arreglado, y él iba con una camisa de vestir y unos pantalones que no eran de mezclilla.

Estaba guapo (*muy* guapo), pero había algo que no cuadraba. El aroma de su loción, la forma en la que me guio por el restaurante agarrándome el brazo con la mano en lugar de apoyármela en la espalda baja... Era como tratar de encajar la pieza de un rompecabezas en el lugar equivocado.

«Deja de darle tantas vueltas a todo. Tuviste años para acostumbrarte a Dominic; a Aiden, apenas lo conoces. Claro que será extraño al principio».

—Nunca había venido —me contó mientras nos sentábamos en la mesa—, pero he oído maravillas de este restaurante.

—Yo también.

Un incómodo silencio se abrió paso entre nosotros. En el local, conversábamos como si nada; sin embargo, fuera de la cajita que suponía nuestra relación previa, claramente definida, no se me ocurrió absolutamente nada interesante que decir.

¿Debería hablar del clima? ¿De las vacaciones, que estaban a la vuelta de la esquina? ¿Del artículo que había leído sobre la plaga de ratas que había en una de las líneas del metro? Seguramente no. Estábamos en Nueva York. Siempre había plagas de ratas.

Por suerte, el mesero no tardó en llegar y nos salvó de ahogarnos en aquella tensión.

—Tomaremos merlot. Gracias —contestó Aiden cuando nos enseñó la carta de vinos y le dije que eligiera. Al fin y al cabo, la cena era para darle las gracias a él.

—¿No quie...? —me mordí la lengua.

Dominic siempre pedía un cabernet porque era nuestro favorito, pero no estaba en una cita con él. Jamás volvería a tener una cita con él.

El ardor que sentí en los ojos fue tan fuerte y repentino que ni siquiera tuve tiempo de serenarme. En un segundo estaba pensando en pasta y postres y, al siguiente, estaba a punto de ponerme a llorar encima de aquella cesta de pan de ajo de cortesía.

«Serénate».

Estaba en medio de una cena totalmente apetecible con un hombre súper agradable y atractivo. No debería estar pensando en mi exmarido. Sin embargo, a pesar de haberme ido de casa, de que Dominic hubiera firmado los papeles y de que Cole me hubiera llamado la semana pasada para decirme que todo había avanzado sin ninguna problema, no fui consciente de que estaba *divorciada* hasta ese preciso instante.

Nada de anillo. Nada de matrimonio. Nada de Dominic.

Tomé el vaso de agua y le di un trago con la esperanza de deshacerme del sabor que me había dejado mi frustrada relación. No lo conseguí.

—¿Estás bien? —se interesó Aiden con delicadeza. El mesero ya se había ido y él me estaba mirando con una expresión prudente que hizo que volvieran a entrarme ganas de llorar—. Si no te sientes bien, podemos dejarlo para otro día.

Tuvo el suficiente tacto para darme una salida fácil sin mencionar que estaba a punto de derrumbarme. «Soy la peor cita de la historia».

—No. Estoy bien. —Carraspeé—. Es que me entró algo en el ojo. —Podría aguantar una cena. Se trataba de comer y conversar; no era ninguna tortura—. Volviste hace poco del norte, ¿no? ¿Qué tal estuvo?

No sé si fue el vino, aquella increíble pasta o mi fuerte determinación por salvar la noche, pero, al final, cuando íbamos por el plato principal, Aiden y yo nos acomodamos en una fluida conversación.

—La verdad es que mi sueño es irme allí cuando me

jubile —me confesó—. No estoy hecho para la gran ciudad. Si no fuera por el negocio, ya estaría viviendo en alguna cabaña por ahí, tomando cerveza y rodeándome de aire puro. Pescando, yendo de excursión los fines de semana... La buena vida.

—Suena genial. —Hacía bastante que no iba de excursión, pero, en Brasil, mi hermano y yo solíamos hacerlo cada verano. Lo extrañaba—. Espero que no te lo tomes a mal, pero la primera vez que te vi me pareciste... Bueno... —Tosí y me replanteé si confesar aquella verdad—. Un leñador.

La estridente risa de Aiden hizo que todos los comensales de la *trattoria* se voltearan a mirarnos y dejé de sonrojarme tanto.

—Nah. Es un cumplido. Y ya que estamos siendo honestos con las primeras impresiones... —Se inclinó hacia delante y se le relajó la expresión—. Cuando te conocí pensé que eras la mujer más hermosa que había visto en toda mi vida.

Técnicamente, su confesión debería haberme hecho sentir mariposas en el estómago. No obstante, lo que me hizo sentir fue... nada. Fue como si tuviera un robot delante, leyéndome los ingredientes de una lata de sopa.

—Aiden, oye...

—Alessandra. —Aquella fría y profunda voz hizo que se me erizara la piel.

Detuve la mano con la que estaba sujetando el vaso a medio camino de la mesa. No. Después de seis semanas de silencio absoluto no me podía estar pasando esto justo esta noche. No podía ser que el universo tuviera un sentido del humor tan enfermizo.

Sin embargo, levanté la vista y ahí estaba él. Mi exmarido, en toda su marcada y exasperante gloria rubia y cincelada. Llevaba una camisa impecable y un reloj caro, y mantuvo una expresión fría mientras apoyaba la mano en el respaldo de mi silla con una intimidad a la que ya no tenía derecho.

—Dominic. —Ni siquiera me molesté en disimular mi descontento.

Al otro lado de la mesa, Aiden alternó la vista entre Dominic y yo tratando de entender la situación. Le había mencionado lo del divorcio de pasada y me resultó casi evidente ver cómo iba atando cabos.

—Qué casualidad coincidir contigo aquí —espeté seca—. Estamos a medio cenar, así que, si quieres hablar de algo, ya lo haremos en otro momento.

—Ya lo veo. —Se le tensó un músculo en la mandíbula—. El otro día, Camila encontró unos cuantos libros tuyos en la biblioteca. Deberías ir a buscarlos.

—Enviaré a alguien la semana que viene.

No pensaba volver a pisar ese *penthouse* nunca más; ni de broma. La última vez que me había ido con él, habíamos...

Noté cómo me subían los colores. Estuve a punto de darle otro sorbo al vino para cobrar algo más de valentía, pero me negaba a que Dominic viera cómo me afectaba. Así pues, permanecí con las manos en la mesa. Ahora que no llevaba el anillo de matrimonio, el dedo anular me parecía especialmente desnudo en contraste con el mantel.

—Y también está lo de tus obras de arte y los aparatos de la cocina —añadió Dominic—. Tienes que escoger cuáles quieres quedarte.

—No quiero ninguno.

—Pues tu abogado no dijo lo mismo.

—Mi abogado se dejó llevar por la emoción. —Sonreí. Era evidente que estaba ganando tiempo; si tanto le importaban los aparatos y muebles de la casa, se habría puesto en contacto conmigo antes—. Puedes quedártelo todo. Ya me compraré cosas nuevas. Así empiezo de cero y todo eso.

Se le volvió a tensar la mandíbula.

—Sebastian está esperando. —Señalé a su amigo con la cabeza, que estaba sentado unas mesas más abajo mirándonos con curiosidad. Aquel multimillonario francés (de normal, sofisticado) hoy no tenía tan buen aspecto. La defunción de Martin Wellgrew en Le Boudoir había causado estragos en el Grupo Laurent. El hombre era alérgico a los cacahuates y el médico forense había achacado la causa de la muerte a un caso de anafilaxia provocado por trazas de cacahuate en la cena de Wellgrew, que se suponía que no debía contener ningún tipo de fruto seco, lo cual no era positivo para el restaurante donde había ocurrido todo—. Como te decía, ya hablaremos en otro momento.

Me obligué a mirar a Dominic a los ojos. Él me estaba observando con expresión inescrutable. Y entonces, cuando empezaba a pensar que se negaría a irse, soltó la silla y se fue sin mediar palabra.

Exhalé rápida y dolorosamente.

—Lo siento. —Volví a mirar a Aiden y traté de sonreír—. Puede llegar a ser un poco... intenso.

—No pasa nada. —Atisbé una pizca de preocupación y otra de entretenimiento en su mirada—. Intuyo que este era el infame exmarido.

—¿Cómo lo adivinaste? ¿Por la maleducada forma de interrumpirnos o por su extraña fijación por los electrodomésticos de la cocina?

—Me da a mí que su fijación no es por los electrodomésticos exactamente.

No me gustó nada cómo reaccionó mi cuerpo a sus palabras. Le había suplicado a Dominic que me dejara ir y lo había hecho. A la larga, sería algo bueno; sin embargo, ahora, a corto plazo, una parte de mí seguía incomodándose al imaginárselo pasando página. Teniendo en cuenta que estaba en una especie de cita, resultaba un tanto paradójico, pero las emociones no son racionales.

Aiden se frotó la boca con la mano.

—Espero no haberte incomodado con el comentario de antes. Lo decía en serio, pero tampoco es que espere que esta noche sea otra cosa que una agradable cena en buena compañía. Tú acabas de divorciarte y yo..., bueno, yo tampoco estoy en el lugar adecuado para iniciar ahora una relación. A lo mejor las cosas cambian más adelante, pero por ahora será mejor que veamos las cosas por lo que son. ¿Qué te parece?

Ese hombre tenía un don asombroso para pronunciar justamente las palabras que necesitaba oír.

—Me parece perfecto.

Una vez que dejamos de lado las expectativas que habían empañado la primera parte de la cena, por fin me relajé. La conversación fluyó fácilmente y, cuando llegamos a los postres, ya casi era capaz de ignorar la férrea mirada de ojos azules que me estaba observando desde un lateral.

Aiden se excusó para ir al baño mientras yo me terminaba el tiramisú. No habían pasado ni treinta segundos cuando un nítido y familiar aroma a madera me inundó los sentidos.

Entré en tensión de nuevo y miré a Dominic fijamente a los ojos mientras él se acomodaba en el asiento que acababa de quedar vacío. Aiden lo llenaba de forma natural, pero Dominic quedaba imponentemente sentado, con aquellos anchos hombros, esa fría mirada y aquella esculpida mandíbula. Todo él emanaba arrogancia e intensidad.

—Está ocupado.

—¿Ese era tu arrendador? —Dominic ignoró mi comentario.

—¿Cómo...? Da igual. —Por supuesto que sabía que Aiden era mi arrendador. Seguramente también sabría cuál era el número de seguridad social del pobre hombre, dónde vivía y qué desayunaba. Cuando se trataba de indagar en la vida de quienes lo rodeaban (más o menos cercanos a él, eso daba igual), Dominic era de lo más meticuloso—. Ya no estamos casados. Puedo tener citas con quien me dé la gana.

—¿A eso veniste? —Un minúsculo destello le atravesó la mirada—. ¿A una cita?

—Sí. —Una platónica, pero eso él no tenía por qué saberlo. Levanté la barbilla, retándolo a que contraatacara.

—No es tu tipo.

—Estoy probando tipos nuevos. Con el último no acabó de cuajar del todo bien.

Trató de esconderlo, pero vi cómo su fría expresión se quebraba un poco y dejaba entrever una pizca de dolor.

«No te sientas mal por él. Se lo merece». Me agarré al borde de la silla con tanta fuerza que incluso me dolían los dedos.

—Puedes tener tantas citas como quieras, *amor* —dijo en voz baja—, pero nadie va a quererte como yo. *Tu e eu. Não tem comparação.*

Aquellas palabras se me metieron en el cuerpo con su aflicción, su calidez y llenas de una nostalgia de hacía días.

Escondí el doloroso latir que estaba teniendo lugar detrás de mi caja torácica con una sonrisa.

—A mí me parece algo más bien positivo.

—¿Algún problema? —Aiden regresó del baño y, al ver a Dominic sentado en su asiento, mostró una expresión decididamente menos amigable.

—Ninguno —respondí sin quitarle los ojos de encima a mi exmarido—. Ya se iba. ¿Verdad, Dominic?

Este encorvó los labios sin humor alguno. Se levantó y

desplegó su cuerpo con una gracia tan letal que incluso atrajo varias miradas de admiración tanto de hombres como de mujeres.

—Que termine bien la cena. —Al irse, le dio un golpecito a la mesa, justo al lado de mi copa de vino, y añadió—: Debería haberte pedido el cabernet.

Aquel susurro tan íntimo hizo que se me erizara la piel. Aguanté la respiración hasta que Dominic volvió a sentarse delante de Sebastian, a quien no parecía que le hubiera molestado que su amigo lo hubiera abandonado a media cena.

—¿Estás bien? —Aiden me acarició el hombro.

—Sí. —Me obligué a sonreír—. Ya acabé. Vayámonos de aquí.

Tal y como me había imaginado, intentó pagar él la cena, pero yo había tenido precaución y la había pagado antes. Lo de darle las gracias por haberme ayudado con los albañiles iba en serio; además, después de años dependiendo de Dominic en cuanto a dinero se refería, pagar por mí misma me hacía sentir empoderada.

Aiden y yo nos fuimos cada uno por su lado, no sin antes despedirnos con un adiós amigable y algo extraño. Además, conseguí mantenerme serena todo el camino de vuelta al departamento de Sloane. Había encontrado un lugar cerca de donde vivía mi amiga, pero la renta empezaba a partir de enero, así que, de momento, estaba pasando las vacaciones en su casa.

Cuando el taxi se detuvo justo delante de su edificio, empecé a hundirme. Me apoyé en la fachada y tomé una profunda bocanada de aquel frío aire en un intento por deshacerme de todo lo relacionado con Dominic y que aún me embriagaba los sentidos. El sonido de su voz, el olor de su loción, el suave roce de su traje contra mi piel...

Yo trataba de superarlo; sin embargo, que todo me recor-

bajo, pero pasé de «descansar un poco», tal y como había sugerido mi jefa de personal, y había arrastrado a Dante al club. Tenía que mantenerme ocupado porque, en cuanto cerraba los ojos, veía a Alessandra.

A Alessandra con la cara empapada de lágrimas.

A Alessandra en una cita con ese cabrón de Aiden y su estúpida barba.

A Alessandra riendo y hablando con él como si ya me hubiera olvidado cuando yo llevaba muriéndome por dentro desde hacía seis semanas, cinco días y cuatro horas.

La pelota fue directa hacia mí. Esta vez, le di tan fuerte que el impacto me reverberó por todo el cuerpo. Fue abierta y se estampó contra el jarrón de agua que había a un lado. El cristal se rompió y, a continuación, oí que Dante tiraba la raqueta al suelo.

—Basta —sentenció—. Se acabó por hoy.

—Me alegro de que por fin puedas admitir que te rajas, Russo. —Vi el rostro de Alessandra resplandeciendo entre las olas de calor que cubrían la pista. Pestañeé y me deshice de dicha imagen.

—No me rajo; soy pragmático. Quedé Vivian para cenar y, si no llego a la cita porque tú no eres capaz de lanzar con puntería, los *dos* estaremos enojados. —Dante desvió la vista hacia el trabajador que estaba limpiado los trozos rotos de cristal—. Llevas tenso desde que empezamos a jugar. Es la semana de Acción de Gracias. Relájate.

Que el siempre irritado Dante me estuviera diciendo a mí que me relajara resultaba paradójico, pero supongo que estar casado cambiaba a todo el mundo.

—A la mierda Acción de Gracias.

Tampoco tenía demasiado que agradecer. Aparte de haberme cruzado con Alessandra la semana pasada mientras ella tenía una cita, también había tenido que lidiar con el desaparecido de mi hermano de acogida. Roman se había esfumado justo después de la debacle del restaurante en octubre y ni siquiera mis contactos más turbios eran capaces de encontrarlo. Aunque seguía en Nueva York. Lo presentía. Y, en lugar de tranquilizarme, su absoluto silencio se cernía cual siniestra calma justo antes de una tormenta.

—Pensaba que te ibas a París esta noche con Vivian. —Cambié de tema antes de dejarme arrastrar por la espiral de mierda que era mi vida personal—. ¿O pasarán el fin de semana aquí?

—La reunión de despedida de Alessandra es hoy a última hora de la tarde, así que lo pospusi... —Dante dejó la frase a medias, pero ya era demasiado tarde.

Me quedé helado.

—¿Qué reunión de despedida? —Las palabras retumbaron por los suelos de arcilla y Dante puso cara de póquer—. ¿Qué-reunión-de-despedida? —repetí marcando bien cada palabra y sujetando con muchísima fuerza el mango de la raqueta.

Un familiar zumbido empezó a taladrarme la cabeza y el corazón se me aceleró tantísimo que hasta a mi médico le habría dado un infarto.

—Alessandra se va a Brasil mañana por la mañana —confesó Dante por fin.

Me relajé un poco.

—A pasar las fiestas. —Siempre se iba a visitar a su madre y a su hermano en Navidad.

—No exactamente. —Dante tenía aspecto de preferir estar en cualquier otra parte ahora mismo—. El boleto es solo de ida. No sabe cuándo volverá.

El boleto es solo de ida. No sabe cuándo volverá.

Las palabras de Dante me atormentaron toda la noche y la mañana siguiente, cuando me senté delante de mi escritorio con la mirada perdida en la información que aparecía en mi computadora sobre cómo iban los mercados.

Las oficinas se convertían en una ciudad fantasma el día antes de Acción de Gracias, motivo por el cual era uno de mis días favoritos para trabajar. Sin embargo, hoy no conseguía centrarme ni en la investigación de la Comisión de Bolsa y Valores contra el DBG ni en cualquiera de las otras cuentas de inversión de mi cartera de inversiones.

Alessandra no podía mudarse a Brasil. Mi investigador privado me había confirmado que estaba de camino a Búzios, donde su madre tenía una casa, pero acababa de rentar una tienda en Manhattan, por el amor de Dios. Una no dejaba un contrato a medias en ese barrio sin que la jugada le saliera un ojo de la cara. Aun así, la idea de que se fuera a miles de kilómetros de mí sin boleto de vuelta hizo que notara un nudo en la garganta.

¿Cómo me había podido pasar tantísimas horas lejos de Alessandra por voluntad propia cuando yo mismo daría un maldito riñón por volver a tener un minuto a solas con ella? ¿Cómo había podido tener más miedo de perder todo lo demás que de perderla a ella?

Desde que nos habíamos divorciado, le había dado espacio porque aún era demasiado pronto para volver a buscarla. Nuestros sentimientos seguían al rojo vivo y necesitaba algo de tiempo para descubrir cómo volver a ganármela. Había firmado los papeles, pero eso no significaba que me hubiera rendido. Ni de lejos.

Todos los finales van acompañados de un nuevo comienzo. Yo solo tenía que asegurarme de que nosotros también volviéramos a empezar.

Sonó mi celular y me sacó de mis cavilaciones. Al ver quién me llamaba, solté una maldición. «Ya estamos con ese maldito número desconocido otra vez». Debería dejar de responder, pero la curiosidad siempre podía más que yo.

Para no variar, nadie habló.

El enojo se fue apoderando de mí y solté a modo de advertencia:

—Si no dejas de llamar, te...

—Vigila a tu hermano. —La voz sonaba tan distorsionada que no pude distinguir el género de quien hablaba—. O tú serás el siguiente.

No me dio ni tiempo a responder antes de oír el sutil sonido que indicaba que se había acabado la llamada. Solté otra maldición y tiré el celular al escritorio.

Puto Roman. Seguro que era él. Solía timar así a la gente hasta que nuestra madre de acogida casi lo mata a bofetones por lo mucho que subía el recibo telefónico. No tenía ni idea de a qué estaba jugando ahora, pero ya me tenía harto, maldita sea.

Alguien tocó a la puerta.

—¿Señor? —Martha entró dubitativa. Desde que le llamé la atención aquella vez por cómo había tratado a Alessandra, se había mostrado mucho más sumisa—. La cita de las once ya está aquí.

—Salgo en unos minutos.

Se me había olvidado que esta mañana tenía una reunión. Pensar que tenía que sentarme y sonreír durante una hora mientras me hablaban de mierdas varias hizo que, de repente, me entraran ganas de arrancarme la piel.

Me encantaba la ciudad. El ruido y la gente acallaban las voces de mi cabeza y su vertiginoso ritmo me impedía darle demasiadas vueltas a algo durante un tiempo excesivo. Hallaba seguridad en el caos, pero la ausencia de Alessandra y la presencia de Roman habían puesto mi pulcro y ordenado mundo patas arriba. Si no me encontraba en un estado de pánico constante era porque tenía a un discreto equipo de seguridad vigilando a Alessandra en la ciudad y otro haciendo lo mismo con Roman.

Es la semana de Acción de Gracias. Relájate. El consejo de Dante volvió a hacer acto de aparición en mi mente. El cabrón era pesado la mitad del tiempo, pero en otras ocasiones sabía asesorar bien. A fin de cuentas, quien había servido de inspiración para parte de mi plan para volverme a ganar a Alessandra había sido él.

Esperé a que la puerta se cerrara detrás de Martha y abrí otra pestaña en el navegador.

No podía creer que estuviera contemplando, siquiera, lo que estaba a punto de hacer. Era algo tan descabellado y poco habitual en mí que tenía la sensación de que alguien estaba controlando mis movimientos mientras yo navegada por aquella página web que bien conocía.

Pero, carajo, quería recuperar a mi mujer. Y si esto significaba que tenía que tomar medidas drásticas, lo haría.

Por primera vez en mi vida, no lo pensé dos veces ni le di demasiadas vueltas al hecho de que nunca antes había faltado ni un solo día al trabajo. Sencillamente hice clic en el botón, tecleé los detalles de pago y compré un único boleto de ida a Brasil.

17
Alessandra

—¡Si nos morimos aquí, voy a echarte a ti la culpaaaa! —La siguiente ola chocó contra mí y se tragó la última palabra. El silencio lo acalló todo y, durante un eterno minuto, me quedé colgando bajo el agua.

Salí a la superficie escupiendo agua y me encontré a Marcelo riendo a carcajada limpia.

—Perdiste práctica, *irmã*. —Estaba sentado en su tabla y en el rostro le resplandecía aquel brillo típico de los hermanos cuando te molestan—. Antes surfeabas mejor que yo.

—De eso hace años —repliqué haciendo especial énfasis en la última palabra. Tomé una profunda bocanada de aquel aire bendito y sentí que el cuerpo entero me dolía a causa de la fuerza del *wipeout*—. Digamos que Manhattan no es precisamente famosa por sus olas.

A pesar de la humillación de haber sido arrastrada por aquella ola delante de todas las personas que había en la playa, sentí que la adrenalina me corría por las venas. El agua, el sol, el aire con sabor a sal... Qué agradable era estar en casa.

A pesar de que Marcelo y yo crecimos en Nueva York, donde nuestra madre vivió durante gran parte de su carrera como modelo, de pequeños pasamos todos los veranos y las fiestas en Brasil. Empecé a viajar ahí solo una vez al año después de casarme. Aun así, yo siempre había considerado Brasil mi segunda casa y me alegraba de haber convencido a mi hermano de que viniera a Búzios conmigo en un viaje de última hora que, a su vez, contaría como vacaciones de hermanos, unas que ya era hora que hiciéramos. Llegamos el miércoles y nos habíamos pasado los últimos tres días comiendo, nadando y contándonos las últimas novedades. Ahora, Nueva York me parecía que estuviera a años luz.

Marcelo me observó y la diversión de su rostro fue desvaneciéndose para dar paso a una expresión más tierna.

—Pareces mucho más feliz que cuando aterrizaste. La isla te ha caído bien.

—Sí. —Acaricié el agua con los dedos mientras miraba cómo brillaba el sol en la superficie—. Debería haberlo hecho hace muchísimo tiempo.

No sabía por qué, pero pensaba que no podía venir a Brasil sin Dominic, aunque Dios estaba por testigo de que él sí había hecho muchos viajes sin mí. A lo mejor, de haber venido sola, habría conseguido la claridad que necesitaba para verbalizar antes cómo me sentía.

Si hubiera puesto los puntos sobre las íes la primera vez que Dominic faltó a una cita importante, ¿sería ahora todo distinto? Tal vez. Sin embargo, como tampoco podía cambiar el pasado, no valía la pena que estuviera pensando constantemente en los «y si...».

—Puede —respondió Marcelo—. Las últimas veces que hablamos por teléfono, sonabas tristona.

Lo triste que hubiera sonado no tenía ni punto de comparación con la tristeza que había sentido, pero me guardé aquella reflexión para mis adentros.

—Son tiempos de cambios y precisamente por eso estoy aquí ahora. Para adaptarme a ellos.

Y estaba funcionando. Más o menos. Desde que había llegado, solo había pensado en Dominic unas doce veces al día en lugar de las habituales veinte o treinta y pico.

«Pasito a pasito».

—Mmm. —Mi hermano no parecía convencido—. ¿Y qué pasará cuando vuelvas a casa?

—Ya me preocuparé por eso llegado el momento.

Todavía no había comprado ningún vuelo de regreso a Nueva York. Por suerte, las vacaciones estaban comenzando y eso significaba que las reparaciones de la tienda se retrasarían; además, había pausado las ventas de la tienda online. Isabella se había ofrecido para seguir pendiente de todo mientras yo estaba fuera; había trabajado en Diseños Floria antes de publicar su primera novela y ahora seguía echándome una mano de vez en cuando en caso de que necesitara una ayudita extra. Era una de las pocas personas en quien confiaba para que se ocupara de orquestar a los albañiles en mi ausencia.

—No quiero presionarte, pero en algún momento tendremos que hablar del tema —insistió Marcelo con cautela—. ¿Cuándo fue la última vez que hablaste con Dominic?

Al oír su nombre, me estremecí. Mi hermano y yo llevábamos evitando el tema de mi divorcio a toda costa desde que llegamos, pero tenía razón: teníamos que hablar de ello. Supuse que había estado esperando a que se diera el momento adecuado para sacarlo a colación (es decir: algún rato durante el cual estuviéramos relajándonos en algún lugar público para evitar que yo pudiera encerrarme en mi cuarto o utilizar las actividades que hacíamos juntos como alternativa para desviar la conversación hacia otro lado).

—La semana pasada —admití—. Antes de que te llamara. Estábamos en el mismo restaurante y me vio en una... me vio cenando con un amigo. —Respondí al escrutinio de Marcelo con una mirada dubitativa—. Lo siento. Sé que se llevan bien.

Marcelo y Dominic hicieron buenas migas enseguida. En parte, porque ambos habían tenido problemas con la dislexia de pequeños y, en parte, porque el extrovertido de mi hermano sería capaz de embaucar incluso a una piedra si era necesario.

Cuando algo tenía que ver con Marcelo, yo era muy protectora. A mi hermano le habían hecho muchísimo *bullying* de pequeño y, a pesar de que yo ya me había enamorado de Dominic cuando ellos dos se conocieron, ver que se llevaban tan bien hizo que me enamorara todavía más.

—No te disculpes. Es tu relación —contestó con un tono aún más afectuoso y poniendo especial énfasis en el *tu*—. Dom me caía muy bien, pero nunca tendremos un vínculo tan estrecho como el que tenemos tú y yo. Eres mi hermana. Siempre te apoyaré.

Noté un nudo en la garganta.

—No te pongas tan sentimental, Marcy. De cualquier modo tienes que sacar la basura esta noche.

Enseguida volvió a reír.

—Está bien. Debería haber sabido que halagarte no me serviría de nada —bromeó—. Ahora en serio: tú no te preocupes por mí. Haz lo que más te convenga. Y esto... —Señaló la playa con el brazo—. Esto te viene bien. Pasaste de cuidarme a mí a lanzarte de cabeza a un matrimonio. Ya es hora de que vivas la vida sin tener que preocuparte por los demás.

—No me importaba cuidarte.

—Ya lo sé. Pero no por eso lo que acabo de decir es menos cierto. En tu último año de estudios, en lugar de irte de vacaciones, te quedaste para ayudarme a estudiar para un examen de inglés. Te has pasado la vida desviviéndote por el resto. Ahora por fin puedes vivir por ti.

Me quedé mirando cómo otros turistas se daban un chapuzón a nuestro alrededor mientras las palabras de Marcelo seguían retumbándome por la mente.

Nunca lo había visto así, pero mi hermano tenía razón. Mamá se había pasado toda nuestra infancia trabajando, saliendo de fiesta y de citas con unos hombres extremadamente ricos, pero turbios. Yo había sido el resultado de un acostón de una noche con alguien de quien ni se acordaba porque estaba demasiado borracha; Marcelo era hijo de un empresario brasileño casado que había amenazado a mamá físicamente si le contaba a alguien que habían tenido una aventura.

A pesar de ser mediohermanos y de llevarnos solo dos años, yo había hecho más de madre que de hermana hasta que fuimos adultos. Como no podía confiar en que nuestra madre real fuera a cuidarlo como es debido, lo hice yo misma.

Quizá por eso me había costado tan poco cambiar de rol y pasar a ser la mujer de Dominic. Estaba acostumbrada a ser el punto de apoyo de alguien en lugar de la protagonista de mi propia vida.

Eso era precisamente lo que estaba intentando cambiar al abrir Diseños Floria y al divorciarme. Sin embargo, todo gran cambio lleva tiempo.

—Ya basta de melodramas. —Me tragué el nudo de emociones que se me había atravesado en la garganta y señalé al horizonte con la cabeza—. ¿No querías hablar de vivir la vida? Pues mira la pedazo de ola que viene directo hacia nosotros.

Marcelo soltó una maldición y la euforia de «vivir la vida» aniquiló cualquier pensamiento acerca de Dominic, madres descuidadas y padres ausentes. Nueva York no se iba a ir a ninguna parte, pero este momento no duraría para siempre.

Cuando nos hubimos cansado de surfear, regresamos a

la arena a tomar el sol y a disfrutar de algunas bebidas. Nos quedamos en la playa dos horas más hasta que la hora dorada pintó el cielo de tonos naranjas y amarillos y el agotamiento se me apoderó de las pestañas.

—Creo que deberíamos dar el día por terminado. —Marcelo bostezó—. Mañana repetimos. O no. A lo mejor caigo redondo y me quedo durmiendo.

—Nada de quedarse durmiendo. Estamos de vacaciones. —Guardé las toallas mientras él iba recogiendo la hielera.

—¿Y las vacaciones no están justamente para dormir? —se quejó. Parecía que volviera a ser un preadolescente.

—Conmigo, no.

—De acuerdo. —Puso los ojos en blanco—. La chica sale de una relación y se convierte en una parrandera de la noche a la mañana.

—Oye, estoy redescubriéndome a mí misma, ¿está bien? Es como en *Comer, rezar, amar*, pero sin el rezar ni el amar.

Marcelo soltó un sonoro bufido.

Mientras volvíamos a la villa, desvié la vista hacia la pareja que estaba besándose cerca de la orilla. La cabellera pelirroja de la chica resplandecía cual llamarada de fuego bajo aquella puesta de sol, y el chico lucía una figura esbelta y esculpida, como si fuera un atleta o un entusiasta de los deportes de exterior.

Me quedé mirándolos mientras él se separaba a mitad del beso, cargaba a su novia en el hombro y se adentraba en el océano con una facilidad admirable.

—¡Josh, ni se te ocurra! ¡Te mato! —gritó ella justo antes de que la tirara al agua.

Lo agarró justo en el último momento y cayeron los dos. Su risa y blasfemias resonaron por toda la playa, ya vacía.

A pesar del dolor que sentí en el pecho, sonreí con melancolía. Dios, cómo extrañaba aquellos embriagadores días del amor de juventud. Solo tenía treinta y un años, pero, en lo que a relaciones se refería, me daba la impresión de haber vivido toda una vida. Hastiada, desgastada, rota. Vaya regalo para un décimo aniversario.

Quienquiera que fuera aquella pareja, esperaba que tuvieran un final más feliz que el mío.

Marcelo y yo llegamos a nuestra calle justo cuando el ocaso empezaba a dar paso al anochecer. Aparte del departamento en Río, donde se había mudado al jubilarse y al dejar atrás su carrera como modelo, nuestra madre tenía una casa de vacaciones en Búzios, aunque apenas le daba uso alguno. Estaba convencida de que se había olvidado de que existía.

—¿Qué hay para cenar? —pregunté.

Marcelo y yo habíamos subsistido todo el día a base de alcohol y botanas y, como mis habilidades culinarias eran más bien mediocres (lo cual ya era decir mucho), el encargado de cocinar era él. Yo, en cambio, me ocupaba de la limpieza.

—*Feijoada* —respondió haciendo referencia a un cocido de alubias negras y cerdo—. Estoy demasiado cansado como para pensar en algo más creativo.

—Bueno, ya sabes que yo nunca le diría que no a...

Se me fue apagando la voz cuando vi un taxi deteniéndose a unos metros de donde estábamos. Un hombre salió del asiento trasero y sacó el equipaje de la cajuela.

La calle estaba demasiado a oscuras como para verle bien la cara, pero entre la altura y aquella constitución, el tipo me resultaba alarmantemente familiar.

«Espera. No es él. Estás en Brasil, por el amor de Dios, no en Nueva York».

Marcelo entrecerró los ojos.

—¿Soy yo o ese de ahí se parece muchísimo a Dominic?

Una pátina de sudor me cubrió las palmas de las manos. «Respira».

—No digas tonterías. No todos los hombres altos... —Me detuve justo cuando el taxi se fue y los faros del coche iluminaron la cara de aquel hombre, lo cual nos permitió vérsela a la perfección.

Ojos azules. Rostro esculpido. Y con expresión informal mientras se nos acercaba como si no acabara de aparecer de la nada en el maldito Búzios vestido con... ¿Eso eran ¡pantalones cortos!? Hacía años que no veía a Dominic con ropa más informal que una camiseta y pantalones de mezclilla, y hasta eso era poco habitual en él.

—Hola. —Se detuvo justo delante de nosotros; parecía relajado y estaba devastadoramente atractivo—. Qué noche tan bonita, ¿eh?

—¿Qué haces aquí? —No podía ser verdad. Debía de haberme dado una insolación tras pasarnos el día en la playa y ahora debía de estar alucinando—. ¿Me estás siguiendo? —le pregunté haciendo especial énfasis en la última palabra.

—Estoy de vacaciones —respondió tranquilo—. Ya era hora de que parara un poco y, como es Acción de Gracias, pensé que podía irme a algún lugar cálido. Esta semana, Nueva York es bastante deprimente.

—Acción de Gracias fue hace dos días.

—Sí, pero sigue siendo el fin de semana de Acción de Gracias —me corrigió marcando bien la expresión *fin de semana* y sonrió. Aquel gesto, por breve que fuera, me afectó más de lo que quería admitir—. Cuenta igual.

Crucé los brazos y agradecí cualquier barrera que se interpusiera entre nosotros.

—Y de todos los lugares del mundo, ¿acabaste pasando tus vacaciones aquí por mera casualidad?

Levantó los de hombros.

—Me encanta Brasil. —La simpleza de su respuesta no logró esconder la intimidad de su verdadero significado.

Me encanta Brasil. «Me encantas tú».

Aquellas palabras por decir me envolvieron y me tuvieron cautiva durante tanto tiempo que Marcelo intervino con un carraspeo. Uno fuerte.

Me sobresalté y aparté la vista de Dominic. Se me había olvidado que mi hermano estaba aquí.

—Bueno, y... ¿dónde te hospedas? —le preguntó él alternando la vista entre su excuñado y yo.

Esta vez, la sonrisa de Dominic dejó entrever una pizca de picardía.

—En Villa Luz.

Villa Luz era la propiedad de una figura de la alta sociedad brasileña que, en ciertas ocasiones, si no la utilizaba ella, la alquilaba a invitados vip. Era famosa por su amplitud, su fastuosidad y por su elegantísima decoración.

Y también estaba justo al lado de la nuestra.

18
Alessandra

Mierda.

19
Alessandra

—Parece solo.

—No es asunto nuestro. —Permanecí con los ojos puestos en la bebida y me obligué a no desviarlos hacia la casa de al lado—. Quien decidió irse solo de vacaciones fue él.

Marcelo y yo nos estábamos tomando unas caipiriñas caseras en la terraza de la azotea mientras la *feijoada* acababa de cocerse. Después de un alcohólico día en la playa, no debería estar bebiendo más, pero necesitaba hacer aquel encontronazo con Dominic más llevadero.

—Cierto —respondió mi hermano—. Pero, aun así, es un poco triste.

Curiosidad y racionalidad estaban enfrentándose en mi interior. Ganó la primera y desvié la vista hacia la derecha, donde vi a Dominic sentado al lado de su alberca. Las villas estaban separadas por unos arbustos de metro ochenta, pero desde la parte alta de la nuestra se podía ver perfectamente su jardín.

Mi exmarido estaba mirando el celular y comiendo el sándwich más triste que había visto en toda mi vida. De los árboles colgaban unos faroles que se tambaleaban y que le iluminaban sutilmente la figura.

La parte más cínica de mí se preguntaba si estaba comiendo al lado de la alberca porque nos había oído en la azotea y quería darnos lástima. La parte empática, en cambio, no pudo evitar sentir una punzada de dolor en el pecho.

Marcelo tenía razón. Sí parecía solo.

Mi hermano me siguió la mirada.

—La isla parece muchísimo más pequeña, ¿eh?

—Es lo bastante grande. Él que haga sus planes; nosotros seguiremos con los nuestros.

A pesar de que respondí en voz baja, Dominic levantó la vista en ese preciso momento, como si me hubiera oído. Nuestras miradas se encontraron y una corriente eléctrica me recorrió entera bajo la piel.

Aparté los ojos antes de que aquella conexión visual pudiera intensificarse y convertirse en algo más peligroso.

—Te sientes mal por él, ¿verdad que sí? —le pregunté a Marcelo al verlo fruncir el ceño—. ¿Dónde ha quedado eso de que siempre me apoyarás? —Se lo dije en broma, pero solo a medias.

Mi hermano le debía mucho a Dominic. Había sido él quien le había conseguido su primer trabajo como chef júnior en uno de los restaurantes de los Laurent antes de que pasara a ostentar su puesto actual como segundo de cocina. No esperaba que fuera a rehuirle como respuesta a nuestro divorcio, pero su evidente cariño hacia Dominic me incomodó porque ya me veía dejándome llevar por aquellos mismos sentimientos.

Era demasiado susceptible a las opiniones ajenas. No quería serlo, pero tampoco podía evitarlo.

—Aún lo mantengo, pero también me siento mal por él —confesó—. Tanto tú como yo sabemos a qué vino y no es de vacaciones. —Señaló al hombre en cuestión con un gesto de cabeza—. ¿Cuándo fue la última vez que se tomó unos días libres por voluntad propia?

Nunca. Incluso de casados tenía que obligarlo a que se quedara en Brasil unos cuantos días más y no solo los que caían entre Navidad y Año Nuevo.

De repente me di cuenta de la importantísima magnitud del hecho de que Dominic hubiera aparecido por aquí. No estábamos hablando de que se hubiera tomado una noche de descanso ni de que hubiera pospuesto una reunión; se había ido de la oficina, había volado a otro país y, a juzgar por lo acomodado que parecía en Villa Luz, tenía intención de quedarse bastante tiempo.

Se me revolvieron las tripas. «No dejes que te engañe». Dominic haría lo que fuera con tal de ganar, pero el premio solo tenía valor antes de que lo consiguiera.

—Vamos —dije esquivando la pregunta de Marcelo—. La comida ya estará casi lista y yo tengo que bañarme.

—Te bañaste hace una hora.

—Necesito otro baño —mentí—. Esta humedad es terrible.

Marcelo me miró con doble intención, pero no dijo nada. Mientras él le echaba un ojo a la *feijoada*, yo me enjuagué con pocas ganas y dejé que el agua caliente se llevara la simpatía que aún sentía por Dominic.

Cuando me sequé y volví a la sala, Marcelo ya estaba poniendo la mesa.

—Dame. Yo te ayudo. —Le quité los platos—. ¿Por qué me miras así? Tampoco tardé taaanto.

Siempre me hacía bromas y decía que tardaba mucho en bañarme, pero ahora había estado, como máximo, treinta minutos.

—Está bien. —Se rascó la nuca con la mano y en su rostro pude atisbar una mezcla de miedo y aprensión—. Esto, eh... Oye, una cosa. Mientras estabas en...

Alguien se le acercó por detrás y lo interrumpió.

—¿Dónde dejaron las copas de vino? No las ve... —Dominic frenó en seco al verme.

Se había cambiado y ahora llevaba una camisa y unos pantalones de lino. Traía una botella de vino en una mano y, con la otra, sujetaba el celular.

El calor regresó a mí y aniquiló el efecto del baño. Si estaba en casa, con ese vino en la mano y buscando las copas, solo podía ser por una razón.

Marcelo lo había invitado a cenar.

Olvídense de lo de las vacaciones de hermanos. Mañana pasaría a ser hija única porque pensaba matarlo.

Dicho hermano, el que estaba a punto de morir, carraspeó.

—Dominic vino y me pidió algo de azúcar. Resulta que Luz no dejó la despensa llena y la tienda de la ciudad está cerrada, así que le pregunté si tenía ganas de quedarse. Total, preparé comida de sobra.

—Si vas a estar incómoda, puedo irme —terció Dominic al ver que yo permanecía en silencio—. Tampoco es que tenga tanta hambre. Ya me comí un sándwich.

—No importa. —Me obligué a sonreír. Me negaba a que viera lo mucho que me afectaba tenerlo aquí.

Pasó otro incómodo segundo antes de que Marcelo carraspeara de nuevo.

—Las copas de vino están en la alacena donde lo guardamos todo; en la bajita, la segunda empezando por la izquierda. Si no te fijas bien, es fácil que pasen desapercibidas.

Dominic asintió y se fue hacia la cocina de nuevo. Cuando lo tuve fuera del alcance de mi vista, fulminé a Marcelo con la mirada y este retrocedió un poco con las manos al aire.

—¡¿En qué estabas pensando?! —le grité en un susurro—. ¿Te pidió azúcar? ¿En serio? ¿Y tú lo creíste?

—Me dio pánico,, ¿está bien? —siseó—. ¿Qué querías que hiciera? ¿Que le dijera que se fuera?

—¡Sí! —Señalé en dirección a la cocina con la mano—. ¡Invitaste a mi exmarido a cenar! ¡Nos separamos hace dos meses y *me siguió a Brasil*!

—¡Ya sabes que no se me da bien eso de gestionar los momentos de presión social! Olió la *feijoada* y... Mierda, ahí viene.

Cuando Dominic apareció con las copas de vino, mi hermano y yo nos callamos. Mi exmarido arqueó una ceja al verme tomar una copa y servirme un generoso chorro de cabernet antes de que nos sentáramos, pero fue lo suficientemente listo como para no decir nada.

Tal y como había previsto, la cena transcurrió en un ambiente silencioso y forzado. Marcelo fue quien mantuvo la conversación a flote mientras Dominic y yo comíamos en silencio. Me dio la sensación de estar viviendo en una película del absurdo sobre matrimonios y divorcios. Todo, desde el lugar donde nos encontrábamos hasta la presencia de Dominic y pasando por la música que Marcelo había puesto para «darle un ambiente mágico» a la noche, me parecía surrealista.

No podía ser que mi vida, a día de hoy, fuera esta.

—¿Qué tal va la tienda? —me preguntó Marcelo cuando hubo terminado de soltar una perorata sobre el último partido de fútbol (a secas, sin el adjetivo *americano*, como se conocía en el resto del mundo, a excepción de Estados Unidos)—. ¿Todo listo para la gran apertura este próximo año?

—Sí. —Golpeé la mesa de roble con los nudillos para no maldecirlo—. Isabella no me ha mandado ningún mensaje de emergencia, así que intuyo que el local no se ha incendiado.

—Una vez comentaste que nunca abrirías una tienda física. —Aquella discreta observación de Dominic hizo que se me tensaran los hombros—. Dijiste que sería demasiado estresante.

—Eso fue en la universidad —respondí sin apartar la vista del plato—. Las cosas han cambiado mucho desde entonces.

Estudié Negocios en Thayer, pero me especialicé en Comercio Digital. En lugar de graduarme y, acto seguido, abrir mi propia empresa tal y como había planeado en un principio, ayudé a Dominic a levantar la suya. Sin embargo, cuando contrató a un equipo permanente, yo di un paso atrás; además, el sector de venta al menudeo había cambiado muchísimo desde que me gradué, de modo que darle vida al proyecto de Diseños Floria fue como empezar de cero. Casi todo lo que había aprendido en la universidad ya estaba obsoleto, así que los últimos dos años habían sido un proceso de aprendizaje constante.

Abrir una tienda física me daba un miedo atroz, pero necesitaba algo sólido. Algo a lo que poder mirar, tocar y llamar «mío»; algo que demostrara, sin lugar a dudas, que aún me quedaban fuerzas en el interior.

—¿Y tú qué tal? —le preguntó Marcelo a Dominic al ver que este guardaba silencio tras mi respuesta—. ¿Cómo va, eh..., el trabajo?

—Bien. Los mercados cambian, pero Wall Street no.

Otro largo silencio.

—¿Y cuántos días te quedas en Brasil? —Mi hermano hizo otro valeroso intento por no dejar que muriera la conversación.

—No lo sé. —Dominic le dio un sorbo a la bebida como si nada—. No compré boleto de vuelta.

Yo, que tenía la boca llena de cerdo y alubias, casi me atraganto. Justo delante de mí, Marcelo se quedó literalmente boquiabierto y dejó a la vista un trozo de carne a medio masticar. Fue desagradable y él mismo le habría llamado la atención a cualquier otra persona por hacerlo, pero la confesión de Dominic nos había descolocado a los dos.

Que hubiera venido hasta Brasil ya era demasiado. Que hubiera venido sin vuelo de vuelta era algo tan impensable que casi alargué el brazo para ver si tenía la fiebre alta o es que había sufrido un trasplante de personalidad.

—¿Cómo? —Marcelo por fin recuperó la voz—. ¿Y qué hay del trabajo?

Dominic desvió la vista hacia mí. Yo bajé la mía y fingí que lo que tenía en el plato era lo más fascinante que había visto en toda mi vida a pesar de sentir cómo me quedaba sin respiración mientras aguardaba su respuesta.

—El trabajo siempre estará allí —respondió—, pero hay otras cosas que no.

Nadie volvió a decir nada más en toda la cena.

Cuando terminamos de comer, Marcelo se disculpó y se puso a lavar los platos, aunque me tocaba a mí. Se apresuró a adentrarse en la cocina cargado de platos y cubiertos e hizo caso omiso de la fulminante mirada que le lancé cuando me dejó a solas en la sala con Dominic. Nos quedamos mirándonos el uno al otro, rehenes de la incertidumbre. Esa era nuestra nueva dinámica y no tenía ni idea de cómo gestionarlo.

Dominic era muchas cosas (despiadado, irascible, ambicioso), pero nunca inseguro. Desde el día en que lo conocí, había demostrado ser la pura definición de *propósito*, y su motor eran su inquebrantable ambición y sus claros objetivos. Graduarse. Abrir su propia empresa. Hacerse tan rico y conseguir tanto éxito como para cerrarle el pico a cualquier persona que hubiera dudado alguna vez de él.

Incluso cuando iba a la universidad y era un estudiante que vivía en la pobreza, Dominic emanaba tanta confianza que era imposible no mirarlo y ver a alguien destinado a conseguir todo cuanto se propusiera. El éxito era su norte geográfico, pero ahora parecía perdido, como si estuviera a la deriva en alta mar y sin brújula.

—Ale...

—Se está haciendo tarde. Debería irme a la cama.

Me levanté. El corazón me latía desbocado por razones que prefería no analizar; sin embargo, Dominic me agarró por la muñeca sin que yo hubiera conseguido dar más de dos pasos.

—Por favor.

La vulnerabilidad de aquellas palabras debilitó un poco mi fuerza de voluntad. Me detuve y lo miré; no me gustaba nada que su tacto me hiciera sentir mariposas en el estómago o que su voz hiciera que se me acelerara el corazón aunque fuese solo un poquito. Ojalá renunciar a mis sentimientos fuera tan fácil como renunciar a nuestro matrimonio legal, con una simple firma, pero es que la teoría de nuestra relación era sumamente distinta a la realidad.

—No deberías estar aquí. —Me invadió una extraña mezcla de cansancio y adrenalina—. No es sano; ni para ti ni para mí. Acabamos de divorciarnos. No podemos pasar la página si tú me vas siguiendo a donde voy.

A Dominic le centelleó la mirada bajo la luz del techo.

—Ahí está la cosa —respondió con un hilo de voz—. Que pasar la página no es una opción. Para mí, no.

Me tensé de los pies a la cabeza, pero, por más que intentara mantenerme firme, no pude evitar sortear el fuerte impacto de sus palabras.

—No lo has intentado.

—¿Quieres que lo intente?

«Sí. Quizá. Algún día». Al imaginarme a Dominic en alguna elegante gala acompañado de una glamurosa rubia o, peor aún, viéndolos acurrucados en un sofá, pestañeé para deshacerme de dichas imágenes. Lo que anhelaba eran los momentos de intimidad y envidiaba aquellos aspectos de la vida que en algún momento él compartiría con otra mujer.

«No le des tantas vueltas. Es lo que querías, ¿recuerdas?».

—Firmaste los papeles. —Me zafé de su mano.

El fantasma de su tacto seguía abrasándome la piel y tuve que recurrir a todas mis fuerzas con tal de no tocarme la muñeca.

—Firmé los papeles por ti, no porque tuviera ganas.

—Y aun así, aquí estás, en contra de mi voluntad.

Su mirada permaneció solemne, pero se le encorvaron los labios.

—Nunca me dijiste que no quisieras que viniera aquí, así que técnicamente no estoy haciendo nada en contra de tu voluntad.

Suspiré. El agotamiento superaba la adrenalina.

—¿Qué quieres, Dominic?

—Volver contigo.

Se me aceleró el pulso a más no poder. Menos mal que no me estaba sujetando por la muñeca todavía o se habría dado cuenta del minuto exacto en el que asimilé lo que acababa de decirme.

—No puedes volver conmigo. —A lo mejor, si lo repetía las veces suficientes, se lo creería y yo no sentiría ese opaco dolor en el pecho.

—Ya lo sé.

—Entonces, ¿qué...?

—Para ser exactos, quiero que empecemos de cero —me cortó sin apartarme la mirada—. Dijiste que ya no nos conocíamos y tenías razón. Dijiste que, de casados, te había desatendido y que había dado por supuesto que siempre estarías ahí, y tenías razón. Perdí de vista qué era lo más importante.

No puedo cambiar lo que hice en el pasado, pero puedo hacer las cosas de otra forma de cara al futuro. Dame una oportunidad para demostrártelo.

—¿Cómo?

Aquella pregunta se me escapó en un susurro. No pude evitarlo. Pudo más la curiosidad y la íntima sinceridad que se le reflejaba en el rostro me había aprisionado. La misma sinceridad que había faltado durante tantos años en nuestra relación. En aquel momento, a quien tenía delante no era al Dominic Davenport, rey de Wall Street, sino simplemente a Dominic, el hermoso, listo y atormentado chico de quien me había enamorado hacía ya muchas lunas.

—No me alejes. —Se le tensó el cuello—. Es lo único que te pido. Dame una oportunidad para que hablemos y podamos volver a conocernos tal y como somos ahora. Quiero saber qué te hace reír, qué te hace llorar, con qué sueñas y qué es lo que te mantiene en vela a veces por las noches. Si hace falta, me pasaré la vida entera redescubriendo todas esas partes de ti porque, para mí, tú eres mi persona. En todas las líneas temporales y en todas las vidas posibles. Puede que las cosas hayan cambiado desde que nos casamos, pero ¿tú y yo? Tú y yo siempre estuvimos destinados a estar juntos para toda la eternidad.

20
Dominic

Ver a Alessandra y no poder abrazarla fue un tipo de tortura muy distinto. Habían pasado dos días, trece horas y treinta y tres minutos desde que cenamos juntos, y me había pasado cada segundo del día pensando en ese instante. Estaba justo en la casa de al lado, pero tenía miedo de que, si no la grababa con firmeza en mi mente, se me escaparía como si fueran granitos de arena escurriéndoseme entre los dedos.

Por suerte, Búzios era un lugar pequeño y nos cruzábamos en todas partes. En la playa. En el paseo marítimo. En el supermercado comprando fruta y verduras. Por desgracia, nuestras interacciones en dichos lugares eran limitadas, lo cual ya es decir mucho.

Alessandra seguía andando con pies de plomo conmigo. Su respuesta a mi súplica el lunes por la noche había sido un mero «Tengo que irme», y cada vez que me veía me miraba como si yo fuera una cobra esperando atacar. Todo esto me hacía sentir como una mierda porque sabía que Ale tenía todo el derecho del mundo de no creer en mí, pero, a la vez, me encantaba mirarla los pocos segundos antes de que ella se percatara de mi presencia. El destello de su sonrisa; el brillo en su cara; aquel algo incorpóreo e intangible que me recordaba a la chica que había sido mi tutora en Thayer y no me había soltado hasta que fui capaz de alzar el vuelo por mí mismo.

—*Aquí tienes el café. Americano, sin leche ni azúcar. Tal y como te gusta, quién sabe por qué*. —*Alessandra fue la primera persona que vi al salir de la clase de la profesora Ruth. Me pasó aquel vaso de papel con una expresión a medio camino entre la ilusión y la inquietud*—. *Bueno, ¿cómo estuvo?*

—Bien. —*Le di un sorbo y saboreé la amargura que a ella siempre le hacía arrugar la nariz*—. *La profesora Ruth nos recluyó hasta que pudiéramos recitar el compendio entero de obras de Shakespeare, que ya es mucho.*

—Ja, ja. Qué gracioso. —*Me miró fijamente con un brillo divertido en los ojos a pesar de estar haciendo una mueca con los labios*—. *Estoy hablando del examen final, listillo. ¿Aprobaste?*

Alessandra parecía tan nerviosa que abandoné mi plan inicial de alargar las bromitas y molestarla un poco más.

—Setenta y ocho. —*No pude evitar que se me ensanchara la sonrisa*—. Aprobé.

No era la mejor calificación de la clase, pero a la mierda: era muchísimo mejor de lo que había sacado la última vez en Escritura Inglesa. Gracias a Alessandra, había ido sacando notas bastante buenas en los parciales y necesitaba, como mínimo, un setenta y cinco en el final para aprobar la asignatura.

—¿Aprobaste? Oh, Dios, ¡aprobaste! —*Alessandra gritó y me abrazó tan ilusionada que casi me caigo. Me apresuré a tirar el café en el primer bote de basura que vi antes de que nos lo echáramos encima*—. ¡Lo conseguiste! Nunca dudé lo más mínimo de ti.

—Por eso parecía que ibas a vomitar cuando me preguntaste qué tal me había ido, ¿no?

—Bueno, mi reputación como tutora dependía de ello. No podía arruinar mi tasa de aprobados del cien por ciento. —*Se apartó y le resplandeció la mirada, llena de orgullo. Se me cerró el estómago. Carajo, seguramente estuviera más preocupada ella que yo, y yo no tenía ni idea de cómo gestionar algo así*—. Ahora en serio: sabía que lo conseguirías. Eres una de las personas más inteligentes que conozco, Dominic. Es solo que lo demuestras de otra forma.

Sentí que me sonrojaba.

—Gracias. —*Carraspeé y me separé de ella. Tener a Alessandra entre mis brazos fue alarmantemente agradable y temí que, si no la soltaba ahora, no sería capaz de hacerlo nunca*—. Me alegro de que no tiraras la toalla ayudándome cuando me comportaba como un imbécil, porque no lo habría logrado sin ti.

Aquella confesión me salió con más facilidad de la esperada. Siempre me había costado dar las gracias a la gente, pero a lo mejor era porque nunca nadie se lo había merecido de verdad hasta ahora.

A Alessandra se le enterneció la expresión.

—El trabajo fue tuyo, no mío. Yo solo te fui guiando por el camino.

—Sí. —*Sentí que me sonrojaba más aún y me pasé la mano por la nuca*—. Bueno, pues supongo que es todo. Gracias por todo otra vez. A ver si coincidimos en la graduación.

No había razón alguna por la cual fuéramos a volver a vernos. El próximo trimestre, todas mis clases eran de finanzas y economía; podía aprobar con los ojos cerrados. Además, a pesar de las muchas veces que nos habíamos quedado estudiando hasta altas horas de la noche, no era tan ingenuo como para pensar que éramos amigos.

Alessandra pestañeó. Parecía que mi abrupta despedida la hubiera tomado por sorpresa.

—Oh. O sea..., de nada. —*Se acomodó un mechón de cabello detrás de la oreja y desvió la vista hacia el grupo de alumnos que estaban pasando a nuestro lado*—. Eh... Pues supongo que ya nos veremos en la graduación, entonces.

Si no fuera porque era imposible, habría pensado que estaba decepcionada.

—Ajá. Nos vemos. —Parecía un disco rayado. ¿Por qué no se me ocurrían más palabras?

Titubeó un segundo, como si estuviera esperando a que le dijera algo más. Al ver que no lo hacía, se despidió con un gesto de la mano, dio media vuelta y se fue.

El corazón me latía con fuerza tras la caja torácica. Alessandra estaba al final del pasillo. Pronto quedaría camuflada entre la multitud y quién sabe si volveríamos a vernos. Está bien, el campus de Thayer era pequeño y tenía su número de teléfono, pero el instinto me decía que, si no la frenaba en ese preciso momento, estaría dejando escapar algo especial.

Ya casi había desaparecido.

El pánico me hizo entrar en acción. Me eché a correr a toda prisa y la alcancé justo cuando daba vuleta en la esquina.

—¡Espera! Alessandra.

Se detuvo y arrugó la frente, confundida, al verme tan sonrojado.

—¿Qué pasa?

—Nada. Oye... —Suéltalo ya—. ¿Cuándo te vas a pasar las vacaciones en casa? —Las clases no terminaban oficialmente hasta la próxima semana, pero había muchísimos alumnos que se iban antes a no ser que estuvieran obligados a hacer algún examen en persona.

Su confusión se hizo aún más evidente.

—El martes. ¿Por qué?

—Me preguntaba si... Esto... —Carajo. Sonaba como un niño inexperto invitando a su crush a salir por primera vez. ¿Qué me pasaba?—. ¿Quieres que vayamos a cenar juntos el sábado? Tú y yo solos.

La confusión se le derritió y dejó paso a una sonrisa burlona ya familiar que hizo que el corazón me galopara aún más rápido.

—*Dominic Davenport, ¿me estás invitando a una cita?*

Demonios, si lo hacía, lo hacía como es debido. Nada de «y síes», «íes» o «peros».

—*Sí.*

Se le ensanchó la sonrisa.

—*En ese caso, me encantaría ir a cenar contigo.*

El recuerdo del primer paso que dimos oficialmente para empezar a salir me distrajo tanto que casi paso de largo del centro de buceo. Retrocedí e intenté deshacerme de la punzada que sentía en el estómago.

A pesar de que hubiera venido a Búzios por Alessandra, que necesitaba unas vacaciones no era ninguna mentira. No podía pasarme los días lloriqueando por la ciudad; eso sería demasiado patético hasta para mis circunstancias actuales. Seguía asistiendo a reuniones en formato virtual y trabajaba en remoto a primera hora de la mañana, pero debía confiar en que mi equipo sería capaz de gestionarlo todo mientras yo estuviera fuera.

El problema era que yo nunca me había ido solo de vacaciones. Como no sabía qué hacer, había reservado todas las actividades que parecían interesantes. Hoy haría buceo y, mañana, un *tour* en barco.

Y si resultaba que había reservado la misma clase de buceo que Alessandra después de que a Marcelo se le escapara y me lo contara ayer cuando nos encontramos en la tienda... Bueno, es que la ciudad tampoco era tan grande. Las opciones eran limitadas.

Me registré en la entrada y me sumé al reducido grupo de buceadores primerizos que había fuera, en la parte trasera. Mis ojos pasaron por un hombre canoso, un par de estudiantes que estaban riendo y una pareja que estaban susurrándose algo furiosos. Por último, atisbé una cola de caballo color café al final del grupo... y no aparté la vista de ahí.

¿Cuándo fue la última vez que Alessandra se había recogido el cabello en una cola de caballo? No me acordaba. Era un detalle minúsculo, pero era una señal más que indicaba lo mucho que nos habíamos distanciado con el paso de los años. Antes solíamos jugar tenis juntos; había sido ella quien me había iniciado en el deporte y, cada vez que lo practicábamos, siempre iba con el mismo *outfit* blanco de los pies a la cabeza y la misma cola de caballo.

Ahora estaba mirando algo en el celular, pero debió de notar el calor de mi mirada porque levantó la vista y se quedó helada. No terció palabra, pero tampoco tuvo que hacerlo: su expresión lo dijo todo.

—El mundo es un pañuelo. —Me detuve justo delante de ella—. Buenos días, Alessandra.

—Buenos días. —No me devolvió la sonrisa—. Vaya coincidencia que nos hayamos apuntado justo a la *misma* excursión de buceo y *justo* a la misma hora.

—Lo que decía: el mundo es un pañuelo —respondí arrastrando las palabras y haciendo caso omiso de su tono de voz. Le paseé la vista por la curva que le unía el hombro con el cuello hasta llegar a su rostro—. Estás preciosa.

El café del cabello se le había aclarado un poco con el sol y la playa le había aportado un tono más moreno a la piel. Una diminuta constelación de pecas se le extendía por el puente de la nariz y las mejillas con tanta sutileza que, de no ser porque yo estaba tan familiarizado con sus rasgos que notaba hasta el más mínimo cambio, habrían resultado imperceptibles. Aun así, de lo que más me percaté fue de que la rigidez que la había caracterizado en Nueva York se había disipado y había dejado a la vista una sencillez relajada que le favorecía más de lo que podría hacerlo cualquier maquillaje o vestido.

Alessandra era despampanante de por sí, pero aquí brillaba de una forma que hizo que se me encogiera el corazón; en parte porque era tan hermosa que me parecía increíble que fuera real, y en parte porque había tenido que irse de la ciudad y dejarme a mí para recuperar la felicidad. Y eso era lo que más me dolía.

El arrepentimiento se me arremolinó en el estómago. Su expresión dejó entrever brevemente algo de emoción, pero enseguida apartó la mirada.

Y entonces me di cuenta de que el resto del grupo se había quedado callado. El hombre de cabello canoso estaba mirando el celular, pero aquel par de estudiantes y la otra pareja nos observaban con gran interés.

—*Bom dia!* —El profesor de buceo interrumpió esa incómoda tensión y se nos acercó con una sonrisa de oreja a oreja.

Parecía uno de aquellos veinteañeros que se pasaba el día puesto en drogas o haciendo surf, lo cual me enojó de buenas a primeras. Luego se quedó mirando a Alessandra más de lo necesario y el enojo se convirtió, de repente, en una feroz posesividad. Tuve que echar mano de toda mi fuerza de voluntad para no darle un puñetazo en la puta cara.

—Soy Ignacio, su profesor de buceo de hoy. Como es una clase para principiantes, lo haremos fácil y sencillo. —Primero habló un poco en portugués y luego lo fue traduciendo al inglés.

Permaneció extremadamente cerca de Alessandra mientras iba contándonos qué itinerario íbamos a seguir y cuál era el protocolo de seguridad. Hizo una estúpida broma sobre ballenas que la hizo sonreír y mi fantasía pasó de darle un puñetazo a arrancarle la lengua.

Tras una eternidad, subimos al barco en dirección a la zona de buceo. A lo mejor tenía suerte e Ignacio se caía por la borda y se lo comía un tiburón. Cosas más raras se habían visto.

—¿Estás bien? Tienes aspecto de querer matar al profesor —bromeó Josh, el chico de la pareja del grupo—. Si lo haces, espérate a que hayamos vuelto a tierra. A Jules le dan miedo los tiburones.

Nos habíamos presentado antes. Josh y Jules, la pareja, eran un médico y una abogada de Washington D. C. El hombre mayor era un empresario que estaba de visita desde Argentina, y los estudiantes, que estaban en la Universidad de São Paulo, habían venido a pasar un fin de semana largo.

—No me dan miedo —lo corrigió Jules marcando bien la última palabra y levantando la barbilla—. Simplemente no tengo interés alguno en conocerlos.

—Pues no dijiste eso mientras veíamos *Shark Week*.

—Disculpa si no me gustan las criaturas con una dentadura enorme. Al menos yo no lloro viendo películas de Disney...

Me desconecté de sus juguetonas bromitas y volví a centrarme en Alessandra, que estaba con la vista puesta en el océano y mostraba una expresión pensativa.

—¿Nerviosa? —le pregunté sutilmente.

Las actividades que se llevaran a cabo en la superficie del agua (como nadar o hacer surf) no le suponían ningún problema, pero la aterrorizaba sumergirse en el océano. Se negó a hacer buceo en nuestra luna de miel, por eso me sorprendí cuando Marcelo me contó lo que tenía pensado hacer su hermana hoy.

—Estaré bien. Ya he buceado antes —respondió sin apartar la vista del agua.

La sorpresa se apoderó nuevamente de mí.

—¿Cuándo?

—El año pasado, cuando me fui a las Bahamas.

Casi ni me acordaba de su viaje de chicas al Caribe. Fue el mismo fin de semana que yo me había ido a Londres a cerrar un acuerdo y no recordaba que hubiéramos hablado del viaje del otro al volver. Ni yo le pregunté ni ella dijo nada.

Se me encharcaron los pulmones de arrepentimiento.

—¿Y qué tal estuvo? —Debió de estar aterrorizada.

Sentí una vergüenza descomunal. Si no hubiera sido tan jodidamente desconsiderado durante los años que estuvimos casados, con quien habría buceado por primera vez habría sido conmigo. Le habría agarrado la mano mientras íbamos en barco, habría bromeado para distraerla y habría estado allí para ella, maldita sea.

En el altar nos prometimos compartir los grandes hitos juntos, pero ¿cuántos me había perdido yo desde que le prometí eso mismo?

Demasiados.

Alessandra levantó los hombros.

—Bastante bien, teniendo en cuenta que voy a repetir.

—Qué bien. —Repiqueteé con los dedos en el asiento. Tenía el estómago hecho un manojo de nervios; me sentía como un estudiante de primero intentando (sin éxito alguno) hablar con la chica más popular de la preparatoria—. ¿Y cómo es que decidiste sumergirte en este mundo? El juego de palabras no fue intencionado.

«Vamos ya... No tiene sentido». Aquella frase era tan cursi que me entraron ganas de cerrar el pico antes de acabar de pronunciarla, pero bastó para que me mirara. Una pizca de diversión le atravesó el rostro y decidí que, a partir de ahora, soltaría tantas bromas cursis como Alessandra quisiera si así lograba que me mirara de otra forma que no fuera llena de tristeza o recelo.

—Quería probar algo nuevo —me contó—. Ya iba siendo hora. Además, hace bastante tiempo que no le tengo tanto miedo al océano. No espero romper ningún récord de buceo ni nada por el estilo, pero... no está mal probar al menos lo más básico. Todos tenemos que enfrentarnos a nuestros miedos en algún momento, ¿no?

A algunos sí. Hay otros miedos a los que es mejor ni acercarse.

—Siento no haber estado ahí para verlo —dije con un hilo de voz.

Debería haber estado ahí. Debería haber estado en un montón de lugares y ocasiones durante todos estos años.

Sentí un nudo en el estómago al mismo instante en que oí rugir el motor del barco.

—No pasa nada. Ya estaba acostumbrada —contestó pragmática, lo cual me dolió aún más que si me lo hubiera dicho enojada.

Podía enfrentarme al odio, pero ¿a la indiferencia? La indiferencia es la sentencia de muerte de cualquier relación.

El barco se detuvo en la zona de buceo. Intenté volver a hablar con ella, pero o no me oyó o me ignoró a propósito mientras se preparaba para sumergirse en el agua.

La frustración me dominó. Las aguas que rodeaban Búzios estaban repletas de una fauna marina increíble, pero yo estaba tan centrado en Alessandra que apenas le presté atención alguna al entorno submarino.

Parecía imposible que fuera la misma mujer que había empalidecido de golpe cuando sugerí que hiciéramos buceo en nuestra luna de miel en Jamaica. Ahora se quedaba contemplando los corales, se maravillaba con la tortuga marina que le pasaba al lado y nadaba junto a un banco de peces amarillos. La única vez que se había asustado había sido cuando una anguila le había rozado la piel, pero, en general, se desenvolvía con tanta elegancia que no pude evitar sonreír.

Detestaba que nos hubiéramos alejado, pero me encantaba verla tan tranquila haciendo algo que, años atrás, la había aterrorizado. Me sentía jodidamente orgulloso.

La excursión duró cuatro horas, incluyendo el trayecto hacia la zona de buceo y el de regreso a la orilla. Cuando volvimos a tocar tierra, el grupo estaba agotado y eufórico por partes iguales.

El empresario se fue enseguida mientras que el grupo de estudiantes se puso a mirar los celulares y a sonreír alegres al ver las fotos que habían sacado. Josh y Jules, la pareja, dijeron que irían a tomar algo a un barecito que quedaba cerca y nos invitaron a unirnos antes de irse.

—¿Tienes hambre? —le pregunté a Alessandra a la vez que la alcanzaba mientras nos dirigíamos al edificio principal—. Al final de la calle hay un restaurante que está bien para comer.

Negó con la cabeza.

—Como en casa, con Marcelo.

—¿Cómo es que no vino a bucear?

—Se despertó tarde.

—Típico.

Alessandra era madrugadora, pero su hermano era un ave nocturna. Una vez vino a visitarnos a Nueva York y, los tres primeros días, se despertó siempre después de las doce del mediodía.

Entramos en el centro de buceo en silencio.

—¿Y si cenamos? —probé suerte de nuevo—. Puedo reservar en el nuevo restaurante que hay al lado de la playa Tartaruga. Y que venga Marcelo. —En temporada alta, aquel restaurante tenía todas las mesas reservadas, pero podría mover algún hilo sin demasiado problema.

Alessandra reposó la vista en el suelo.

—Aún no lo sé. A lo mejor esta noche también cenamos en casa.

—Ya. —Me froté la cara con la mano—. Bueno, si cambias de opinión, avísame. Ya tienes mi número, o puedes... A ver, estoy en la casa de al lado.

El familiar rubor de la humillación me abrasó bajo la piel. Hacía que no titubeaba tanto desde que mi profesora de Inglés de la preparatoria nos obligó, a toda la clase, a leer *Hamlet* por turnos y en voz alta. Había tardado la vida en leer una sola frase y el resto de los compañeros se burlaron de mí.

—Lo sé —respondió con un tono de voz muy sutilmente más tierno. No fue mucho, pero me conformaría con lo que fuera—. Tengo que irme. Ya, eh..., nos veremos por ahí.

Desanimado, me quedé mirando cómo se iba. No esperaba que fuera a lanzárseme a los brazos simplemente porque hubiéramos hecho la misma excursión, pero sí esperaba que..., maldición, yo qué sé. Más. Que habláramos más, que hubiese más progreso.

Aunque a lo mejor yo no merecía más.

En lugar de quedarme en la ciudad, volví a la villa y me puse a leer las noticias al lado de la alberca. Me informé sobre los datos de trabajo más recientes, las fluctuaciones del mercado y la rueda de prensa que había dado el nuevo líder del Banco Sunfolk, cuyo previo director ejecutivo había fallecido de cáncer hacía un par de meses. Entre lo del Sunfolk y lo del Orión, últimamente había muerto mucha gente en el sector de las finanzas. Sin embargo, nada de lo que decían las noticias me resultó suficientemente interesante como para captar mi atención o distraerme de la mujer que había en la casa de al lado hasta que al final vi un nombre que me sentó como una patada en el estómago.

La Administración de la Universidad Thayer aprobó nombrar un ala del Carter Hall en honor al exprofesor David Ehrlich, fallecido en 2017. En el ala David Ehrlich se encuentra el Departamento de Economía de Thayer, nido académico de Ehrlich durante más de veinte años.

Releí el párrafo. En parte para asegurarme de que estaba entendiéndolo bien y en parte porque no podía creer que el nombre de Ehrlich volviera a salir a la luz después de tanto tiempo.

Ya era hora, carajo. Había sido uno de los mejores profesores de Thayer y el único que me había tratado como a un alumno normal en lugar de una molestia a quien tolerar (y ni eso). Seguimos en contacto cuando ya me hube graduado y su muerte me dejó devastado.

—Tienes que comer —dijo Alessandra con ternura mientras se me acercaba por detrás—. No puedes subsistir a base de alcohol.

—No tengo hambre.

Seguí sin apartar la vista de la ventana. Fuera, el cielo, apenado, estaba llorando ríos de lluvia. Era última hora de la tarde. Llevaba lloviendo sin parar desde la mañana y parecía hasta justo que el funeral de Ehrlich se hubiera celebrado durante el día más miserable del año.

La procesión, el féretro, el panegírico. Todo borroso. Solo recordaba aquel mordaz y constante frío en los huesos.

—Dos mordiscos. —Alessandra me pasó un sándwich—. Solo dos. Casi no has comido nada desde que...

Desde que me dijeron que Ehrlich había sufrido un infarto y había fallecido hacía un par de semanas. Y, de no ser por Alessandra, ahora ya me habría ahogado en el alcohol de una botella cualquiera.

Tal vez hubo quien se preguntara por qué me afectaba tanto la muerte de un profesor de la universidad, pero es que yo podía contar con los dedos de una mano la gente que me importaba y a quien también le importaba yo.

Si Ehrlich no me hubiera presionado para que asistiera a clases de repaso, jamás habría conocido a Alessandra. Y si él mismo no hubiera echado mano de sus contactos para ayudarme en los últimos años, no estaría a punto de abrir mi propia empresa en un mes.

Ehrlich había sido un amigo, un mentor y lo más cercano que había tenido a una figura paterna. Le había puesto tanto empeño a Davenport Capital como yo, pero él nunca vería la empresa en funcionamiento.

Sentí cómo se me instalaba un ladrillo en el pecho y le bloqueaba el paso al oxígeno.

—Un mordisco. —Alessandra me acarició el cabello con los dedos—. Última oferta.

Tenía cero apetito, pero le di un mordisco al sándwich por ella. Llevaba dos semanas siendo tan arisco e irritable que me sorprendía que no se hubiera ido ya, pero Alessandra había seguido a mi lado a pesar de mis cambios de humor, las noches en vela y las mañanas ajetreadas.

No tenía ni idea de qué había hecho en mi anterior vida para merecerla. Ojalá lo supiera; así podría repetirlo una y otra vez para asegurarme de que seguiríamos encontrándonos en todas las líneas temporales.

—¿Ves? No está mal —bromeó tomando la envoltura, ahora vacía, de la mano y tirándola a la basura.

Bajé la vista y me quedé atónito al ver que me había comido el sándwich entero.

—Me engatusaste.

—A mí no me eches la culpa. Yo te dije que le dieras un mordisco. Quien siguió comiendo fuiste tú. —Rio.

Cuando se me acomodó en el regazo y me abrazó por el cuello, *adoptó una expresión más tierna todavía. Le coloqué una mano en la cadera y me deleité con el calor que emanaba de su cuerpo.*

—Lo superaremos —*dijo*—. *Te lo prometo.*

—*Lo sé.*

El dolor disminuía y se empezaba a disipar. No estaría hundido de por vida, pero la muerte de Ehrlich siempre me afectaría.

—*De hecho, tengo algo para ti.* —*Se llevó la mano al bolsillo y sacó un pequeño objeto plateado. Me lo puso en la mano que me quedaba libre y la ternura de sus ojos hizo que se me encogiera el corazón*—. *Un recordatorio. Para que, por más negro que se ponga todo, siempre puedas encontrar un punto de luz.*

El sol ya se había puesto y había cubierto la ciudad de sombras. La casa de Alessandra y Marcelo estaba a oscuras y en silencio; al final, sí habían salido a cenar.

El clic de mi encendedor era el único ruido que interrumpía la calma del lugar. Me quedé mirando la llama mientras esta danzaba en medio de la oscuridad de la noche e iluminaba las palabras que había grabadas en plateado.

Para Dom
Con amor, Ale

21
Alessandra

Por más dura que sea una roca, las olas siempre acabarán erosionándola a base de perseverancia. Es la ley de la naturaleza, imparable e inevitable.

Y yo temía que lo mismo fuera a ocurrirme a mí con Dominic. Cada vez que nos encontrábamos, me tambaleaban las defensas; cada conversación que manteníamos, por breve que fuera, astillaba mi fuerza de voluntad.

Aún no podía perdonarlo ni de lejos; sin embargo, cuando lo veía, tampoco salía corriendo en la dirección opuesta. No sabía si lo hacía porque estaba empezando a aceptar que nos habíamos divorciado o si era porque corría el peligro de que acabara orbitando de nuevo a su alrededor.

Fuera como fuera, tenía que reorganizarme y ver cómo gestionar su constante presencia. Podía irme de Búzios, pero entonces Dominic también estaría en Nueva York. Teníamos amigos en común y las posibilidades de que nos encontráramos eran elevadas. No podía deshacerme de él para siempre. Era demasiado estresante.

—Una copa y me cuentas en qué estás pensando —dijo Marcelo alegre al pasarme una cáscara de coco pequeña.

—Vaya peligro. Ya me tomé tres. —Aun así, acepté su oferta.

Las *batidas de coco* (hechas a base de leche de coco, leche condensada azucarada, agua de coco y *cachaça*) estaban, sencillamente, demasiado ricas como para resistirse.

Además, era el último día que Marcelo iba a estar en la isla porque tenía que volver al trabajo, así que estábamos disfrutando de unas últimas bebidas juntos en nuestro barecito favorito. Me daba tristeza que se fuera tan pronto, pero no podía tener a mi hermano a mi lado para siempre. Una de las razones por las cuales había dejado a Dominic y me había ido de la ciudad había sido para recuperar mi autonomía, y eso significaba estar lejos de todo el mundo, no solo de mi marido.

«Exmarido», me corrigió una voz que sonaba sospechosamente como la de Sloane.

Me tomé la bebida de un trago.

—¿Seguro que estarás bien, aquí sola? —se preocupó Marcelo—. El departamento de mamá en Río está vacío, si prefieres ir allí. Ella está en Tulum. O en Hawái. O en Los Ángeles. —Sacudió la cabeza—. Sinceramente, no tengo ni la menor idea de dónde diablos está.

—Oye, ¿quién es la mayor aquí? —Le di un golpe en el tobillo con el pie—. Estaré bien. Aún no estoy lista para despedirme de la vida isleña.

Más allá de la incertidumbre que había supuesto la llegada de Dominic, Búzios era el paraíso. Gracias a las horas que me pasaba surfeando, nadando y navegando, ahora estaba morena y tonificada. Tenía los brazos llenos de brazaletes de cuentas que yo misma había diseñado en un taller de joyería y, con las sesiones de yoga que hacía a diario en la playa, ya no estaba tan tensa físicamente.

Me había pasado las últimas dos semanas practicando

nuevas actividades que no necesariamente tenían por qué dárseme bien (¿dibujar?, ¿hola?), pero que disfrutaba. Y también me reafirmé en aquellas que no disfrutaba, como intentar seguirles el ritmo a los veinteañeros en un bar.

Esta vez, estaba viviendo para mí, a mi ritmo, y me encantaba.

—Mmm. Pues parece que hay alguien que tampoco está listo para que te despidas de la isla todavía. —Marcelo señaló a una persona que estaba detrás de mí con la cabeza—. Viene hacia aquí.

Me di la vuelta y el corazón me dio un vuelco antes de que pudiera ver aquel cabello castaño y esa sonrisa perfectamente blanqueada.

—Hola. Alessandra, ¿no? —Ignacio, mi profesor de buceo del jueves, se me acercó con una sonrisa de oreja a oreja—. *Tudo bom?* —«¿Cómo estás?».

—Bien. ¿Tú qué tal? —respondí en portugués.

Achaqué la punzada que noté en el pecho al alcohol y no a la decepción.

—No puedo quejarme. —Desvió la vista curioso hacia Marcelo y este le tendió la mano.

—Marcelo, el hermano de Alessandra.

Charlamos un poco y Marcelo se excusó para ir al baño. Lo fulminé con la mirada cuando pasó a mi lado, pero me ignoró.

—No es feo —me susurró—. Disfruta.

Genial. Ahora, mi propio hermano estaba intentando *shippearme* con un medio desconocido.

—Bueno, y ¿cuánto tiempo te quedas en Búzios? —se interesó Ignacio.

—Seguramente una semana más. Aún no lo sé. —Me aparté un mechón de cabello del ojo.

Ignacio asintió y me miró la mano izquierda. Esperaba

que se echara para atrás al ver el anillo, pero entonces me acordé de que ya no lo llevaba.

Volví a sentir una punzada en el pecho.

—Si necesitas que alguien te enseñe las mejores joyas escondidas de la isla, yo soy tu chico. —Se acercó y bajó la voz hasta susurrar—: Llevo viniendo aquí desde que era pequeño. Lo conozco todo al derecho y al revés.

Me ahorré el comentarle que yo misma llevaba viniendo a Búzios cada dos años desde que era también una niña.

—Ah, ¿sí? ¿Y qué lugares son esos? —bromeé.

El chico era demasiado joven para mí, pero un poco de coqueteo inofensivo no le haría daño a nadie. Además, me venía bien recordar que en el mundo había más hombres con potencial romántico aparte de Dominic. No era el único. Ni de broma.

A Ignacio se le ensanchó la sonrisa.

—Pues, verás, hay una playa secreta...

Estuvimos coqueteando un poco sin mencionar nada de la larga ausencia de Marcelo. Fue algo sutil, sin presión, y justo lo que necesitaba. No estábamos interesados ni en empezar una relación ni en tener un romance, aunque tenía la fuerte sospecha de que Ignacio no rechazaría un revolcón. Estábamos divirtiéndonos y punto.

La música pasó de un pop más bien suave a una alegre canción de samba. Los demás clientes del bar se animaron enseguida. Apartaron las mesas y las sillas a un lado para dejar espacio y así crear una zona de baile, y el relajado júbilo de la tarde se transformó en un bullicioso desenfreno.

Al ver que Ignacio me tendía la mano, sacudí la cabeza.

—He bebido demasiado para bailar. Haré el ridículo.

—¡Vamos ya! Es muchísimo mejor bailar cuando has bebido. —Señaló el bar con el brazo—. Mira a la gente que hay. ¿Crees que van a juzgarte?

Vamos, al diablo. Si tenía que dejarme en ridículo, mejor hacerlo en vacaciones.

Cuando Ignacio me arrastró hacia la pista de baile y me hizo girar hasta marearme, reí. No es que estuviéramos bailando samba realmente, pero me dio igual. Me lo estaba pasando demasiado bien.

—¡Ufff! —Choqué con él tras el último giro.

—Cuidado. —Me sujetó para equilibrarme y su risa se mezcló con la música—. Suficientes bebidas por hoy.

—No estoy... —Atisbé un distintivo cabello rubio y dejé la frase a medias.

En el *impasse* entre que se me detuvo el corazón y volvió a latir, Dominic se colocó entre Ignacio y yo con los hombros bien cuadrados. Clavó los ojos en el otro chico y lo observó fijamente con una mirada tan fría que hasta me entraron escalofríos.

Hay que reconocer que Ignacio no se achicó.

—Hey, hombre, pero ¿qué haces? —dijo de forma amigable, a pesar de que su rostro denotara puro recelo—. Estábamos bailando.

—Pues ahora ya no —terció Dominic con un tono de voz letalmente calmado.

Ignacio entrecerró los ojos.

—¿Hay algún problema?

—No —respondí por mi exmarido—. Dominic ya se iba. ¿Verdad que sí?

Ni se movió.

El enojo aniquiló lo que quedaba de mi sutil embriaguez.

—Si no nos dejas en paz ahora mismo —lo advertí en voz baja—, no volveré a hablarte en la vida.

Era la primera vez que soltaba un ultimátum, pero lo dije muy en serio. No solía ser así de dramática, pero me negaba a que Dominic apareciera cual rinoceronte celoso cada vez que me veía con otro hombre. Hacía semanas que había perdido todo el derecho a opinar sobre absolutamente cualquier aspecto de mi vida privada.

Desvió la vista de golpe y me miró a los ojos. En su mirada pude ver *shock*, una fugaz pizca de traición y, acto seguido, dolor.

Si dijera que su reacción me dejó completamente indiferente estaría mintiendo. A pesar de todo lo que había ocurrido entre nosotros, no quería hacerle daño a propósito, pero tampoco podía dejar que me pisoteara.

Mi rostro debió de dejar clara mi convicción porque, tras lo que me pareció una eternidad, Dominic se dio la vuelta y se fue sin terciar palabra.

Aun así, ya había arruinado el momento. Por más que intentara reír, bailar y volver a centrarme plenamente en Ignacio, mi cabeza no podía dejar de pensar en el hombre que se había adueñado más de mi interés de lo que debería. Se había ido, pero seguía aquí, con el cálido peso de su mirada en mi piel y creando un agujero negro con su presencia que atraía toda mi atención hacia él.

Ya no podía más. Aguanté una última canción antes de excusarme, decir que tenía que ir por otra copa y dejar a Ignacio en la pista de baile.

Salí del bar enfurecida y fui hasta donde Dominic estaba sentado cual rey que controla su imperio. Me detuve a unos cuantos centímetros de él y le di un golpe en el pecho con el dedo.

—Basta.

Arqueó las cejas.

—No hice nada.

—Estás aquí —recalqué la última palabra.

—Es una propiedad pública, *amor*. Tengo el mismo derecho a estar aquí que tú.

—Ya sabes a lo que me refiero. Y deja de llamarme «amor». —El corazón amenazó con salírseme del pecho de lo fuerte que me latía—. No es... No soy...

—¿No eres qué? —A Dominic le bajó la voz un decibel.

—Ya no soy tu mujer.

No debería haber bebido tanto. La cabeza me daba vueltas y me sudaban las manos.

—No —respondió sin apartarme la mirada—, pero sigues siendo mi amor. Eso no ha cambiado.

Maldito Dominic. Maldito Dominic, carajo.

Siempre decía la frase correcta... cuando se preocupaba lo suficiente como para expresarse. Su confesión tras la cena del lunes llevaba grabada en mi mente desde hacía una semana.

Es lo único que te pido. Dame una oportunidad para que hablemos y podamos volver a conocernos tal y como somos ahora.

Sabía que no debía dejarme embaucar. Sin embargo, a veces, resistirme a él era como si una roca que se desprende de un muro intentara resistirse a la gravedad.

Noté que me vibraba el celular en la cadera. Aparté la vista de mi exmarido, agradecida por aquella distracción, mientras el pulso se me aceleraba sobremanera. Y se me aceleró más aún cuando vi quién me estaba llamando, pero no por eso dejé de contestar. Cualquier cosa era mejor que estar a solas con Dominic. Puede que estuviéramos rodeados de gente, pero cuando él estaba aquí, no existía nadie más.

Me alejé y me acerqué el celular a la oreja.

—¿Mamá? ¿Está todo bien?

La última vez que mi madre me había llamado así, de la nada, fue porque había perdido el pasaporte y, por consiguiente, su vuelo a Nueva York después de haber estado dándolo todo en una fiesta en la mansión de algún multimillonario en Europa. Mi madre tenía que estar en la ciudad al día siguiente porque era la invitada de honor de un gran acontecimiento del mundo de la moda y yo había tenido que apresurarme para conseguirle un pasaporte de emergencia aparte de encontrarle otro vuelo para que llegara a dicho evento a tiempo. De no ser por el apellido Davenport, a lo mejor no lo habría conseguido.

—Todo va de maravilla —trinó—. De hecho, tengo una noticia *increíble*, cielo. ¿Estás preparada?

Cuando soltó aquel bombazo, la incredulidad se apoderó de mí. No debería haberme sorprendido, pero ese plazo de tiempo era una insensatez hasta para ella.

—¡¿Este martes?! ¿Es broma?

—¿Cómo iba a bromear con algo así? ¡Es importante! No hay ni que decir que tanto tú como Marcelo tienen que estar presentes. Son familia y la asistencia de la familia es innegociable.

—Sí, pero...

—Uy, tengo que irme. Bernard me está esperando en el *jacuzzi*. —Soltó una risita, lo cual fue extremadamente desconcertante viniendo de una madre de cincuenta y siete años—. ¡Nos vemos pronto! No te olvides de ponerte crema y mantenerte hidratada. Quiero que estés bien guapa para el gran día.

—Mamá, no puedes...

Un silencio sepulcral interrumpió mi protesta. Había colgado.

—¿Qué pasa? —se interesó Dominic cuando volteé la cara hacia él de nuevo.

Tenía la frente arrugada. La forma en la que había terminado mi conversación era prueba suficiente de que algo no iba bien.

Estaba demasiado aturdida para recuperar mi enojo

inicial o hacer cualquier otra cosa que no fuera contarle la verdad.

—Mi madre se vuelve a casar. —Levanté la vista y vi mi estupefacción reflejada en sus ojos—. La boda es dentro de tres días.

22
Alessandra

En su época de mayor esplendor, a Fabiana Ferreira se le había conocido por sus curvas, su ondulado cabello playero y aquel pequeño y entrañable lunar que tenía encima del labio superior. Había llegado a cobrar casi tanto dinero por día como Naomi Campbell, Linda Evangelista y Christy Turlington (la llamada Santa Trinidad de supermodelos de los noventa) y había aparecido en las portadas de todas las grandes revistas, desde *Vogue* hasta *Mode de Vie* o *Cosmopolitan*.

De todos modos, dejando de lado sus logros como modelo, lo que la hacía aún más famosa era la retahíla de relaciones fallidas que había mantenido, incluidos sus tres matrimonios (y divorcios) antes de los cuarenta.

Ahora llegaba casi a los sesenta; sin embargo, mientras la maquilladora acababa con los últimos retoques, mi madre podría pasar por una mujer de veinte años menos. Hacía sesenta y dos horas que me había llamado y aquí estaba yo: ayudándola a prepararse para su cuarta boda en Río.

—Gracias, cielo —me dijo cuando le pasé una botella de agua de coco—. Me alegro tanto de que el vestido te quede bien... Lorena es extraordinaria. —Lorena era su mejor amiga y estilista desde hacía mucho tiempo.

—Yo también —respondí seca.

Teniendo en cuenta el poco margen de tiempo en el que había ocurrido todo, me habría tenido que aguantar, me quedara bien el vestido o no.

Después de su llamada, Marcelo y yo tuvimos que apresurarnos a hacer maletas y prepararnos para la boda. Estaba tan agotada que se me había olvidado comprar los boletos, hasta que Dominic entró en escena y se ofreció a llevarnos en su *jet*. En otras circunstancias, habría rechazado su ayuda, pero suficientes cosas tenía en mente ya como para, encima, tener que estresarme por posibles retrasos en los vuelos o por si me perdían la maleta. Acepté, lo cual significaba que hoy Dominic también estaría en la boda porque habría sido de mala educación no invitarlo después de que nos hiciera ese favor, pero ya me preocuparía luego por eso.

Ahora mismo me preocupaba más el hecho de que mi madre estuviera a punto de casarse con un hombre a quien yo no conocía y de quien no había oído ni hablar hasta hacía tres días.

—¿Cómo se conocieron Bernard y tú? —Entre las pruebas de los vestidos, las fotos y la cata de pasteles a última hora, no habíamos tenido tiempo de hablar de su relación hasta ahora.

Por lo visto, Bernard era un pez gordo en el sector de las telecomunicaciones, lo cual explicaba que tuviera el dinero y los recursos suficientes para organizar una boda de lujo en menos de una semana. Según mamá, el hombre le había pedido matrimonio el día antes de que me llamara.

—En una tienda de la avenida Montaigne. ¿Verdad que es ideal? —Mamá suspiró—. Yo estaba comprándome un par de zapatos nuevos mientras él compraba joyas para regalarle a su madre por su cumpleaños. Fue amor a primera vista. Me invitó a cenar aquella misma noche y fuimos a un restaurante donde hacen un *foie gras* fabuloso —me contó enfatizando bien en ese último adjetivo—. Y, como se suele decir, el resto es historia.

¿Que le estaba comprando joyas a su madre? Sí, claro. Seguro que las joyas eran para su novia de aquel entonces, pero me ahorré hacer el comentario en voz alta. Había aprendido hacía ya mucho tiempo que no valía la pena discutir con mi madre sobre su vida amorosa.

—¿Y este bonito encuentro cuándo sucedió? —me interesé.

—En la Fashion Week de París. —Mi madre estudió su reflejo detenidamente—. Necesito algo más de polvos aquí, aquí y aquí. —Se señaló unos cuantos puntos impolutos de la cara—. No quiero parecer un helado derretido en las fotos. —La maquilladora obedeció a pesar de que la base estuviera perfecta.

Yo seguía estupefacta con que hubiera dicho que *en la Fashion Week de París*.

—¿La de septiembre? —Me le quedé mirando—. ¿Y no te parece... —insensato. Estúpido. Demente— imprudente casarte con alguien a quien conociste hace *dos meses*?

—Hay cosas que se saben y punto. El amor no se mide con cronogramas. —Se alisó el pelo—. Por ejemplo, tú y Dominic. Se casaron al año de haberse conocido.

Aquel recuerdo hizo que se me encogiera el corazón.

—Dos meses no es lo mismo que un año. Además, ya no estamos casados.

Gran parte de la población tendría el tacto suficiente para no sacar el tema del matrimonio justo después de que la persona con quien estás hablando se haya divorciado, pero el tener tacto no era precisamente el fuerte de mi madre. No es que lo hiciera con mala fe, pero se le olvidaban estas cosas, lo cual era, en parte, peor aún.

—Supongo. Qué tristeza. Hay pocos hombres que sean tan ricos y atractivos como él. —Apretó los labios. Había sido bastante escéptica con Dominic hasta que este consiguió su primer millón; cuando hubo alcanzado los primeros cien millones, le tomó más cariño y, al llegar a los primeros mil millones a la temprana edad de veintiséis años, ya lo adoraba—. Pero ¿no vinieron juntos? Si lo trajiste como tu pareja, tan mal no puede ir la cosa.

—Madre, estamos divorciados. La cosa ya no puede ir peor.

—Entonces, ¿qué hace aquí?

—Nos trajo a Marcelo y a mí en su *jet* privado *a última hora*. —La miré con doble intención.

Ignoró mi burla y me miró también insinuando algo de una forma muy poco característica en ella.

—Alessandra, cielo, de Búzios a Río hay solo tres horas de vuelo. Habría bastado con que le compraras algo bonito en señal de agradecimiento. No hacía falta que lo invitaras a la boda.

Me quedé mirando la gama de cremas y labiales que había en la mesa.

Por primera vez, mi madre tenía razón. Decirle a Dominic que asistiera a un acontecimiento familiar privado había sido una de las peores ideas en la historia de malas ideas en general, pero no podía ni imaginarme yendo a una boda sin acompañante. Tenía a Marcelo, pero él estaría ocupado haciendo de padrino del novio e interrogando discretamente al que pronto iba a convertirse en nuestro padrastro para echarle una mano. Mi hermano no se resignaba tanto como yo a las pésimas decisiones que tomaba mamá con los hombres.

Pensar que tendría que aguantar ooootra boda más de Fabiana Ferreira aplacó la irritación que sentía acerca de los celos y la tenaz persistencia de Dominic. Era una de las pocas personas que entendía la complicada relación que tenía con mi madre y, a pesar de lo que había ocurrido entre nosotros, mi primer impulso me había llevado a recurrir a él en busca de confort.

La ceremonia empezaba dentro de una hora. Discutir con mi madre era como discutir con una criatura: tuve que confiscarle la licorera que tenía escondida, tranquilizarla cuando montó un numerito porque la maquilladora al final se negó a cambiarle el delineado, y colmarla de cumplidos y afirmaciones mientras la alejaba de su reflejo. Sin embargo, al final conseguí que llegara entera al altar.

Por suerte, a diferencia de sus dos primeras y fastuosas bodas (la tercera fue resultado de una borrachera en la capilla de Elvis en Las Vegas), esta resultó relativamente corta y sencilla. Había unos veintipico invitados, lo cual ya resultaba un buen número, teniendo en cuenta que habían avisado tan a última hora. Además de Lorena, reconocí a Ayana (la modelo apadrinada de mi madre), Lilah Amiri (una famosa diseñadora) y unos cuantos editores de revistas.

Dominic estaba sentado en la parte donde se encontraban los invitados de la novia; se había vestido con un exquisito traje negro y mostraba una solemne expresión. El calor de su mirada me acarició la piel mientras yo pasaba a su lado, ramo de lirios de agua en mano.

Esta vez, fui su única dama de honor. No obstante, el caminar hacia el altar, las flores y la música que nos acompañaban hicieron resurgir recuerdos de otra boda de hacía mucho tiempo y que tuvo lugar muy lejos de aquí.

Las puertas de la capilla se abrieron. Sonaba la Marcha Nupcial de Wagner *y los tensos nervios que sentía en el estómago impidieron que las mariposas alzaran el vuelo.*

Hoy me iba a casar.

Yo, Alessandra Ferreira. Casándome.

No podía asimilarlo. Llevaba fantaseando con mi príncipe azul desde que era pequeña y, a medida que me había ido haciendo mayor, me había pasado largos ratos mirando fotos de vestidos de boda súper bonitos que me iban apareciendo en Pinterest, pero nunca me había imaginado que fuera a casarme tan joven. Solo tenía veintitrés años, acababa de graduarme de la universidad y estaba intentando abrirme paso en el mundo postuniversitario. ¿Qué sabía yo sobre el matrimonio?

La falda de mi vestido blanco satinado se movía ligeramente a cada paso que daba. La ceremonia era sencilla, con solo cincuenta invitados (muy a pesar de mi madre), pero es que ni Dominic ni yo queríamos algo extravagante y pomposo.

Dominic. Él ya estaba en el altar, con las manos juntas delante y recto como un palo.

Saco blanco. Pantalones negros. Rosa en el ojal de la solapa.

Devastador.

Y cuando sus ojos encontraron los míos, haciéndome rehén de su mirada, mis nervios salieron volando como lo hacen las hojas de los árboles con el viento en pleno otoño. Estaba visiblemente tenso, pero su rostro irradiaba tanto amor que casi podía sentir cómo me abrazaba esa cálida sensación desde aquí, a casi media sala de distancia.

Cuando la gente lo miraba, solo veía aquellos fuertes rasgos y su frío exterior. Cavilaban acerca de por qué la hija de una supermodelo famosa estaba saliendo con un «don nadie» y cuchicheaban sobre si nos estábamos casando demasiado jóvenes, demasiado pronto y demasiado rápido.

Me daba igual. Que chismorrearan todo lo que quisieran. Yo no necesitaba su aprobación ni tampoco tiempo de más para saber que Dominic era la persona adecuada.

—Eres perfecta —*me susurró al oído cuando llegué al altar.*

Le sonreí discretamente con el corazón a punto de estallar. En la vida, había pocas cosas que eran completamente ciertas, pero, en ese preciso instante, estaba convencida de ser la chica más afortunada sobre la faz de la Tierra.

Me detuve en el altar actual. Las lágrimas que se me habían acumulado en la garganta no me dejaban respirar y tuve que echar mano de toda mi fuerza de voluntad para volver a meter todos aquellos recuerdos en la cajita de la que se habían escapado y cerrarla con candado.

«No lo mires».

Si lo miraba, me derrumbaría. Y lo último que necesitaba ahora era dejarme en evidencia en la boda de mi madre.

Tanto me centré en no llorar que apenas presté atención a la ceremonia en sí. Dios, qué idea tan mala. ¿En qué momento había pensado que podría estar aquí, así, al cabo de tan poco tiempo de haberme divorciado?

«No lo mires. No lo mires. No-lo-mires».

Si no hubiera asistido al acontecimiento de buenas a primeras, habría sido una hija terrible; sin embargo, debería haber insistido en venir como invitada y punto. Ya había sido dama de honor suficientes veces y la boda era tan austera que a mi madre no le hacía falta tener a nadie al lado para que le detuviera el ramo de lirios mientras recitaba los votos en inglés y portugués.

Aquella familiar cadencia de palabras arruinó el candado. Los recuerdos volvieron a escaparse y me inundaron el cerebro con ecos de mis propios votos hacia Dominic.

Prometo apoyarte, inspirarte y, por encima de todo, quererte siempre, para bien y para mal, en la salud y en la enfermedad, en la riqueza y en la pobreza. Eres el único para mí; hoy, mañana y para siempre.

Yo jamás rompí nuestros votos. Ni cuando me fui de casa ni cuando le entregué los papeles del divorcio ni cuando lo alejé de mí. Le había prometido a Dominic que lo querría siempre, y aún lo hacía, incluso cuando no debía.

Una lágrima me resbaló mejilla abajo. Me la sequé, pero, con el apuro, cometí el mayor error del día.

Lo miré.

Y, al hacerlo, ya no pude apartar los ojos de él.

23
Dominic

Estaba en Brasil, rodeado de modelos y exmodelos, pero era incapaz de apartar la vista de una sola persona.

Alessandra estaba de pie en el altar, radiante con aquel vestido naranja pálido que la hacía brillar, a pesar de que el cielo estuviera nublado. Unos cuantos mechones de cabello le envolvían la cara y un delicado destello dorado le resplandecía en el cuello.

Si yo fuera la novia, jamás dejaría que Alessandra asistiera a mi boda, porque destacaba por encima de cualquier otra persona. Siempre y siempre muchísimo.

Naranja en lugar de blanco. Río en lugar de Washington. Dama de honor en lugar de novia.

No era nuestra boda, pero verla ahí, tan extremadamente guapa, me parecía irreal... Era un insoportable recuerdo de lo que yo mismo había tenido.

Y había perdido.

Prometo ser tu mejor amigo, tu confidente y tu compañero en todo, lo más y lo menos importante. Nunca tendrás que enfrentarte sola al mundo porque yo estaré allí para ti, siempre y para siempre.

Cuando pronuncié aquellos votos, lo hice de todo corazón. Y aún lo mantenía. Pero las intenciones no podían reemplazar las acciones y, en algún momento, yo había confundido las unas con las otras.

Querer a alguien no es suficiente si no se demuestra. Apreciar a alguien no era suficiente si no se expresaba.

Me había acostumbrado tantísimo al apoyo incuestionable de Alessandra que no me había dado cuenta de lo mucho que le había afectado ser el pilar emocional de la relación. Era una mujer fuerte, pero incluso los más fuertes necesitan a alguien en quien confiar. Le había prometido que yo sería ese alguien y había roto aquella promesa más veces de las que podía contar siquiera.

Sentí como si alguien me estrujara el corazón hasta dejarlo hecho trizas.

Alessandra tenía la vista puesta al frente mientras su madre caminaba hacia el altar y empezaba la ceremonia oficial. Supe que estaba reprimiendo las lágrimas por lo tensa que tenía la expresión y la fuerza con la que sujetaba el ramo.

Ya no la conocía al derecho y al revés, pero lo que sí conocía lo conocía a la perfección. Y no estaba llorando por su madre; estaba llorando por nosotros.

Sentí que me estrujaban el corazón con más fuerza todavía. Alessandra podría haberme odiado con el fuego de mil soles, pero eso seguiría sin ser comparable a lo muchísimo que me odiaba yo a mí mismo en aquel momento.

Una gota cristalina le resbaló por la mejilla. Se la secó enseguida, pero cuando volvió a levantar la vista nuestras miradas colisionaron. El dolor le centelleaba en los ojos y, de no ser porque estaba sentado, aquel impacto me habría hecho caer de golpe.

Me había pasado toda la vida construyendo un imperio. Sin embargo, en aquel instante, lo habría desmantelado todo con tal de hacerla sonreír en lugar de llorar.

Pasado y presente se mezclaron y se volvieron borrosos

mientras nosotros nos mirábamos, enzarzados en la red de miles de recuerdos y remordimientos. Volví a oír aquel zumbido en las orejas, el mismo que ahogó el resto de la ceremonia. No me di cuenta de que la boda en sí se había terminado hasta que el resto de los invitados se levantó y llenó el pasillo.

Alessandra siguió mirándome a los ojos un segundo más y luego apartó la vista. Fue un movimiento pequeño, pero por irracional que pareciera, me dio la sensación de estar perdiéndola otra vez.

Tragué saliva a pesar de las dentadas esquirlas que notaba en la garganta.

Por suerte, no fue una boda grande y me resultó fácil encontrarla entre la multitud una vez hubo terminado con sus responsabilidades de dama de honor. Cuando ya estaba a medio camino de ella, Marcelo me interceptó.

—Hey. ¿Podemos hablar?

Sentí una sensación de recelo en el pecho. A pesar del divorcio, se había mostrado muy amigable en Búzios; sin embargo, ahora, mientras me guiaba hacia la zona más tranquila de la sala, parecía extrañamente cauteloso.

—No sé qué tenías pensado hacer, pero no lo hagas. —Marcelo fue directo al grano—. Hoy no.

Arqueé las cejas.

—¿Y qué crees que tengo pensado hacer, exactamente?

—No lo sé, pero sí sé que tiene que ver con Alessandra. —Señaló a su hermana, que estaba hablando con una modelo a quien yo apenas reconocía de los anuncios de Times Square, con la cabeza—. No es el momento, Dom. Ya sabes lo mucho que la estresa mi madre. No necesita que tú la agobies más.

—Solo quiero hablar con ella. No voy a hacerle daño.

—¿Más del que ya le has hecho, quieres decir?

Me estremecí. Aquellas palabras no deberían haberme dolido tanto, sobre todo porque eran la pura verdad, pero si dolían era justamente por eso. No había excusa que valiera.

Marcelo suspiró y se frotó la cara con la mano.

—Mira, me caes bien. Eras un buen cuñado y has hecho mucho por mí a lo largo de los años. Pero Ale es mi hermana. Siempre la elegiré a ella antes que a cualquier otra persona.

Cuando dijo *eras*, reprimí las ganas de estremecerme de nuevo. Jamás pensé que llegaría un día en que un simple verbo en pasado fuera a dolerme tanto; sin embargo, los últimos dos meses habían sido reveladores en más de un aspecto.

—Debería haberme mantenido al margen en Búzios. Estaba demasiado... —Sacudió la cabeza—. Carajo, yo qué sé. Has sido mi hermano durante diez años y cambiar el chip fue difícil. Quiero que sean felices los dos y pensé que, si resolvían sus problemas, todo el mundo saldría ganando.

—Aún puede ocurrir.

Apreté la mano en lugar de intentar tomar el encendedor. Era lo único que me quedaba de Alessandra a lo que aún podía agarrarme y el apremio de asegurarme de que lo tenía en el bolsillo cada dos por tres ya estaba empezando a ser insoportable.

—No —contestó Marcelo con cuidado—. Le he visto la cara en la ceremonia mientras te miraba. Le rompiste el corazón, Dominic. Haría falta muchísimo más que un viaje a Brasil para arreglar algo así.

Las palabras de Marcelo me retumbaron por la mente durante todo el banquete.

Tenía razón. Tomarme unos días y viajar a Brasil era una gota en comparación con el océano que suponía todo lo que tenía que hacer para arreglar las cosas con Alessandra. Sin embargo, progresar mientras ella seguía alejándose de la orilla era complicado.

Cuando Marcelo se fue para ocuparse de algo con los proveedores de comida, fui hacia Alessandra, que se encontraba en la barra, observando a su madre y a su nuevo padrastro mientras bailaban con una mezcla de agotamiento y diversión por igual.

—La cuarta es la vencida, ¿no? —Me acerqué por detrás y, al oler aquel aroma a lirios y lluvia, se me avivaron los sentidos.

—Dios, eso espero. No creo que pueda acudir a otra boda de mi madre sin darle una buena sacudida. —Alessandra se quedó mirando la cremosa superficie de su cóctel de fruta de la pasión—. Antes no tuve ocasión de decírtelo, pero gracias de nuevo por habernos traído hasta aquí. De verdad.

—No hay de qué.

Guardamos silencio. Yo no solía asistir a fiestas a no ser que estas fueran a servirme para hacer contactos. Había demasiada gente, demasiado ruido y demasiadas pocas inhibiciones. Eran un infierno de sobreestímulos, pero siempre resultaban más tolerables si tenía a Alessandra a mi lado. Ella era la única razón por la cual había aguantado tantos eventos de la alta sociedad a lo largo de los años.

—Debería...

—¿Quisieras...?

Volvimos a hablar a la vez. Le hice un gesto para invitarla a que siguiera primero.

—Debería ir a ver cómo va la comida —comentó—. El pastel es, eh..., delicado.

—Ya lo está haciendo tu hermano.

—En tal caso, debería ir a ver qué tal está la lista de reproducción del DJ. Mezclar canciones brasileñas con música estadounidense no es fácil. No quiero que nadie se sienta...

—Ale —la interrumpí en voz baja—, si quieres que me vaya, me iré. No tienes que inventarte excusas para evitarme.

Siempre lo había pasado mal con su madre, que le había prestado más atención a su ruleta de novios y maridos que a sus hijos. Fabiana debería haber sido quien cuidara de Alessandra; sin embargo, cada vez que estaban juntas, Alessandra volvía a adoptar el papel de protectora. Incluso ahora podía ver cómo iba calculando mentalmente cuánto faltaba para que tuviera que impedir que Fabiana siguiera tomando alcohol y evitar que quedara en ridículo en su propia boda.

De suficientes cosas tenía que preocuparse ya como para estar preocupándose por mí.

Alessandra jugueteó con la copa sin mirarme.

Guardé silencio un segundo y noté que se me encendía una minúscula chispa de esperanza en el estómago.

—¿Quieres que me vaya?

No era tan iluso como para pensar que quería que me quedara porque estaba lista para reconciliarnos. Además de Marcelo, la única persona entre los invitados que entendía la cautela que tomaba con aquello relacionado con su madre y que había venido por ella y no por Fabiana era yo.

Daba igual. Podía pedirme que me quedara y trapeara el puto suelo y lo haría.

—Vamos. —Le tendí la mano—. La celebración acabará pronto. No puedes irte sin haber bailado aunque sea una canción.

Para mi sorpresa, Alessandra no me llevó la contraria. Dejó la bebida en la barra y me tomó la mano.

La guie hasta la pista de baile y, una vez allí, le apoyé la mano en la cadera mientras empezábamos a mecernos al ritmo de la música. El pulso me latía con fuerza, nervioso.

«No la cagues».

—¿Te acuerdas de lo que ocurrió en nuestra boda? —murmuré—. Alguien hackeó la cabina del DJ...

—Y empezó a sonar rap de los noventa durante el baile nupcial —terminó Alessandra por mí y rio discretamente—. Nunca te había visto tan horrorizado.

—Se me dan bien muchas cosas, pero me temo que el *freestyle* no es una de ellas.

El DJ había retomado el control de la situación con bastante rapidez y nunca llegamos a saber quién había sido el responsable de aquel inesperado cambio de música. Sin embargo, era una anécdota divertida y a mí nunca se me olvidaría lo predispuesta que se había mostrado ella a dejarse llevar por la situación. De no ser porque ya en ese momento la quería más de lo que podía imaginarme, me habría enamorado por completo de Alessandra ahí mismo.

—Si pudiera retroceder en el tiempo y volver diez años atrás, haría muchísimas cosas de otra forma —confesé—. Incluido reforzar la seguridad del DJ. —«Y quererte como te mereces», añadí para mis adentros.

Lo del DJ lo decía en broma, pero todo lo demás no. Por más miles de millones que tuviera en el banco, no podía comprar lo único que quería.

Una segunda oportunidad con ella.

—Ojalá. —Sonrió con tristeza—. Pero no tiene sentido que vivamos en el pasado.

—No. No lo tiene. —Se me cerró la garganta y los latidos del corazón se me intensificaron tras la caja torácica—. Tengamos una cita.

Suspiró.

—Dom...

—Nunca hemos tenido ninguna cita de las de verdad

en Brasil. Siempre que hemos venido, hemos estado con tu familia.

—No es una razón suficientemente buena.

—No necesito ninguna razón para estar contigo, *amor*. Pero te daré diez mil si sirven para que aceptes.

Tragó saliva con fuerza.

—Siempre sabes qué decir.

—No siempre. —Ojalá siempre lo supiera. Ojalá le hubiera contado mil cosas y le hubiera preguntado otras mil en lugar de pasarlas por alto—. No espero que te lances a tener una relación conmigo de nuevo ni que accedas a tener una segunda cita. Solo quiero pasar tanto tiempo contigo como me dejes. —Alessandra permaneció callada—. No compensará las noches perdidas o las citas a las que falté, pero... —Una mezcla de frustración y miseria hizo que las palabras me sonaran llenas de emoción—. Lo siento muchísimo, carajo. Todo.

La elocuencia se fue de mí, pero si le quitaba las florituras solo quedaban esas palabras. Todo el remordimiento, la vergüenza y la culpabilidad condensados en dos palabras:

Lo siento.

La canción que estaba sonando llegó a su fin. Hacía rato que habíamos dejado de bailar, pero nos habíamos quedado clavados en el mismo sitio y el corazón me latía tan fuerte que dolía.

—Una cita —accedió finalmente. El alivio que sentí se desvaneció al cabo de un segundo cuando añadió—: Pero será solo eso. No significa que estemos saliendo y yo puedo ver a más gente. Y, si lo hago, tú no puedes seguirme, amenazar a otros hombres ni hacer nada más que vaya a arruinar mi cita con ellos.

Al imaginármela con otros hombres, entré en tensión, pero me esforcé por reprimir una reacción visceral. Era lo suficientemente listo como para ver cuándo estaban castigándome o poniéndome a prueba, y estaba tan desesperado que estaba dispuesto a aceptarlo.

Agaché la cabeza en señal de aceptación antes de que Alessandra pudiera retractarse. «Una cita». Podría arreglármelas.

—Hecho.

24
Alessandra

—¡¿Que qué?! —La cara de Sloane, con expresión desaprobatoria, me llenaba la pantalla del celular—. ¿Por qué ibas a aceptar tener una cita con tu exmarido? ¿Tú te drogas o qué? ¿Hace falta que vuele hasta allí para una intervención?

—No es tan malo como parece. Le dije que sería solo una cita y que no significaba que estuviéramos saliendo, de modo que yo puedo salir con otras personas.

—¿Y de verdad estás saliendo con otras personas?

—Todavía no —admití—, pero cuando vuelva a Nueva York lo haré.

Habían pasado dos días desde la boda de mi madre y estaba poniendo a mis amigas al día con todo lo ocurrido a lo largo de la última semana. Mi madre se había ido de luna de miel el día anterior, y Marcelo había regresado a São Paulo esta misma mañana porque ya no podía faltar más días al trabajo (solo le habían dado uno más por lo de la boda), lo cual significaba que estaba yo sola en el departamento de mi familia en Río.

Aún no había decidido cuándo volvería a la ciudad. Ya estábamos a mediados de diciembre, así que, ya puestos, podía quedarme a pasar el Año Nuevo aquí. Según Isabella, todo lo relacionado con la tienda física iba sobre ruedas y la tienda online seguía en pausa. Tampoco es que *necesitara* estar en Nueva York.

—Vas a tener una cita con alguien de quien te divorciaste hace dos meses —terció Vivian cuidadosamente—. Solo nos preocupa que vayas a...

—Retroceder —acabó de decir Isabella—. ¿Que un tipo rico y que está bueno viaje hasta Brasil para volver a ganarse tu corazón? No te culpo si recaes, pero eso no va a solucionar sus problemas principales. ¿O sí?

—No y no he recaído —dije con el tono de voz con el que una cuenta una media verdad—. Conozco a Dominic. No parará hasta conseguir lo que quiere. Si lo hago así, puedo tener una cita con él y dar el tema por zanjado.

Conseguí que sonara muchísimo más fácil de lo que era, pero Dominic tenía demasiado orgullo como para esperar y suplicar que le prestara atención mientras yo salía con otros hombres. Le daba un mes como mucho antes de que tirara la toalla.

—Puede —respondió Isabella poco convencida—. Espero que sepas lo que estás haciendo, cielo. No queremos que vuelvas a pasarlo mal.

—No va a ocurrir. Se los prometo.

Alguien llamó a la puerta e interrumpió nuestra conversación. Como no había nada en el refrigerador, había pedido el desayuno a domicilio.

Les prometí a mis amigas que les contaría cómo acababa el tema con Dominic y colgué. Crucé la sala y abrí la puerta delantera, esperando encontrarme al repartidor de comida con mi tazón de *açaí*.

Sin embargo, unos anchos hombros y unos esbeltos músculos llenaron el marco de la puerta. Paseé los ojos por el algodón blanco y la fuerte y bronceada extensión de su cuello hasta llegar a aquel par de ojos de color azul oscuro.

—¿Ya desayunaste? —me preguntó Dominic antes de que pudiera preguntarle qué diantres hacía él en el departamento de mi madre a las nueve de la mañana.

—Me están trayendo la comida.

—Déjame que lo adivine: ¿*açaí* de Mimi Sucos?

Crucé los brazos.

—Puede. —Tampoco era taaan predecible, ¿no?

—Cancélalo —contestó con tanta seguridad que casi entro rápidamente en la aplicación de comida para llevar—. Vamos a un sitio mejor.

—¿Adónde? —El *açaí* de Mimi Sucos era el mejor de la zona.

Una leve expresión traviesa le rozó las mejillas y, ante los nervios, me dio un vuelco el corazón.

—Ya lo verás.

Esperé que Dominic fuera a llevarme a algún *brunch* elegante o a alguna playa bonita para hacer un pícnic privado... y así fue.

En Florianópolis.

A una hora y media al sur de Río en avión, Floripa (como la llaman los locales) era la meca de cuevas escondidas, playas espectaculares y unas exuberantes rutas de senderismo. La mitad quedaba en zona peninsular; la otra mitad, en la isla de Santa Catarina, y era mi lugar favorito de Brasil junto con Bahía.

El *jet* de Dominic aterrizó en Floripa dos horas después de que se hubiera presentado en mi casa. Un coche privado nos recogió en la pista y nos llevó al resort más lujoso de la ciudad.

—Mucho mejor que el Mimi, ¿no crees? —mientras él lo decía, dos meseros acababan de preparar un verdadero festín en la mesa.

Nos sentamos en el balcón de la *suite* presidencial, que daba a la playa. Los bañistas parecían hormigas sobre la blanca arena y el viento nos traía el sutil sonido de las olas y la risa de la gente.

—Lo tuyo es increíble. —Negué con la cabeza, a pesar de que el estómago me rugía con solo oler los huevos revueltos recién hechos y las galletas acabadas de hornear. Me había comido un tentempié en el avión, pero no había nada como una cesta del mantecoso *pao de queijo* para tentar a una chica a hincharse de carbohidratos—. Esto es demasiado. Un simple *brunch* en Río habría sido suficiente.

—No para nuestra primera cita. —Sopló una suave brisa y despeinó un poco a Dominic. Desde su llegada a Brasil, se había bronceado y, con aquella camiseta y esos *shorts*, parecía más relajado y despreocupado—. Te mereces lo mejor —respondió sin más.

Tentación e instinto de supervivencia libraron una batalla en mi interior. No debería bajar la guardia, pero era difícil no hacerlo cuando me rodeaba todo lo que más me gustaba.

La comida. El mar. El sol. *Dominic*.

Me deshice de aquel último pensamiento mientras tomaba un pan de queso y lo partía en dos. «Recuerden: nada de recaer», advertí a las mariposas que me inundaban el estómago. Me comería aquel desayuno que me había salido gratis, disfrutaría del viaje que también me había salido gratis y me iría. Y listo.

—La cosa estaba entre Florianópolis o Bahía, pero hacía más tiempo que no venías a Floripa. —Dominic les dio las gracias a los meseros con un gesto de cabeza y estos se retiraron y cerraron las puertas del balcón con suma discreción—.

Así que aquí estamos. Podemos aprovechar y pasar un fin de semana largo.

Ahogué las mariposas que pululaban en mi interior con un trago de jugo de naranja y cambié de tema.

—¿No tienes que volver pronto a Nueva York? Llevas fuera bastante tiempo.

A excepción de las reuniones con clientes, Dominic podía trabajar en remoto, pero le gustaba saber al derecho y al revés lo que ocurría en la oficina. Capital Davenport era su reino y lo gobernaba con mano de hierro. No creía que fuera a dejarlo todo en manos de otros durante tanto tiempo ni de broma.

—Sigo controlándolo todo desde aquí —respondió confirmando lo que ya intuía.

—Ya.

Comimos en silencio durante un rato más. Fue un silencio tímido, de esos que nacen de la incertidumbre más que de la incomodidad. ¿Cómo tenías que comportarte durante tu primera cita con alguien con quien habías estado diez años casada?

Hablar del clima resultaba demasiado mundano, pero hablar de otra cosa era demasiado peligroso. Cada vez que abría la boca para sacar tema de conversación, siempre había algo que me recordaba a nosotros.

Las rutas de senderismo por Florianópolis me recordaban a aquella vez que fuimos de senderismo por la zona septentrional del estado de Nueva York.

El último peliculón de acción me recordaba a los maratones de *Fast and Furious* que nos habíamos echado mientras comíamos palomitas al principio de nuestra relación.

Las historias de Instagram de mi madre de su luna de miel en Fyji me recordaban a las de nuestra luna de miel en Jamaica. Por aquel entonces no podíamos permitirnos nada lujoso, así que rentamos una villa medio destartalada aunque bonita al lado del océano y nos pasamos la semana nadando, comiendo y acostándonos. Había sido una de las mejores semanas de mi vida.

Una dolorosa nostalgia se me metió en el corazón. Le había dicho a Dominic que no tenía sentido que viviéramos en el pasado, pero yo daría lo que fuera con tal de poder retroceder en el tiempo y disfrutar cada segundo de los días en que fuimos felices.

La vida tiene estas paradojas. La gente siempre añora los buenos tiempos, pero nunca los apreciamos cuando los estamos viviendo hasta que ya pasaron.

—Hace poco me topé con mi hermano —me contó Dominic en voz baja.

Levanté la cabeza de golpe ante aquel inesperado y abrupto cambio de tono. Había tenido muchos hermanos y hermanas de acogida, pero solo había uno a quien se refiriera así.

—¿Con Roman?

Apenas hablaba de su familia. Sabía que su padre había fallecido y que su madre lo había abandonado cuando era un bebé, y que Dominic había odiado todas las casas de acogida en las que había estado. Me había comentado que Roman y él se habían llevado bien hasta que este último acabó en el correccional de menores por incendio premeditado; aparte de eso, yo no sabía nada más.

—Sí. Me lo encontré en el bar después de que te fueras del baño... —Al acordarme de lo que habíamos hecho en dicho baño, me sonrojé—. Y también estaba en la inauguración de Le Boudoir.

Me sorprendí y me dio un vuelco el corazón. Había ubicado más o menos a todo el mundo en Le Boudoir. La única persona a quien no había reconocido había sido...

La imagen de alguien de piel pálida y con unos fríos ojos verdes se me metió en la mente.

—El hombre que chocó conmigo. —Se me heló la piel. No le había prestado demasiada atención, pero había pocas personas que me desconcertaran tanto y tan deprisa como lo había hecho él—. ¿Ese era Roman?

A juzgar por las previas descripciones de Dominic, me lo había imaginado como un chico larguirucho con el cabello rapado y una expresión más bien taciturna, no como alguien que parecía que se ganara un sobresueldo haciendo de asesino. Aunque, claro: Dominic no había visto a su hermano desde que eran adolescentes. Roman había cambiado, evidentemente.

Asintió de forma breve con la cabeza y me habló por encima de sus interacciones desde que se habían cruzado, aunque tampoco fueron muchas.

—No he vuelto a verlo ni he oído nada de él desde la cena. Tengo a alguien que lo está siguiendo, pero aún no han encontrado nada.

—A lo mejor terminó lo que tenía que hacer en la ciudad y se fue —sugerí.

—No se ha ido de la ciudad —respondió secamente—. Si lo hubiera hecho, no estaría siendo tan complicado dar con él.

Cierto. Si alguien con el dinero y los recursos de Dominic no podía encontrarlo... Sentí cómo me germinaba una semilla de incomodidad en el estómago.

—Pero a ti no te haría daño, ¿no? Se llevaban bien.

—Nos llevábamos, tú lo has dicho. No creo que vaya a perdonarme nunca por no haberle servido de coartada cuando lo detuvieron. —Se le ensombreció el rostro—. Lo busqué en varias ocasiones a lo largo de los años, pero estaba desaparecido en combate. Pensé que había muerto.

Le noté una minúscula pizca de culpabilidad en la voz.

Dominic no tenía demasiados amigos cercanos, pero era leal a quienes también lo eran con él. En una ocasión me comentó que, cuando eran jóvenes, Roman había cargado con las culpas por él en más de una ocasión. Una vez, Dominic le robó dinero a su madre de acogida para poder pagar el boleto de autobús para ir a visitar una universidad cerca de donde vivían. Roman le había cubierto las espaldas y había dicho que había sido él quien había tomado el dinero para gastárselo en una cita. A modo de castigo, la mujer le había pegado con un cinturón y Roman se había pasado días sin poder dormir bocarriba.

Dominic nunca lo había comentado, pero yo sabía que se arrepentía de cómo habían terminado las cosas con Roman.

—¿Te gustaría recuperar la relación? —pregunté con amabilidad—. Hace mucho de aquella época. Ahora ya no son los mismos.

—No confío en él. —Evadió una respuesta directa—. Quiero saber qué diablos hace en Nueva York y a qué se ha dedicado desde que salió del correccional. Nada más.

Me daba la impresión de que no me lo estaba contando todo. Tenía muchos temas por resolver con su hermano; sin embargo, aunque hubiéramos seguido casados, no era mi cometido ayudarle a sanar aquella parte de su pasado. Hay cosas que tenemos que resolver por cuenta propia.

Un fuerte estallido de risa proveniente de otro balcón se llevó por delante las melancólicas conclusiones derivadas del argumento de Dominic.

Se frotó la cara con la mano y rio con tristeza.

—Lo siento. Esta no es la conversación que tenía pensado mantener durante nuestra primera cita, pero me preguntaste acerca de Nueva York y... —tragó saliva y se le movió la manzana de Adán— eres la única persona con quien puedo hablar de este tipo de cosas.

—Lo sé —respondí con dulzura—. No tienes por qué disculparte.

Este era el Dominic que extrañaba. El que se abría y me contaba las cosas en lugar de esconderse tras su máscara y su dinero. A él le daba miedo que la gente fuera a alejarse si veía lo que se escondía detrás de esa cortina, pero aquellas partes escondidas eran las que lo hacían humano. Había quien quería al mito y a la leyenda de Dominic Davenport; yo quería al hombre en sí.

«*Solías* querer; en pasado —me recordó una severa voz—. No olvides que esto no es una cita de verdad».

No se me había olvidado. Pero tampoco era una coincidencia que, en un día repleto de *jets* privados, comidas fastuosas y *suites* de lujo, mi parte favorita hubiera sido una simple conversación sobre la familia de Dominic.

La opulencia no me despertaba sentimiento alguno, pero la vulnerabilidad me astillaba las defensas hasta que una diminuta parte de estas acababa fragmentándose.

25
Alessandra / Dominic

Alessandra

Dominic y yo nos pasamos el primer día en Floripa vagando por el resort. Le pidió a alguien que me trajera una maleta llena de ropa y maquillaje nuevo porque yo no había preparado nada para pasar la noche fuera, y él había reservado una *suite* adicional en caso de que no quisiera alojarme en la misma que él, pero decidí quedarme ahí y dormir en habitaciones separadas. La *suite* presidencial era tan grande que, total, ni siquiera lo vería a menos que así lo deseara.

Imaginé que habría organizado un sinfín de actividades para el tiempo que estuviéramos aquí, pero se mostró sorprendentemente flexible en cuanto a lo que hiciéramos o dejáramos de hacer. Aparte de las comidas, para las cuales sí nos reuníamos, mantuvo una distancia respetable; demasiado, casi. A la mañana siguiente, tuve la sensación de estar en un viaje de negocios con un compañero de trabajo en lugar de estar en una cita.

—¿Y no es algo positivo? —preguntó Isabella. Le había llamado para ver cómo iba todo en la tienda porque, a pesar de que el día anterior charlamos por el grupo, no había tenido tiempo de hablar del trabajo con ella—. Puedes acostarte cerca de la alberca, irte a casa y dar el tema por zanjado. Es lo que querías.

—Puede. Pero él no suele ser tan inactivo. —¿Por qué iba Dominic a llevarme hasta otra ciudad para dejar que me las arreglara yo sola?

—No sé. La gente cambia. Sea como sea, tú disfruta y no pienses demasiado en el trabajo, ¿está bien? —contestó Isabella—. Sloane tiene la fiesta de inauguración controlada y a mí me encanta tener ruido de construcción de fondo mientras escribo. —Era la única persona que conocía capaz de decir algo así y, encima, en serio. Isabella prosperaba en medio del caos—. No quiero oír nada de ti en todo el fin de semana. Si surge alguna emergencia, te llamaré.

Reí.

—De acuerdo. Gracias, Isa.

Había tenido suerte al conocer a Vivian, quien luego me había presentado a Sloane e Isabella. Hacía años que había perdido el contacto con mis amigos de la universidad y, a pesar de que tenía algunas amistades sueltas por Nueva York, nunca había tenido la sensación de formar parte de un grupo hasta que Vivian me adoptó en el suyo.

Horas felices, salidas para ir de compras, noches de chicas... Nuestra amistad hizo que me diera cuenta de lo mucho que me había perdido durante los años de casada, y no solo porque no hubiera tenido amigas que hicieran de confidentes, sino porque también me había perdido otras cosas que, por pequeñas que fueran, sumaban a la vida de cualquiera.

Abandonar mis objetivos en pro de los de otra persona no era normal. Reemplazar mis *hobbies* por obligaciones sociales porque las últimas eran mejores para la empresa de mi marido no era normal. Adoptar un rol secundario, de apoyo, en lugar de uno principal en lo que debería haber sido una relación a partes iguales no era normal.

Dominic tenía parte de culpa, pero yo también. Debería haber luchado por mí y por lo que quería mucho antes. Mi yo más joven pensaba que el amor podía resolver cualquier problema, pero crecer significa darse cuenta de lo importante que es quererse a una misma tanto como queremos a otra persona.

Colgué y me puse un vestido playero antes de entrar en la sala de la *suite*. El sol se colaba por los ventanales y teñía los suelos de roble pálido de unos tonos dorados. Tenía hambre y me rugió el estómago, pero fui incapaz de decidir si pedía servicio a la habitación o si esperaba a Dominic.

Giré a la izquierda, hacia su cuarto. Levanté la mano para tocar a la puerta, pero lo oí hablar a través de la puerta antes de que pudiera tocarla siquiera.

—No podré estar en Nueva York este fin de semana. —El grave timbre de su voz hizo que una sensación de placer me erizara la piel—. Me da igual. Dile a Grossman que tendrá que esperar. —Hubo una breve pausa. No lo veía, pero podía imaginar su irritada expresión—. Para eso te pago. Ocúpate tú del problema, Caroline, porque yo no pienso irme de Brasil hasta que se vaya Alessandra.

Al oírlo pronunciar mi nombre, me dio un vuelco gigante el estómago. Sabía que Dominic estaba dejando escapar muchísimas oportunidades laborales por estar aquí, pero había una diferencia entre entender la teoría y ver después cómo la ponía en práctica.

Aún estaba buscando mi equilibrio cuando Dominic abrió la puerta y casi choca conmigo. La sorpresa alivió las arrugas de molestia que le cubrían la frente.

—¿Alessandra? ¿Qué pasa?

Una inesperada tristeza se me metió en el pecho al ver

que pensaba que si había ido a buscarlo era porque algo no iba bien.

—Nada. —Jugueteé con las pulseras—. ¿Habías planeado algo para que hiciéramos hoy los dos aparte de comer?

—Había rentado canoas para esta tarde —dijo con cautela—. ¿Por qué?

—¿O sea que no tenemos nada programado para esta mañana? —hice caso omiso a su pregunta.

Negó con la cabeza.

—Bien. —Tomé la iniciativa de repente—. Porque nos vamos al mercado.

Dominic

El mercado público de Florianópolis ocupaba todo un antiguo edificio colonial justo en el centro de la ciudad. Si caminabas por cualquiera de los pasillos, te encontrabas con decenas de localitos donde vendían ropa, comida, productos de cerámica y artesanías de gente local. La atmósfera estaba llena de gente hablando inglés y portugués mientras los guías turísticos iban paseando a los grupos por aquel laberinto y los locales negociaban en su idioma materno.

Alessandra y yo compramos unas *coxinhas* (croquetas de pollo) para desayunar y nos las comimos mientras íbamos de local en local.

—¿Cuál te gusta más? —Me enseñó dos pañuelos—. No puedo decidirme.

Me les quedé mirando. Eran exactamente iguales.

—Ese. —Señalé el de la derecha.

—Genial. Gracias. —Compró el de la izquierda—. ¿De qué te ríes?

—De nada. —Sabía que elegiría el de la izquierda.

Cuando se trataba de comprar, siempre elegía la opción que yo no había escogido. Sospechaba que no confiaba en mi juicio en cuanto a moda femenina, lo cual me habría ofendido si no fuera porque yo también estaba de acuerdo con eso.

La miré un segundo mientras ella se dirigía hacia el siguiente local. Había mantenido las opciones abiertas para nuestro viaje a Florianópolis a propósito. No quería agobiarla ni obligarla a que estuviera conmigo todo el tiempo. Íbamos a pasar unos días aquí; supuse que nos lo tomaríamos con calma y ya veríamos qué tenía ganas de hacer, por eso me había sorprendido gratamente ver que proponía ir al mercado.

Yo prefería los chefs de estrella Michelin y los restaurantes *gourmet*, pero a Alessandra le encantaba la *street food*.

—¿Trabajaste esta mañana? —se interesó—. Te escuché... Eh... Me pareció oírte hablando con Caroline.

—Tuve una breve llamada.

Caroline era mis ojos y oídos mientras yo estaba fuera, y cada semana me informaba detalladamente de todo por teléfono. Este fin de semana, uno de mis clientes estaría en Nueva York, pero yo no pensaba volar para saciar su ego cuando prefería mil veces más estar en Brasil con Alessandra.

—Hablando de trabajo, ¿cómo va la tienda? —quise saber—. Me enteré de que Isabella está ocupándose de todo mientras tú estás aquí. —Kai era del todo meticuloso cuando pasaba información.

—Sí, ella y Monty. —Alessandra rio—. Creo que el otro día casi le da un infarto a uno de los albañiles por culpa de su serpiente, pero por lo visto es una gran supervisora. A todos les da un miedo atroz aflojar el trabajo ante el escrutinio asesino de una pitón.

Las pitones reales son una de las especies de serpiente más amigables, pero supongo que la gente de a pie se queda solo con que son serpientes.

—No es que yo sepa mucho de flores prensadas, pero si necesitas ayuda con temas empresariales y financieros, avísame.

Debería haberle ofrecido mi ayuda cuando abrió la tienda online hacía dos años, pero tenía la cabeza tan puesta en lo mío que ni siquiera me había dado cuenta de que Alessandra había abierto un negocio entero hasta que ya habían pasado unas cuantas semanas, maldita sea. No me había comentado nada; seguramente porque pensaba que estaba demasiado ocupado como para que me importara. Me había enterado por Kai.

Alessandra abrió un poco la boca.

—Gracias.

—Debería haber estado a tu lado cuando empezaste con el negocio. —Me sentí preso de la vergüenza—. Levantar una empresa de cero es todo un hito.

—No pasa nada. En su momento, no era más que una tienda de Etsy. Tampoco es que fuera a entrar en Fortune 500.

No me reí de la broma. Sí que pasaba porque, de lo contrario, nuestra relación no estaría en este punto ahora mismo.

—Lo digo en serio. Si necesitas cualquier cosa, lo que sea, llámame. Y, si estoy en alguna junta, en mi oficina ya saben que tienes prioridad. —Teniendo en cuenta lo bien que le estaba yendo a Diseños Floria, Alessandra no necesitaba mi ayuda, pero la oferta seguiría en pie.

Sentí una pizca de orgullo. No me gustaba nada haberme perdido un logro tan grande como lo era abrir tu primera empresa, pero estaba extremadamente orgulloso de lo que había conseguido Alessandra.

—¿Y por qué flores prensadas? —le pregunté, ansioso por mantener a flote aquella conversación. Si parábamos, volvería a alejarse y yo quería alargar este momento tanto como fuera posible.

—La verdad es que estaba aburrida y necesitaba un *hobby*. —Se sonrojó—. Siempre me han gustado las flores y encontré un tutorial sobre cómo prensarlas. Lo intenté, me divertí y bueno... —Levantó los hombros—. El resto es historia.

—¿Y qué te hizo convertir ese *hobby* en un negocio?

—No lo sé. —Respondió con la mirada perdida—. Supongo que quería tener algo que fuera solo mío. Todo lo que teníamos era tuyo: la casa, los coches, la ropa... A pesar de que fuera yo quien comprara algo, quien pagaba eras tú. Y llegó un momento en el que... —tragó saliva—... en el que sentí que ya no era yo misma. Necesitaba algo que me recordara que importaba. Yo, como persona, no como la pareja o la hija o la hermana de alguien.

Habíamos dejado de caminar. No sabía en qué momento nos habíamos detenido o cuánto tiempo llevábamos ahí quietos, pero no pude moverme ni queriendo.

Sabía que Ale había sido infeliz durante los años que estuvimos casados. A fin de cuentas, nos habíamos divorciado. Sin embargo, no me había dado cuenta de las profundas raíces que había echado dicha infelicidad no solo en nuestra relación, sino en Alessandra en sí.

Me había dado la impresión de que, cubriendo todos los gastos y asegurándome de que nunca le faltara de nada, seríamos más felices. Lo habíamos pasado tan mal al principio que yo no quería que volviéramos a caer nunca más en ese pozo. En lo que no había pensado era en aquello que no era material.

El tiempo. La atención. La consideración.

Todo eso no se puede comprar y, con las prisas por tapar cualquier problema con dinero, había pasado por alto ese dato.

—Importas —solté—. Siempre.

Alessandra era la única persona que había importado de verdad. Siempre. A pesar de que ya no me quisiera e incluso si todos mis esfuerzos por recuperarla caían en saco roto, Alessandra siempre sería el sol que anclaba mi universo.

Se le humedecieron los ojos. Apartó la vista de inmediato, pero un delatador sonido se le coló en la voz, esa que solía tener un tono alegre.

—Bueno, basta de charlas tan pesadas por hoy. No son ni las doce y aún nos quedan muchos locales por ver antes del paseo en canoas.

El resto de la mañana, nos ceñimos a hablar de temas menos delicados, como deportes, comida y el clima. Sin embargo, en ningún momento se me olvidó la expresión que se le había dibujado en el rostro mientras me contaba por qué había abierto Diseños Floria.

Cuando terminamos de recorrer todo el mercado, comimos en una ostrería cercana (como ella había elegido el desayuno, yo decidí la comida) y luego nos dirigimos hacia el establecimiento donde se rentaban las canoas. Era una actividad que hicimos durante la luna de miel y pensé que sería una bonita forma de recordar tiempos más felices.

En su día, formamos un buen equipo. Y volveríamos a formarlo.

Por desgracia, hacía años que ni ella ni yo hacíamos piragüismo y nuestras destrezas estaban... oxidadas, siendo generoso.

—A lo mejor no ha sido tan buena idea —comentó al ver que la canoa se tambaleaba. Miró a nuestro alrededor, nerviosa. El resto de los piragüistas que teníamos más cerca no eran más que puntos en la lejanía—. Deberíamos haber contratado un guía.

—No nos hace falta ningún guía. —Me retorcí y la canoa se meció conmigo—. Somos perfectamente capaces de arreglárnoslas en este barquito de madera.

Se giró para mirarme.

—¿Esto es otra de esas cosas que hacen los hombres? ¿Como cuando se niegan a pedir indicaciones si se pierden o cuando no pides ayuda aunque estén a punto de equivocarse?

—Estamos en medio de una laguna —señalé—. Ya pasó el momento de pedir un guía. —Además, quería a Alessandra solo para mí; no quería que un sujetavelas cualquiera nos arruinara la cita—. Confía en mí. No pasará nada.

—Si tú lo dices. —No parecía estar segura.

A pesar de sus dudas, cuanto más avanzábamos más se estabilizaba la canoa. Me destensé y me recosté un poco para disfrutar de las vistas. Entendía por qué a Alessandra le gustaba tanto Florianópolis. Era...

—¡Dios mío! —Ahogó un grito—. ¿Es un delfín?

—No creo que haya... ¡Ale, no!

Pero ya era demasiado tarde. Se giró hacia la derecha, la piragua volcó y caímos los dos en aquellas frías aguas.

El grito que se le escapó y la maldición que solté yo alteraron la tranquilidad que se respiraba en ese lugar. El agua nos cubrió las cabezas y todo se volvió silencioso hasta que volvimos a subir a la superficie en un coro de tosidos y salpicaduras. Por suerte, nos habíamos desatado al caer y así evitamos quedarnos atrapados bajo la canoa, pero probar el agua de una maldita laguna no formaba parte de mi plan.

Solté otra maldición, esta vez más florida.

Miré a Alessandra, que se tapaba la cara con las manos y le temblaban los hombros.

Aparte de molesto, ahora me había alarmado.

—¿Qué pasa? ¿Te lastimaste?

¿Se había dado en la cabeza al caer? Tardaríamos un poco en volver a poner la canoa del revés y estábamos al menos a...

Un sonido más bien familiar se le escapó a través de los dedos. ¿Estaba... ¡riendo!?

Se apartó las manos de la cara. No, no estaba riendo. Estaba doblándose, carajo; hasta tal punto que se quedó sin aliento.

—Estoy bien —dijo jadeante y con lágrimas en los ojos—. Es solo que... Pareces...

Entorné la vista a pesar de que se me arquearan los labios. A mí, aquella situación, no me parecía especialmente divertida, pero era imposible verla sonreír y no querer hacerlo yo también.

—¿Qué? ¿Un delfín? —pregunté haciendo referencia a su otro comentario.

—No —respondió para nada arrepentida—. Pareces una rata anegada.

Me envolvió más la estupefacción que el agua de la laguna.

—Ni de puta broma.

—Lo siento, pero sí. —La risa de Alessandra disminuyó, pero la diversión seguía presente en su rostro—. Tú no te ves, pero yo sí, así que mi observación es más... —Chilló cuando el agua le dio en la cara. Se secó las gotas de los ojos y se me quedó mirando—. ¿Me acabas de salpicar?

Levanté los hombros.

—Fue un accidente.

Apenas había terminado de pronunciar aquella frase cuando Alessandra me la devolvió y terminamos montando una guerra de agua. Risas y gritos llenaron el aire.

Estábamos comportándonos como dos niños dejándose llevar en la playa y sus ataques acuosos apenas me dejaban respirar, pero el hecho de hacer las cosas sin que te importara nada una mierda tenía algo de estimulante. Me daba igual que estuviéramos actuando de forma estúpida e inmadura; era realmente divertido.

Cuando llegamos a una tregua, estábamos tan empapados que parecía que nos hubiéramos bañado con la ropa puesta. Dos veces.

A Alessandra se le había corrido el rímel y, ahora, unas líneas negras le manchaban las mejillas. Además, tenía el cabello enredado y no le quedaba ni una pizca de labial.

—Ya lo sé —soltó cuando me atrapó mirándola—. No eres el único que parece una rata anegada.

—No estaba pensando eso.

—¿Qué estabas pensando entonces? —Se le fue apagando la voz a medida que fui acercándome a ella.

Le sequé una gota de agua que le estaba bajando por la frente antes de que le cayera en el ojo.

—Estaba pensando... —Bajé la mano y se la dejé al lado de la mejilla—. Que eres lo más hermoso que he visto en la vida.

La respiración se nos acomodó al suave vaivén de las olas. Los últimos ecos de nuestras anteriores risas desaparecieron y dieron paso a una cálida y densa expectativa.

Alessandra separó los labios. No se apartó cuando le agarré el cabello con suavidad y agaché la cabeza, centímetro a centímetro, por doloroso que fuera, hasta que nuestros labios se encontraron.

Algunos besos eran fruto de la pasión. Otros, un torrente de emociones. Pero ¿este? Este fue una puta revelación.

Porque cuando Alessandra levantó la barbilla para devolvérmelo por fin entendí, aunque solo fuera durante un breve instante, qué era ser verdaderamente feliz.

Sin anhelar, perseguir o preocuparse por nada. Solo ella y nosotros.

Era todo cuanto necesitaba.

26
Alessandra

Había besado a mi exmarido.
Había besado a mi exmarido y me había gustado.
¿Qué diantres me pasaba?
Hundí la cara en la almohada y gruñí. La alarma ya había sonado tres veces, pero no conseguía aunar las fuerzas necesarias para salir de la cama. Porque eso significaba enfrentarme a las consecuencias derivadas de las decisiones que había tomado el día anterior y a mí ya me parecía bien quedarme en aquella burbuja ilusoria.
Por desgracia, el universo no estaba de acuerdo conmigo. No hacía ni un minuto que había tomado la decisión de pasarme la mañana holgazaneando entre las sábanas cuando sonó mi celular. Lo ignoré. Volvió a sonar.
Gruñí de nuevo. Casi preferiría no haberlo guardado en uno de los casilleros del lugar donde habíamos rentado la canoa antes de ponernos a remar. En ese caso, ahora estaría en el fondo de la laguna y yo no tendría que hablar con nadie a las —miré la hora en el reloj digital— ocho y cuarto de la mañana.
Le di a «responder» y puse el altavoz sin levantar la cabeza ni mirar quién era.

—¿Hola?

—¡Buenos días! —me saludó alegre Isabella—. Bueeeno, ¿cómo va? Espero que estés disfrutando como nunca.

—Es complicado. —La almohada amortiguó mi respuesta.

Aquel beso con Dominic había durado demasiado y demasiado poco a la vez. En realidad, no podía haber durado más de unos pocos minutos, pero su calor y su sabor se me habían grabado con tanta vehemencia en los sentidos que, un día después, aún podía notarlos.

La dulce y firme presión de su boca. El experto recorrido de su lengua con la mía. Los deliciosos escalofríos que me recorrieron la espalda cuando me jaló del cabello.

Se me erizó la piel.

—Ya, ya. —Isabella parecía distraída—. Oye, es pura curiosidad, pero ¿estás en un hotel ahora mismo?

—Sí. Estaba durmiendo —dije con doble intención, cosa que era medio cierta.

La verdad es que me sorprendía que me llamara tan temprano. Isabella no era una persona madrugadora.

«Espera...». ¿Por qué me estaba llamando tan temprano?

Me erguí y, al alarmarme de golpe, se me aceleró la adrenalina.

—¿Por qué? ¿Pasó algo?

—Bueno... —Inhaló con fuerza—. Explotó una tubería por la noche. La tienda entera se, esto..., inundó.

La estupefacción se abrió paso entre las grietas de mi entumecimiento. *Inundado*. Aquella palabra me retumbó bajo la piel cual frenético latido.

—¿Hay muchos daños? —La voz me sonó sorprendentemente relajada a pesar del pánico que estaba haciéndome corto circuito en el cerebro.

Debería preguntarle más cosas (como qué debía hacer),

pero el temor me dejó inmóvil mientras esperaba que Isabella respondiera.

—Bastantes. El agua estropeó casi todo el inventario y algunos de los dispositivos electrónicos se arruinaron. Ha sido algo repentino, o sea, que aún no sabemos cuán graves son los daños. Kai llamó a alguien y se encuentra ahora mismo analizando la situación. —Le noté un tono de culpabilidad en la voz—. Lo siento muchísimo. Si hubiera ido allí antes...

—No es culpa tuya. No podrías haberlo evitado.

Isabella ya estaba haciéndome un favor enorme al vigilar la tienda mientras yo estaba fuera; además, no era plomera profesional. Ni siquiera yo sabía qué hacer en caso de que se rompiera una tubería.

—No te preocupes. Nos ocuparemos de todo —dijo ella con un tono de culpabilidad palpable aún—. Kai ya está gestionándolo y arreglarán la tubería en menos de dos horas, pero me imaginé que querrías saberlo.

—Gracias.

Sentí que se me tensaban los hombros, también a causa de la culpabilidad. No faltaban ni dos meses para la inauguración. Sloane se había dejado la piel en organizar la fiesta y ya había enviado las invitaciones a decenas de personalidades destacadas (invitados de quienes yo dependía para que hicieran correr la voz y poder mantener el negocio a flote). Para gestionar una tienda física hacía falta más estrategia y publicidad que para gestionar una online; no podía ir yo y cagarla.

Lo sabía y, aun así, me había pasado dos semanas escondiéndome en Brasil. Sí, necesitaba alejarme de la ciudad, pero ahora ya estaba evitando activamente mi regreso. Brasil era una fantasía; Nueva York, la realidad. Y ya era hora de que dejara de huir de mis problemas. No era justo ni tampoco estaba bien que tuviera a mis amigos cargando con el peso de gestionar *mi* negocio. Isabella tenía un libro que escribir y Kai, una empresa multimillonaria que dirigir. No deberían estar arreglando problemas de tuberías.

—Dile a Kai que me ocuparé yo —contesté y desvié la vista hacia mi maleta, que estaba abierta en el portaequipajes que había al otro lado de la habitación—. Vuelvo a Nueva York.

Le pedí ayuda a Dominic porque no tuve más remedio. No conseguí encontrar vuelos directos a Nueva York a última hora y, cuando le conté la situación, él mismo hizo el *checkout* del hotel, tanto el suyo como el mío. Al cabo de dos horas, ya habíamos despegado. Nada de preguntas complementarias.

«He aquí las ventajas de tener un *jet* privado».

Durante el vuelo, no hablamos del beso. Los ratos que no estábamos comiendo o durmiendo, los dedicábamos a trabajar. Yo investigué sobre qué hacer cuando se te rompía una tubería, encargué más inventario y mandé un correo electrónico a los albañiles con los que estaba trabajando porque no podrían seguir con las obras hasta que lo hubiéramos limpiado todo. Dominic hizo lo que tuviera que hacer el director ejecutivo de un grupo financiero.

Trató de ayudarme, pero rechacé su oferta. Con el vuelo ya era suficiente; detestaba pedirle favores.

Cuando aterrizamos en Nueva York esa misma noche, yo ya me sentía un poco mejor... hasta que vi la tienda.

Estaba completamente inundada. Uno de los paneles de yeso estaba tan empapado que se había caído y más de una pieza de flores prensadas había quedado hecha puré debido a la fuerza del agua. Por suerte, aún no me habían entregado el material de la cafetería; sin embargo, se había descompuesto la computadora de trabajo, la impresora y unos cuantos aparatos más.

Todos mis proyectos y piezas de galería, destrozados. Todos mis planes, patas arriba. Me costaría miles de dólares y a saber cuantísimas horas asegurarme de que el local estuviese listo para la inauguración.

Las lágrimas se me acumularon en la garganta. Lo de la tubería no era culpa de nadie; no había sido más que mala suerte. No obstante, me dio la impresión de que era un mal augurio; como si el universo estuviera intentando decirme que yo no había nacido para eso y que se me daba mejor ayudar a los demás a dar vida a sus sueños que dársela a los míos.

Me quedé mirando el suelo anegado, donde esquirlas de cristal destellaban como si fueran trozos rotos de mi propia vida.

El divorcio. El negocio. La relación con mi madre. Cada miedo, cada duda e inseguridad que había ido reprimiendo a lo largo de los años mientras vivía sin vivir. Todo eso se llevó la capa de vidrio que me cubría los ojos y dio rienda suelta a las lágrimas, que difuminaron aquella hecatombe con un velo de derrota.

Estaba demasiado perdida en mi aflicción para resistirme a los brazos de Dominic cuando este me envolvió y me acercó a su pecho. Había insistido en acompañarme a la tienda porque ya era muy tarde y yo no me había opuesto a ello. No tenía energía.

Le hundí la cara en el pecho y mis sutiles sollozos rompieron el silencio. Seguramente estaría dejándole la camisa hecha un desastre con las lágrimas, pero no se quejó. De hecho, no había pronunciado ni una sola palabra desde que habíamos llegado; no hacía falta.

Las acciones dicen más que las palabras y, en ese preciso instante, no me importó lo más mínimo lo que hubiera hecho o no cuando estábamos casados.

Sencillamente me apoyé en él, me impregné del confort que me ofrecía su familiar aroma y dejé que me sostuviera.

27
Alessandra

Me di una noche para regodearme en la autocompasión.

Cuando terminé de estudiar los daños que había sufrido la tienda, me fui a casa, me bañé y me quedé dormida sintiendo pena por mí misma. Sin embargo, en algún momento entre el sábado por la noche y el domingo por la mañana, el lamento se cristalizó hasta convertirse en resolución.

Me había pasado años viviendo sin vivir. Ahora que por fin había salido de mi zona de confort, ¿en serio iba a dejar que me derrumbara el primer obstáculo que se me presentaba?

Estábamos hablando de daños físicos, no de que alguien hubiera muerto ni de una catástrofe financiera. Mi problema podía solucionarse sí o sí. En el peor de los casos, siempre podía aplazar la inauguración y apechugar con los gastos no reembolsables, como el *catering*.

Con eso en mi mente, me pasé el resto del fin de semana reformulando una estrategia y mirando cuánto me costaría cambiar los muebles y sustituir el inventario. Lo cual, en gran parte, hizo que se me retorcieran las tripas. Necesitaba que me lo entregaran todo de inmediato si quería reparar el local a tiempo para la inauguración, y las entregas inmediatas (y, en especial, durante fiestas) salían caras. *Muy* caras.

El seguro de arrendatarios cubría parte de los costos, pero aun así yo seguiría teniendo que pagar una buena cantidad de mi propio bolsillo.

La parte positiva era que la responsabilidad de los daños materiales no recaía en mí, sino en Aiden. Y este mismo se presentó el lunes siguiente para comprobar cómo había quedado la situación.

—Lo bueno es que podría haber sido peor —dijo después de inspeccionar el local. Estaba extrañamente tranquilo, pero supuse que, como arrendador, solía tratar con tuberías rotas—. El sistema eléctrico está casi intacto y no se derrumbó el techo.

Se me escapó una débil risa. Era la hora de comer. Llevaba limpiando los escombros desde las seis de la madrugada y seguramente debía parecer que estaba muerta, pero me sentía tan agotada que me daba igual.

—Pues menos mal. ¿Cuáles son las malas noticias?

Ya puestos, que me lo contara todo de golpe. Siempre era mejor llevarse un trancanzo enorme de golpe que miles de pequeños.

—Pues que te van a sangrar los dedos de la de flores que vas a tener que prensar antes de la inauguración. —Aiden repiqueteó los nudillos con delicadeza contra la mesa donde yo había dejado todas las piezas que habían quedado destrozadas—. ¿Cuántas se estropearon?

—Dos docenas —respondí desanimada.

Tardé como mínimo una semana en conseguir que cada una quedara exactamente como yo quería. Recrear veinticuatro en dos meses sería imposible a no ser que me pasara literalmente todos los días trabajando en ello. Y no tenía el privilegio de poder hacerlo. A pesar de contar con la ayuda de mis asistentes virtuales, la mitad de mi carga laboral recaía en tareas administrativas.

—Hagamos algo. Yo me ocupo de...

Sonaron las campanillas que tenía encima de la puerta y Aiden dejó la frase a medias.

Mandíbula afilada. Barba de dos días dorada. Unos músculos delineados y unos aires despiadados envueltos en un traje gris oscuro hecho a medida. Dominic.

Una fría sensación de estupefacción se apoderó de mí. Estábamos en mitad de su primera jornada laboral tras haber vuelto al trabajo. ¿Qué demonios estaba haciendo aquí?

Su mirada, cálida y llena de preocupación, encontró la mía antes de desviarla hacia Aiden. Fue como ver pasar un interruptor de la posición de encendido a la de apagado. La preocupación se desvaneció bajo una capa de hielo y un silencio cargado de tensión que acabaron de empapar aquellos suelos, ya inundados.

—Hey —lo saludó Aiden como si nada, con un tono cordial a pesar del desafío que le brillaba en la mirada—. Tú eres el ex de Alessandra, ¿no?

Al oír el énfasis con el que había pronunciado la palabra *ex*, me estremecí. No me hizo ni pizca de gracia pensar en que tal vez tendría que acabar limpiando sangre (aparte de todo lo demás) porque, si Aiden continuaba provocando a Dominic, al final la cosa llegaría a los golpes.

A Dominic se le encorvaron los labios con la misma frialdad y tenebrosidad que el hielo de la noche.

—¿Nos conocemos?

—Sí. Estaba cenando con ella cuando nos interrumpiste. —La sonrisa de Aiden igualó la suya—. Más o menos como ahora.

—Está bieeen. —Me entrometí rápidamente en la conversación antes de que la testosterona se apoderara del buen juicio de ambos—. Por más que esté disfrutando de esta conversación, tengo mucho que hacer. Aiden, gracias por haber pasado por aquí tan deprisa. Si tengo alguna pregunta, te llamaré. Dominic, ¿en qué puedo ayudarte?

—Vine a echarte una mano para limpiar —respondió sin apartar la mirada de Aiden que no se movió de donde estaba, a mi lado. Reprimí un suspiro. «Hombres»—. Se acerca la inauguración. Toda ayuda cuenta.

Pensar en Dominic haciendo trabajos manuales me pareció tan absurdo que casi estallo de la risa.

—Tú tienes trabajo. —Seguro que se le habían acumulado un montón de cosas durante el tiempo que había estado en Brasil—. Podré arreglármelas. Es tedioso, pero lo conseguiré.

—También tienes que recrear tu colección —me recordó Aiden—. Sería mejor invertir el tiempo en esto que en trapear y tirar la basura. Dominic tiene razón. Toda ayuda cuenta. —Se apoyó contra la barra y se cruzó de brazos—. Yo también puedo echarte una mano encantado. Total, prefiero ensuciarme las manos que quedarme detrás de un escritorio.

He ahí otra bromita hacia Dominic, cuya escalofriante calma me recordó al océano antes de una tormenta.

—Reorganicé mi horario —terció Dominic haciendo como si Aiden ni siquiera hubiera abierto la boca—. Me puse el trabajo y las reuniones por las mañanas, pero las tardes las reservé para ti.

Volvió a mirarme a los ojos. Sus palabras se me fueron adentrando en espacios vacíos, metiéndose bajo mis propias defensas, y me dio un vuelco el corazón.

Quería decirle que no. Lo de Brasil había sido una cosa, pero volver a invitar a Dominic a mi vida en Nueva York era otra. Eso, dejando el tema de Aiden de lado.

Aun así, Aiden tenía razón: tenía que volver a crear toda la colección. No podía abrir una tienda de flores prensadas sin exponer piezas de este tipo. Además, los albañiles no podrían seguir trabajando hasta que no hubiera limpiado los desperfectos causados por la tubería que se había roto. Sería de idiotas rechazar ayuda cuando te la ofrecían de forma desinteresada.

—De acuerdo. —Esperaba de verdad no estar metiéndome en más problemas; sin embargo, ahora mismo, primaba la necesidad de ordenar la tienda—. Si quieren ayudarme, vengan cuando quieran. Pero —levanté una mano al ver que abrían la boca a la vez— no quiero nada de discusiones, insultos ni actitudes pasivo-agresivas. Sean civilizados, por favor.

—Cómo no —respondió Aiden—. No hay razón alguna para comportarnos de otra forma. ¿Verdad, Dominic?

Este sonrió sin humor alguno.

—Por supuesto.

Alterné la vista entre el tozudo saliente de la barbilla de Aiden y el peligroso centelleo de los ojos de Dominic.

Suspiré.

Iba a ser una semana larga.

28
Dominic

—Me estorbas. —Me abrí paso por el lado de Aiden con los hombros con más fuerza de la necesaria.

Alessandra nos había advertido y nos había dicho que no quería nada de actitudes pasivo-agresivas, pero si chocaba con su arrendador justo cuando iba a tirar la basura no era mi culpa. El muy cabrón estaba justo en medio.

Trastabilló, pero recobró el equilibrio y me miró fijamente, sonriendo con frialdad.

—A lo mejor deberías ir por otra parte. Hay mucho espacio por aquí.

—Y está lleno de mierda. —Tiré un montón de flores marchitas en una bolsa de basura enorme.

—Pues espérate. —Continuó barriendo los trozos de cristal que había en el suelo y metiéndolos en un recogedor—. No eres el único que está trabajando.

Me tembló el ojo. Llevaba menos de tres horas aquí y ya me habían entrado ganas de darle un puñetazo a la barbuda y engreída cara de Aiden. Alessandra me dijo que su relación no era sino platónica, pero ningún casero mantenía una relación taaan cercana con sus inquilinos a no ser que quisiera algo.

Menos mal que había venido para asegurarme de que el tipo no hiciera nada vil, carajo. Yo habría ayudado a Alessandra con todo este problema de todos modos, pero la presencia de Aiden se encargó de que no saliera del local hasta que lo hubiera hecho él.

—No, pero sí soy el único que lo está haciendo de forma eficaz —respondí con frialdad—. ¿Cuánto tiempo llevas barriendo los mismos trozos de cristal?

—A veces no se trata de la rapidez con la que se hacen las cosas. El trabajo bien hecho requiere tiempo y cuidado —soltó Aiden—. Te vendría bien tenerlo en cuenta.

Se me tiñó la visión de rojo. Sería tan fácil tomar una de esas esquirlas de cristal grandes y...

—¿Cómo va esto? —Alessandra salió del cuarto que tenía para guardar las cosas. Tenía cara de cansada, pero parecía más optimista que cuando vio este desastre por primera vez.

—Genial —respondimos Aiden y yo al unísono.

Él me sonrió. Yo le sonreí. Y los dos sonreímos a Alessandra.

—Estamos avanzando mucho —añadí.

Y era cierto. A lo largo de los últimos dos días, habíamos limpiado casi toda la debacle y mañana ya podríamos empezar a recolocar los muebles en su sitio original.

Arqueó las cejas como la que más, pero no cuestionó nuestra extrema alegría. Creo que simplemente estaba contenta de no haber aparecido y presenciado una pelea o, de ser por mí, un sangriento asesinato.

Alessandra se quedó en la sala principal, de modo que Aiden y yo mantuvimos el pico cerrado el resto de la tarde.

El sudor me empapó la camisa, que se me pegaba a la piel, y me dolían los músculos de ir llevando bolsas de basura llenas hasta el contenedor a cada hora. Hacía deporte, pero desde que creé Capital Davenport no había vuelto a hacer tareas físicas básicas. Puede que aquellas labores que no requerían estar pensando activamente fueran agotadoras, pero también eran extrañamente relajantes.

Gracias a mi nuevo horario temporal, tenía que condensar todo un día de interacciones con clientes y asesoramientos financieros en seis o siete horas cada mañana. Eso de ir a Diseños Floria por las tardes y no tener que pensar en lo que hacía estaba bien.

A mi equipo no le hacían especial gracia dichos cambios, pero eran ellos quienes trabajaban para mí y no al revés. Siempre que las carteras de inversiones fueran bien, y lo iban, no tenían razón alguna para quejarse.

—Toma. —Alessandra me pasó un vaso de agua al final del día. Aiden se había ido hacía veinte minutos porque tenía reservación para cenar y yo había bajado el ritmo para poder pasar algo más de tiempo con ella—. Tienes aspecto de necesitarlo.

—Gracias.

Al tomar el vaso, le rocé los dedos con los míos sin querer. Una descarga eléctrica me envolvió la piel y Alessandra se echó para atrás con tanta rapidez que casi tropieza con una caja de cartón aplanada.

No era el único que la había notado.

—Esto ya va tomando forma —comenté con la voz ronca—. Yo diría que antes del fin de semana habremos terminado.

—Eso espero. —Sus mejillas y su pecho adoptaron un color rosado. Estaba tan extremadamente adorable que casi la agarro y vuelvo a besarla, pero aún no habíamos hablado de aquel beso en la laguna. Lo último que quería ahora era presionarla en exceso y demasiado pronto—. Gracias de nuevo por ayudarme con esto. —Señaló el local—. No tienes por qué hacerlo.

—Sí, pero quiero —me limité a responder.

Alessandra me había apoyado activamente durante años, pero yo no había hecho lo mismo por ella. No tanto como debería. Podía pasarme una década entera trapeándole el local a diario y ni así conseguiría acercarme a darle lo que se merecía. Por eso la había ayudado yo mismo y no había contratado a un equipo para que lo hiciera. Alessandra se merecía atención, no delegación.

Nuestras respiraciones ondearon en el aire antes de disolverse en el silencio.

Cortando pasto, lavando platos y haciendo de mesero. Me había pasado la primera mitad de mi vida sirviendo a otros por cuatro centavos. Cuando conseguí mi primer millón, juré que no volvería a limpiar la suciedad de los demás en la vida; sin embargo, me pasaría el resto de mis días haciéndolo encantado si eso significaba que Alessandra seguiría mirándome igual que lo estaba haciendo justo ahora.

Como si, quizá y solo quizá, no hubiera ido tan desencaminado al mantener aquella minúscula brizna de esperanza en relación con lo nuestro desde que nos habíamos divorciado.

Tal y como había predicho, terminamos de limpiarlo todo el sábado. A esas alturas, yo ya tenía la misma cantidad de callos que todos los jugadores de un equipo de béisbol juntos, pero había valido la pena.

—Lo lograste —dije cuando Alessandra se dejó caer en la silla con un evidente alivio—. La tienda vuelve a estar oficialmente encarrilada.

—Más o menos. Me quedan como mil flores más por secar antes de la inauguración, pero... —Suspiró y aquel gesto acabó por derretirse hasta convertirse en una pequeña sonrisa—. Dios, qué bien me sentiré cuando entre el lunes y no vea un montón de basura esperándome.

—Por haber limpiado la basura. —Levanté la lata de Coca-Cola.

Alessandra rio y brindó con la suya.

—Amén.

Estábamos sentados en lados opuestos de su escritorio, que rechinaba bajo el peso de la comida china que habíamos pedido para llevar. Como no nos decidíamos, encargamos un poco de todo: ternera con brócoli, rollitos primavera, pollo al sésamo, *rangoon* de cangrejo y cerdo agridulce. Cuando el repartidor vino a traernos la comida y vio que solo éramos dos, no consiguió esconder la sorpresa.

El cabrón de Aiden también había intentado quedarse a cenar, pero una llamadita rápida desde el baño se había ocupado de dicho problema: ahora mismo estaba gestionando un contratiempo de vandalismo en una de sus otras propiedades. Era fascinante el gran desperfecto que podía hacerle una roca a un cristal.

Ya hacía días que se me había acabado la paciencia con él. El tipo tenía suerte de que no hubiera optado por algo más destructivo que una maldita piedra.

—Seguro que esto no es lo que tú describirías como una noche de sábado perfecta. —Alessandra apuñaló un trozo de brócoli—. Sé sincero. ¿Dónde deberías estar ahora mismo?

Esa misma noche me habían invitado a un par de galas benéficas, a la exposición privada de un museo y a una cena en la mansión de los Singh. Lo había rechazado todo.

—En ninguna parte —respondí—. Estoy justo donde quiero estar.

A Alessandra le centelleó la mirada. Bajó el cubierto sin haber probado la comida y el silencio, tenso, se estiró tanto que temí que fuera a explotar y a romper la delicada fraternización que habíamos desarrollado desde Brasil.

Una parte de mí quería esquivar los temas más sensibles y continuar disfrutando de la velada. La otra, en cambio, sabía que hacerlo tendría solo un efecto curita y que no sanaría nada. Alessandra y yo habíamos tapado las grietas de nuestro matrimonio con un brillante barniz. Y había funcionado. Temporalmente.

A veces, la única forma de atravesar la montaña más alta es escalándola.

—Deberíamos hablar de lo ocurrido en la laguna. —El tema llevaba pesando entre nosotros desde hacía ya demasiado tiempo—. Aquel beso...

—Fue solo un beso. —Echó el brócoli a un lado sin levantar la vista—. Tuvimos una cita. Y, en las citas, la gente se besa.

—Ale...

—No. No lo conviertas en algo que no es. —Le tembló un poco la voz—. Me pediste que tuviera una cita contigo y te la concedí. No hay más.

—Si no hubiera significado nada, ahora podrías mirarme. —Tenía la comida abandonada en el plato, pero me daba igual. Había perdido el apetito—. Basta de mentirle al otro o de mentirnos a nosotros mismos. Nos lo debemos.

—No sé qué quieres que te diga. —Alessandra alzó las manos al aire con expresión frustrada—. ¿Quieres que diga que me gustó ese beso y que no me arrepiento de que lo compartiéramos a pesar de que debería ser así? Está bien. Me gustó y no me arrepiento. Pero la atracción física nunca ha sido un problema entre nosotros. Cuando te miro, pienso...

—Se le entrecortó la voz—. Pienso que nunca podría querer a nadie más que a ti o después de ti. Que tomaste todo cuanto te di y yo te lo di de buena gana porque era incapaz de imaginarme un mundo en el que no estuviéramos juntos. —El dolor que me estaba rasgando internamente hizo que se me enturbiara la vista y la cara de Alessandra se volviera borrosa—. Pero ahora mismo estoy viviendo en ese mismo mundo y me da miedo. —Le tembló la barbilla—. No sé cómo vivir mi vida sin ti, Dom. Hace más de diez años que no salgo con nadie y es que... no... —Bajó la voz hasta que quedó solo en un susurro—. No puedo prometerte nada más de lo que ya te prometí.

Intenté hablar, pero cada vez que conseguía dar con una respuesta, esta se deshacía hasta convertirse en polvo. Solo fui capaz de quedarme ahí sentado, escuchándola, mientras ella, metódicamente, me desmenuzaba el corazón pedazo a pedazo.

—Sé que lo estás intentando —prosiguió—. Sé a lo que renunciaste para estar en Brasil y a lo que has renunciado para estar aquí, y te lo agradezco de verdad. Pero no estoy lista para nada más de lo que ya tenemos. Y no sé si lo estaré nunca. —Una única lágrima le resbaló mejilla abajo—. Me rompiste el corazón y ni siquiera estuviste presente para darte cuenta.

Si en algún momento había llegado a pensar que sabía lo que era el dolor, me había equivocado. Los huesos rotos y los latigazos de mi madre eran un cero a la izquierda al lado de la candente lanza que supusieron las palabras de Alessandra.

Jamás había querido hacerle daño, pero las consecuencias de los actos eran mayores que la intención de uno, y no había cantidad de disculpas verbales que pudiera ofrecerle que fueran a compensar lo que yo mismo había hecho.

—Lo entiendo. —La voz de un desconocido pronunció mis palabras. Era una voz demasiado áspera, demasiado vulnerable como para ser mía; sin embargo, como no tenía otra, la utilicé—. Tómate el tiempo que necesites. Si quieres, sal con otras personas. No interferiré. No te valoré cuando te tuve y esa es mi cruz. Pero tú siempre vas a ser el amor de mi vida y yo siempre estaré aquí, pase un mes, un año o toda una vida. Seguramente haya cientos de hombres dispuestos a formarse para estar contigo. Solo te pido que me dejes ser uno de ellos.

No me había arriesgado tanto en toda mi vida. En Brasil, Alessandra había dicho que podíamos salir con otras personas, pero había sido un caso hipotético; ahora estábamos hablando en serio. Imaginarme apartado a un lado y viendo cómo otros hombres la tocaban y yo sin hacer nada hacía que me resultara prácticamente imposible respirar.

Pero ya le había roto el corazón una vez y dejaría que, a cambio, fuera ella quien me lo rompiera ahora mil veces si eso significaba que, un día, encontraría la forma de volver a mí.

29
Alessandra

—¿En serio te dijo que no le importa que salgas con otros? —Isabella arrugó la nariz—. Qué extraño viniendo de Dominic.

—Está mintiendo, claramente. —Sloane le dio un golpecito a su libreta con la pluma—. Seguro que piensa que Alessandra tendrá unas cuantas citas, no le gustará ningún tipo y volverá corriendo a sus brazos. —A su lado, Pez, desprovisto de pensamientos, nos miraba desde la pecera con sus ojos saltones.

Por primera vez en mi vida, sentí celos de algo tan pequeño como un maldito pez. Ojalá poder librarme de mis preocupaciones terrenales y pasarme el día nadando y comiendo gránulos. «Este animal no tiene ni idea de lo afortunado que es».

—¿Podemos hablar de otra cosa? —Me froté la sien. Estaba intentando superar a Dominic, pero si todas las conversaciones giraban a su alrededor, la cosa ya no resultaba tan fácil. Habíamos hablado tantas veces de mi estancia en Brasil y de la conversación que había mantenido con él la noche anterior que tenía ganas de gritar—. Viv, ¿qué tal tu reunión con Buffy Darlington?

Mis amigas y yo nos encontrábamos acurrucadas en casa de Sloane. Hacía una semana que había firmado la renta de mi propio lugar, pero no podía mudarme hasta pasado Año Nuevo, de modo que Sloane y yo seguíamos siendo compañeras de departamento.

Técnicamente, hoy era noche de peli, pero habíamos estado demasiado ocupadas cuchicheando como para dedicarnos a ver realmente la película elegida (a excepción de Sloane, quien consiguió compaginar el seguir la conversación mientras escribía su indudablemente cruel reseña de la última comedia romántica).

—Terrible, para no variar —respondió Vivian. Buffy era una de las grandes damas de la alta sociedad neoyorquina y era particularmente quisquillosa con los acontecimientos. Había contratado a Vivian para que organizara su velada navideña anual y mi amiga llevaba tres meses estresada con eso—. Pero ya está todo confirmado y listo para mañana.

—Mañana, la fiesta de Buffy, y el martes, la gala de Navidad del Valhalla. —Isabella bostezó—. No hay nada como las Navidades en Nueva York.

—Una época horrible —terció Sloane—. La música navideña, las cursilerías que pasan en la tele, los suéteres de renos... Pfff, los suéteres. Me dan ganas de morirme.

—Tú has visto todas y cada una de las cursilerías que pasan en la tele —le recordé—. Señal de que no las odias tanto.

—A veces hay que aguantar lo malo para poder apreciar lo mediocre, que es como son la mayoría de las pelis.

Isabella, Vivian y yo nos miramos divertidas. Solíamos bromear, sin demasiado secretismo, sobre que era Sloane solita quien mantenía la industria de las comedias románticas a flote. Para alguien que decía detestarlas, estaba muy predispuesta a ver todas el mismo día en que se estrenaban.

—¿Quién quiere otra copa? —Isabella se metió un montón de palomitas en la boca y alargó el brazo para tomar una botella medio vacía de ron que había en la mesita—. Estoy editando mi segundo libro como una loca, o sea que no me vendrá mal echar mano de tantas cubas como pueda —nos contó con la boca llena.

Negué con la cabeza.

—No, gracias.

Ya me había tomado tres; otra más y haría algo estúpido, como enviarle un mensaje a alguien a través de una *app* para ligar que había descargado de forma impulsiva aquella mañana. Había pasado unos doce perfiles antes de hacer *match* con uno. Me había alterado tanto que había salido de la aplicación automáticamente y había fingido que ni existía.

Mis habilidades para ligar estaban claramente oxidadas.

—Yo beberé cuando haya terminado esto. —La pluma de Sloane voló por la página mientras ella musitaba algo en voz baja.

No pude entenderlo todo, pero tuve la impresión de haber oído frases como «cursilería nauseabunda interminable» y «tan poco realista que hace que el intercambio de cuerpos entre madre e hijas parezca creíble».

—¿Viv? —Isabella se giró hacia la última integrante del grupo—. Tú te has pasado la noche bebiendo agua. ¡Vive un poco! —Sacudió el ron con un dramático ademán.

—Me encantaría, pero no puedo. —Vivian se escondió un mechón de cabello tras la oreja—. Hasta dentro de siete meses.

Sloane levantó la cabeza de golpe de la libreta. A Isabella se le cayó la mandíbula y, con ella, una palomita que acabó en el suelo.

La primera en hablar fui yo.

—¿Estás...?

—Estoy embarazada —nos confirmó Vivian.

La sonrisa se le ensanchó del todo y nosotras nos pusimos a gritar y a reír. La envolvimos en un abrazo grupal y fuimos pisándonos las preguntas las unas a las otras en una sarta de euforia.

—¿Sabes si será niño o niña?

—¿Puedo ser la madrina?

—¡Carajo, estás embarazada!

Vivian y Dante llevaban tres años casados, así que era cuestión de tiempo para que tuvieran hijos. Estaba ilusionada por ella, de verdad, pero no pude evitar que una ola de tristeza me enlodara el humor al comparar su vida con la mía.

Tanto Dominic como yo queríamos niños. Lo habíamos hablado cuando habíamos empezado a salir y habíamos quedado en que esperaríamos a que tanto nuestra economía como nuestras carreras profesionales se hubieran estabilizado antes de intentarlo. Por desgracia, cuando llegamos a este punto, él se había obsesionado tanto con el trabajo que no nos habíamos puesto a intentarlo en serio.

Y me alegraba. Por más que yo quisiera tener un bebé, lo habría criado sola, y no quería que mis hijos se sintieran desatendidos.

Llamaron a la puerta.

—Yo abro. —Me levanté y me dirigí hacia la entrada mientras Sloane e Isabella seguían bombardeando a Vivian con preguntas.

Me saludó un veinteañero con una camiseta blanca.

—¿Alessandra Ferreira? —preguntó con una caja envuelta para regalo en las manos.

—Yo misma. —Arrugué la frente confundida; no había ordenado nada.

—Firme aquí, por favor. —Me pasó una tableta.

Garabateé mi firma y, como me sobrepasó la curiosidad, arranqué el papel de regalo justo cuando se fue. La caja blanca que se escondía ahí dentro no daba pista alguna sobre su contenido; sin embargo, al abrirla, se me detuvo el corazón.

—¿Trajiste un regalo para mí en nuestra primera cita? Debo de gustarte mucho —bromeé quitándole la bolsa de regalo a Dominic.
Se le sonrojaron sutilmente las mejillas.
—No es por la cita. Es por el trimestre.
—¿Qué...? —Al sacar lo que había dentro, se me apagó la voz.
Aquella divertida taza blanca tenía un asa dorada y una manzana roja estampada donde se leía la frase «Mejor profesora del mundo» en negro.
La conmoción se me amontonó en la garganta.
Ningún alumno me había obsequiado nada que no fuera una tarjeta de regalo de Starbucks. Eso era muy poco típico de Dominic, tanto por el obsequio como por el sentimiento que implicaba en sí, y no supe qué decir.
Debió de confundir mi silencio con una señal de descontento, porque se sonrojó más aún.
—Sé que es cursi y que eres tutora, no profesora —se excusó con rigidez—, pero como hace unas semanas me dijiste que se te había roto tu taza favorita, he... Carajo. Da igual. —Alargó el brazo para tomarla—. La devolveré. No tienes...
—¡No! —Me acerqué la taza al pecho y me aferré a ella, protectora—. Me encanta. Ni se te ocurra devolverla, Dominic Davenport, porque pienso quedármela para siempre.

No fue el caso. La taza original se rompió durante nuestra mudanza a Nueva York, lo cual me dejó destrozada. Sin embargo, la que tenía ahora mismo en las manos era una réplica exacta de la que me regaló en nuestra primera cita, con la manzana y la frase «Mejor profesora del mundo» impresa en la misma fuente.

«Nuestra primera cita». Fue el 21 de diciembre; es decir: el mismo día que hoy. Era la primera vez que se me olvidaba uno de nuestros aniversarios. Había estado demasiado distraída con el asunto de la tienda y las complicaciones de nuestra relación actual.

Tomé la nota escrita a mano que había debajo de la taza con la mano temblorosa.

Siempre pensaré en ti los 21 de diciembre.

No había firma, pero tampoco la necesitaba. Era la inconfundible caligrafía oscura y caótica de Dominic.

Noté cierta presión detrás de los ojos.

—¿Qué es? —se interesó Isabella.

Mis amigas guardaron silencio y se me quedaron mirando curiosas.

Dejé la nota en la caja y la cerré.

—Nada —respondí. Pestañeé para dejar de ver borroso y me obligué a sonreír—. No es nada.

30
Alessandra / Dominic

Alessandra

Cuando Isabella y Vivian se fueron y Sloane dio la noche por terminada, revisé en el fondo del cajón, saqué el celular y escribí al tipo con el que había hecho *match* en la aplicación para ligar. Me respondió de inmediato, y a la tarde siguiente quedamos en tener una cita el martes por la noche.

Ocurrió todo tan rápido que sentí que me daba vueltas la cabeza, y eso era justamente lo que quería. Si lo pensaba demasiado, me hundiría en el pozo de culpabilidad que se me estaba abriendo en el estómago. Yo misma había dejado claro que quería salir con más gente y Dominic había aceptado. No tenía razón alguna para sentirme culpable, pero deshacerse de viejas formas de pensar no era tarea fácil.

«Ya no estás con él. Eres libre».

Algún día, mis sentimientos irían a la par que mi lógica. Hasta entonces, me forcé a darle una oportunidad a mi próxima cita.

Dalton era encantador, de buenos modales y atractivo como cualquier modelo de Ralph Lauren, por decirlo de algún modo. Acababa de mudarse a Nueva York desde Australia y trabajaba en el sector de «los negocios» (una descripción genérica que podía parecer un guiño a un posible fondo fiduciario); sin embargo, más allá de eso, las conversaciones que manteníamos por mensaje de texto eran perfectamente encantadoras.

—Te ves estupenda —me dijo Sloane el martes—. Deja de preocuparte y diviértete.

—Es la primera cita real que tengo en once años. —La cena con Aiden no contaba; había sido algo extraño, a medio camino entre lo platónico y lo romántico—. ¿Y si hago el ridículo? ¿O nos quedamos sin tema de conversación? ¿Hoy en día la gente se besa en la primera cita o se supone que tengo que esperar a la tercera?

Jugueteé con el collar. Dalton me llevaría a una gala que había por la zona alta de la ciudad («será muchísimo más bonito que ir de copas a un bar», me había asegurado) y yo me había vestido para la ocasión con un vestido de noche de seda y unas joyas doradas. Parecía un tanto excesivo para una primera cita, pero supuse que era mejor que tener que gritar para que me escuchara en un bar con música navideña de fondo.

Sloane me puso las manos en los hombros.

—Para. Respira —me ordenó. Le hice caso simplemente porque una nunca le decía que no a Sloane Kensington. Sería una general del ejército militar espléndida si algún día se sintiera llamada a ello—. Saldrá bien. Las primeras citas *siempre* son incómodas. Tú ve, diviértete y, si las cosas se tuercen de verdad, llámame.

—De acuerdo. Sí. —Inhalé profundamente. «Puedo hacerlo». Era adulta; no iba a ir corriendo a pedirle ayuda a las primeras de cambio—. Espera, ¿y tú dónde vas esta noche? Pensaba que tenías que trabajar.

Casi todo el mundo pedía la semana de Navidad de vacaciones, pero Sloane no era como casi todo el mundo. Se pegaría el celular a la mano con pegamento permanente si no fuera tan complicado a nivel logístico.

—Así es. —Me quitó las manos de los hombros, cruzó los brazos y se sonrojó muy sutilmente. En lugar de llevar puesto uno de sus atuendos de trabajo (trajes o faldas o vestidos de tubo), había optado por un brillante vestido dorado y unos tacones que hacían que pasara de ser una chica de metro setenta y tres a una diez centímetros más alta—. Iré con un cliente a una... a una fiesta privada.

Cuando sonó su celular al mismo tiempo que alguien tocó la puerta, mis sospechas acerca del atípico tartamudeo de Sloane desaparecieron. Nos despedimos rápidamente, yo fui hacia la puerta y ella atendió al teléfono.

—Guau, eres todavía más guapa en persona. —A Dalton le resplandecieron aquellos oscuros ojos con satisfacción mientras me estudiaba en el elevador—. Me alegro muchísimo de que me escribieras.

Sonreí a pesar de la incomodidad.

—Yo también.

Un coche particular nos esperaba abajo. Se dirigió hacia la zona norte mientras Dalton y yo conversábamos sobre cuáles habían sido sus impresiones de Nueva York hasta el momento y en qué se diferenciaba la vida en Estados Unidos y Australia.

—Al menos aquí no hay animales venenosos por todos lados —bromeé cuando se quejó de la cultura estadounidense de las propinas.

—Cierto. —Sonrió—. Pero no todas las serpientes son venenosas...

Disfruté de la charla, pero, al igual que me ocurrió con Aiden, con Dalton no sentí aquella escurridiza chispa. Pero bueno: la noche era joven. Aún nos quedaba mucho tiempo para conectar.

—Ese sitio te encantará —me dijo cuando el coche se acercaba a un par de puertas vigiladas por guardias de seguridad—. Yo creía que la sede de Sídney era bonita, pero la de Nueva York le da mil vueltas. Supongo que por algo es la principal.

Él rio, pero yo no. Reconocía aquellas puertas. Reconocía la larga y serpenteante entrada que daba al edificio principal y al gran mármol blanco que se alzaba frente a nosotros. Había asistido a distintos acontecimientos allí en muchas, muchísimas ocasiones a lo largo de los últimos cinco años.

El temor se me arremolinó en el pecho mientras subíamos por aquella escalera adornada con una alfombra roja.

«A lo mejor no está aquí». Dominic odiaba las fiestas y si las toleraba era solo por cuestiones de negocios. Faltaban dos días para Navidad; tendría mejores lugares a los que ir.

Pero cualquier esperanza que tuviera de evitar a mi exmarido mientras me encontraba en una cita con otro hombre se desvaneció en cuanto Dalton y yo pusimos un pie en el salón de baile del Club Valhalla.

Levanté la vista y ahí estaba él. Hombros anchos, un rostro devastador y unos ardientes ojos clavados directamente en mí. En mí y en el punto en el que la mano de Dalton me agarraba por la cintura.

Dominic

—Nada de asesinatos antes de Navidad —me advirtió Dante—. Vivian dice que traen mala suerte.

—No voy a asesinar a nadie.

No quería mancharme el traje de sangre. ¿Mutilarlo? De

eso había muchas posibilidades, pero le había prometido a Alessandra que no me entrometería en sus citas.

La posesividad me envolvió de arriba abajo mientras veía cómo bailaba con Dalton Campbell. Aquel vestido se ceñía a todas sus curvas y se había peinado con un chongo que dejaba su suave y desnuda espalda al aire. Ojos, cabello, sonrisa... Todo. Estaba tan increíblemente preciosa que desafiaba la realidad.

Encendí y apagué el encendedor a la vez que Dalton le decía algo que la hizo sonreír. Los celos que sentía se intensificaron aún más.

Ver a Alessandra en una cita con otro hombre y no poder hacer absolutamente nada fue lo más cercano al infierno que me podía imaginar. No sabía demasiado acerca de Dalton, aparte de que los Campbell habían hecho fortuna gracias a la minería y que hacía poco que se había trasladado de la sede del Valhalla de Sídney, pero ya lo odiaba.

—Bien. —Kai hizo que devolviera parte de mi atención a la charla que estábamos manteniendo. La otra parte seguía centrada en la mano que Dalton tenía en la cintura de Alessandra. La estaba tocando de forma demasiado íntima para estar en un lugar público y me dieron ganas de cortársela de golpe—. Estamos aquí de celebración, así que deja de fulminar al pobre hombre con la mirada como si estuvieras orquestando su muerte.

Dante nos había contado anoche que Vivian estaba embarazada. Me alegraba por él; en gran parte. Los Russo llevaban tres años casados y estaban formando su familia. Yo me había pasado diez casado con Alessandra y a mí no me quedaba nada a excepción del diamante que tenía en el bolsillo y los trozos rotos que me rasgaban el corazón.

—Aún no tenemos claro si queremos saber el sexo o si preferimos que sea una sorpresa —respondió Dante a la pregunta que le había hecho Kai y de la cual yo no me había enterado. Sonrió y los ojos le brillaron en una mezcla de orgullo, alegría y nervios. Era tan distinto a su estado gruñón habitual que jamás habría dicho que era el mismo hombre que había odiado a la que ahora era su mujer el primer día en que la conoció—. Yo quiero que sea sorpresa, pero Viv quiere tenerlo todo preparado. Ya saben que le encanta organizar cada cosa...

Traté de prestar atención, pero era incapaz de quitarles los ojos de encima a Alessandra y a Dalton. Vivian e Isabella habían venido con Dante y Kai, pero habían desaparecido Dios sabía dónde al principio de la gala. Ni siquiera habían visto a Ale todavía.

—Enseguida vuelvo. —Dejé a Dante y a Kai sin esperar a que contestaran siquiera.

Los celos me inundaron los pulmones mientras salía del salón de baile y me dirigía hacia los jardines. Había dejado el abrigo dentro y el aire invernal me atravesó la fina capa de lana del traje. Sin embargo, ni siquiera eso bastó para disipar la miseria que me corría por las venas.

Encendido. Apagado. La llama del encendedor era la única fuente de calor.

De ataques físicos a maltrato verbal. De pequeño, había sido objeto de muchísimos castigos; aun así, ninguno me había hecho tanto daño como lo que había presenciado en la última hora. Hoy, yo era un fantasma: estaba obligado a mirar, pero no podía actuar.

Permanecí fuera hasta que se me durmió la cara y el dolor del frío se me metió en los huesos. Me habría ido directamente del Valhalla de no ser porque una mórbida curiosidad me arrastró de nuevo a la fiesta.

Necesitaba saber si Alessandra y Dalton seguían ahí. Por más que me doliera verlos juntos, el qué pasaría si se fueran juntos me atormentaría todavía más.

Primero pasé por el baño. Acababa de lavarme las manos cuando oí una carcajada que salía de uno de los baños de hombres.

—¿Viste la foto que te envié? —Aquella voz desprendía un fuerte acento australiano—. Ya lo sé... Está *buenísima*. Además, se ve que se ha divorciado hace poco, o sea que seguro que va buscando buen sexo de rebote.

Me quedé totalmente petrificado.

Se oyó otra carcajada en el baño. Las únicas personas que había ahí éramos ese cabrón del baño y yo, y pude oír hasta la más mínima pizca de soberbia en su voz.

—Nah. Ni de broma me ato yo a un mujer tan pronto, por más buena que esté. Aunque seguro que tiene el coño tan estrecho que te vuelves loco... Sí, me escribió ella primero. Imagínate cuánto tiempo haría que su ex no la tocaba si tan desesperada está para tener una cita con alguien con quien acaba de empezar a hablar. —El tipo jaló la cadena—. Sí, aún tengo esa cámara secreta en casa. Ya te enseñaré qué tal se le da.

El tipo abrió la puerta del baño y de allí salió Dalton. Se le llenó el rostro de sorpresa al verme al lado del lavabo, pero no parecía tener ni idea de lo que acababa de hacer.

—Hey, hombre, ¿te importaría apartarte? —Señaló el lavadero con la cabeza—. Tengo que volver con mi cita. —Me guiñó el ojo y eso me confirmó que sabía que acababa de oírlo y que pensaba que formábamos parte del mismo puto grupito de tipos.

—Claro. —Me sequé la mano con una toalla de papel y la tiré a la basura.

—Gracias. He... —Dejó la frase a medias y gritó cuando le estampé el puño en la cara. Le sangró la nariz y el gratificante ruido de huesos rotos ahuyentó los repugnantes vestigios de su risa—. ¡¿Qué demonios?! —Se agarró la nariz y adoptó una expresión de dolor—. Pienso denunciarte, carajo, hijo...

Lo agarré por el cuello y lo levanté. Dalton volvió a gritar.

—Lo que vas a hacer —le advertí en voz baja— es volver al salón de baile, disculparte con tu cita por haberle hecho perder el tiempo y no volver a tocarla ni a ponerte en contacto con ella nunca más. Luego te irás a casa y quitarás esa cámara que tienes antes de que el FBI reciba una denuncia anónima sobre tus actividades secretas. Y si me entero de que has vulnerado cualquiera de estas normas, daré contigo, te cortaré tu patética y diminuta verga, y haré que te atragantes con ella. ¿Entendido?

—Estás loco —espetó Dalton—. ¿Sabes quién es mi pad...?

Lo agarré con más fuerza hasta que su rostro adoptó un feo tono lila y sus palabras se convirtieron en un gorjeo indefenso.

—¿Entendido? —repetí.

Asintió frenéticamente y vi que casi se le salían los ojos de las órbitas debido a la falta de oxígeno.

—Bien.

Salí y lo dejé sangrando y llorando en el suelo. La rabia me fue nublando la vista a cada paso que daba; sin embargo, por más que quisiera pegarle hasta dejarlo inconsciente por la forma en la que había hablado de Alessandra, ya me había pasado de la raya. No me arrepentía lo más mínimo, pero tenía la impresión de que ella no lo tomaría igual.

Mis sospechas se confirmaron más adelante, cuando Ale miró el celular con el ceño fruncido y se fue del salón de baile. Tanto Dante como Kai habían desaparecido, de modo que, cuando al cabo de unos minutos Alessandra regresó sola y emanando ira por los poros, yo me hallaba solo en la barra.

—Tú. Fuera. *Ya.*

Subí la escalera detrás de ella y la seguí hasta un silencioso pasillo haciendo caso omiso de aquellos invitados que susurraban y nos miraban curiosos. Nuestra separación había causado sensación en los periódicos de la prensa rosa y yo ya podía imaginarme los encabezados que saldrían después de los acontecimientos de esta noche.

```
    ¡EL HEREDERO DE LOS CAMPBELL AGREDIDO
            EN LA GALA DEL VALHALLA!
     DOMINIC Y ALESSANDRA DAVENPORT ATRAPADOS
    DISCUTIENDO. ¿HABRÁ AÚN MÁS PROBLEMAS ENTRE
                LA PAREJA DIVORCIADA?
```

—¿Le pegaste a Dalton en la cara? —Alessandra esperó a que estuviéramos a solas antes de atacarme—. Pero a ti ¿qué diablos te pasa? ¡Agrediste a alguien!

—Déjame que te lo expli...

—No. —Me clavó un dedo en el pecho—. Dijiste que no te entrometerías en mis citas.

—Ya lo sé. He...

—De eso hace tres días. ¿Y lo primero que haces cuando me ves con otra persona es atacarla en el baño?

—Ale, el tipo...

—Precisamente por esto no puedo confiar en ti. Vas diciendo una cosa y...

—¡Iba a grabarte! —Las palabras me salieron en un estallido de frustración.

Alessandra enmudeció. Se me quedó mirando estupefacta.

—Lo escuché hablar con un amigo suyo en el baño. —Me ahorré entrar en los detalles más mórbidos de la conversación de Dalton. No le hacía falta oír todo eso—. Tenía la intención de llevarte a su casa y grabarte mientras se acostaban sin que tú lo supieras. —Otra resplandeciente pizca de rabia se me abrió paso en el estómago—. ¿Qué se suponía que debía hacer? Dime.

—Podrías habérmelo dicho.

—¿Y me habrías creído?

No respondió.

—Te dije que guardaría distancia mientras tú salías con quien quisieras y eso es lo que haré. Yo no soy quién para decirte qué puedes hacer y qué no. Pero lo que no haré es quedarme de brazos cruzados mientras alguien te falta al respeto. —Cada sílaba iba cargada de más y más sentimiento—. Haré lo que sea por ti, *amor*, pero lo que no puedo hacer es lo imposible.

Alessandra tragó saliva. Le había amainado claramente el enojo y, de repente, envuelta por aquel ornamentado entorno, parecía pequeña y cansada.

Sentí la necesidad de tocarla y cerré el puño.

—Te dejo que vuelvas a la fiesta —le dije al ver que permanecía callada—. Siento haberte arruinado la velada, pero te mereces a alguien mejor que Dalton.

También se merecía a alguien mejor que yo, pero al menos yo era consciente de ello. No había absolutamente nadie en el mundo merecedor de tenerla.

No había dado ni tres pasos cuando me detuvo.

—Dominic.

Al oír el grave tono de voz con el que había pronunciado mi nombre, me dio un vuelco el corazón. Me di la vuelta, pero ni siquiera tuve tiempo de reaccionar antes de que Alessandra acortara el espacio que nos separaba, me agarrara por la camisa...

Y me besara.

31
Alessandra

No sabía cómo había ocurrido ni qué me había llevado a hacerlo. Primero estaba viendo cómo Dominic se alejaba y, al cabo de un segundo, lo tenía agarrado por la camisa, enrollando mi lengua con la suya, y mi mundo se había disuelto en una bruma de calor, sabor y sensación.

El alcohol y una montaña rusa de emociones hicieron que mis inhibiciones alcanzaran un punto de no retorno. En media hora, había experimentado un abanico entero de emociones: ira, *shock*, deseo y mil otras en medio. Y estaba verdaderamente cansada.

Cansada de sentirme incómoda en mi propia piel. Cansada de mantener conversaciones triviales y de preguntarme si le gusto a la otra persona. Cansada de luchar a contracorriente cuando lo único que quería era hundirme en el olvido.

Así que, por una noche, lo hice.

El gemido tortuoso de Dominic se me clavó muy hondo y me irradió por todas partes, avivando minúsculas hogueras hasta que una lujuria debilitante y soporífera me consumió.

No me había acostado con nadie desde la noche antes de que firmáramos los papeles del divorcio. Hacía ya casi tres meses de eso, pero su previa confesión, cuando me había dicho que Dalton tenía pensado llevarme a su casa y acostarse conmigo, hizo que me diera cuenta de que no estaba lista para estar con nadie más que no fuera él. Al menos, no así.

Trastabillé hacia atrás, arrastrándolo conmigo. Buscamos la manija con las manos hasta que al final conseguimos abrir una puerta al final del pasillo y nos metimos dentro, en busca de privacidad.

Me agarró con muchísima fuerza mientras nos movíamos por la sala. Cuando levanté la cabeza para respirar, atisbé algunos libros de cuero y vitrales a nuestro alrededor; debíamos de estar en la biblioteca.

Razonamiento. Palabras. Todo había desaparecido y ahora solo quedaban la necesidad y el deseo.

Entre nosotros, nada era real, pero era toda la verdad que teníamos. El lazo que nos unía me jalaba a pesar de que los escarpados pedazos de mi corazón trataban de apartarme de él.

Me contra el sillón de cuero con las rodillas. Dominic me jaló y me cubrió el cuerpo con el suyo mientras me besaba con una intensidad descomunal. Me había bastado con el sabor de sus labios para estar húmeda y ahora, al oír su atormentado gruñido, la necesidad me latió con más vehemencia entre las piernas.

—No tienes ni idea de lo que me haces, Ale. —Unos cálidos y firmes dedos me agarraron con fuerza por la cadera—. Destrozaría el mundo con tal de complacerte. Mataría a cualquier hombre que pensara que te puede tener. —Su incipiente barba me rascó la suave piel y su aliento me acarició la mejilla, poniéndome los pelos de punta.

En aquel momento, yo me sentía desesperada, necesitada y completamente suya.

—Cógeme como si lo dijeras en serio, Dom.

Fue una provocación débil. Una flecha demasiado desafilada como para clavarse en la diana, pero me bastó para conseguir lo que quería.

—¿Qué te hace pensar que no es así? —Tenía la mirada llena de ira y fuego.

—Los papeles del divorcio.

Aquellas palabras me supieron amargas. La fealdad que había envenenado el pozo de nuestro amor seguía allí. La desatención. La indiferencia. El conformismo. La apatía... Pero esta noche no sentí el vacío que sí había sentido tantas noches antes.

Bajó la voz hasta prácticamente susurrar:

—¿Y no me crees capaz de romper esos papeles? ¿Crees que la tinta de una página significa algo para mí?

—A ti lo único que te ha importado siempre ha sido un contrato tras otro. ¿Por qué iba a ser distinto el nuestro?

Apretó la mandíbula y gruñó con fuerza. No había nada más que decir. Lo de esta noche era una cuestión de necesidad. De mi necesidad hacia él. De mi necesidad por olvidarme del futuro del que me había salvado Dominic y del pasado que él mismo había destruido conmigo.

Me agarró las manos y me mantuvo los brazos inmóviles en los descansabrazos de la silla.

—No te sueltes. —«O ya lo verás».

Noté un palpitante dolor en la parte baja del estómago al asimilar aquellas palabras sin pronunciar.

Me agarré a la suave superficie de cuero mientras él me recorría los muslos en dirección ascendente con las manos, arrugándome el vestido y robándome el aliento a cada centímetro de piel que, lentamente, me iba dejando al descubierto.

Por un segundo, lo vi como el día de nuestra boda, en un espontáneo instante en el que Dominic pensaba que no estaba prestándole atención. Y estaba justo así: hambriento, reverente y asombrado con el trofeo que había ganado.

—Mira esta dulce vagina —murmuró—. Carajo, está chorreando por mí, *amor*.

Noté la tela de sus pantalones áspera contra mi hipersensible piel. Quería tocarlo desesperadamente; acercarlo a mí. Pero, en lugar de eso, estaba desnuda ante él de cintura para abajo. Un aire fresco me acarició la zona más sensible del cuerpo e hizo que se me erizara el vello.

Las manos de Dominic llegaron a la parte de arriba del vestido.

Mi respiración se convirtió en someros jadeos. Estaba demasiado exaltada como para preocuparme por el hecho de que apenas tenía las riendas de la situación, a diferencia de mi exmarido.

Sentí unos escalofríos por todo el cuerpo y clavé las uñas en los descansabrazos de cuero deseando que, en lugar de la silla, lo estuviera tocando a él.

Detestaba el hecho de que, en ese preciso instante, lo que necesitara fuera su control. Nada podía centrarme como lo hacía su concentración, y no podía ni arrepentirme de mi decisión de acostarme con él.

—Dom. —Sentí que se me cerraban los pulmones a la espera de lo que estaba por venir.

Giró la muñeca rápidamente un par de veces y el vestido acabó cayéndome alrededor de la cintura. Dominic agachó la cabeza y me jaló un pezón con los dientes.

Aquella candente sensación me hizo gritar.

Me lamió con la lengua, prendiendo fuego a mis terminaciones nerviosas, mientras yo empapaba el cuero sobre el que estaba sentada. Unas manos ásperas me acariciaban y me agarraban los muslos, pero nunca me daban aquello que anhelaba.

—¿Crees que sería capaz de vivir sin tu sabor en la boca? ¿Sin oírte gemir mientras te hundo la verga? —Sus palabras me llenaron la piel de obscenos deseos.

—¿Puedes? —susurré.

Y lo dije con sinceridad, no para provocarlo. Aquella pregunta le dio voz a todas las dudas que tenía.

Su respuesta fue el fantasma de un sonido que no me creí. Sabía que, técnicamente, esto no era nada más que un momento de seguridad con un hombre que conocía mi cuerpo a la perfección, así que me contuve y no dije nada más.

Quería preguntarle dónde había estado todas esas noches. Quería preguntarle por qué seguía llevando el anillo de casado. Quería saber cuán vacías eran aquellas palabras en comparación con las promesas que había roto a lo largo de los años. Pero, esta noche, mi corazón no podría soportar otro arañazo.

Se apartó y luego se centró en el otro pecho. Mordiéndomelo; provocándome. Me pellizcó el pezón con una mano y me hizo gritar. Aquel dolor era increíble. Con la otra mano, me apartó el tanga a un lado y me acarició el clítoris, logrando que me humedeciera sobremanera, pero sin dejar que me viniera en ningún momento.

—Por favor —le supliqué, frotándome contra su mano—. Dom...

Me pellizcó la piel en señal de advertencia y yo solté otro grito ahogado.

—No. Quiero notar cómo te contraes a mi alrededor, *amor*. —La lujuria hizo áspera su voz—. Quiero notar cómo tu estrecha vagina se dilata y luego me la aprieta. Quiero notar cómo te vienes con mi verga dentro.

Dios. Sus palabras no deberían haberme excitado tantísimo, pero lo hicieron.

Dominic se echó para atrás y el sutil sonido del cierre fue todo cuanto oí antes de ver las estrellas.

Llena. Me llenó completamente sin esperar, sin provocarme. Me embistió con un largo y fuerte empellón y arqueé el cuerpo ante aquella repentina e inmensa presión.

—Carajo —exhalé.

Someterme así fue una invitación que sabía que no debía darle. Yo estaba expuesta y él, prácticamente vestido de arriba abajo. Todo pretexto desapareció cuando noté mi piel en contacto con la suya. No había forma de disimular cómo gritaba por él o cómo Dominic hacía que se me tensara el cuerpo entero.

Mis gemidos y chillidos se mezclaron con sus gruñidos mientras me cogía con rudeza en aquel sofá. No podía ver, ni oír ni pensar con claridad. Ahí éramos solo nosotros dos, con los cuerpos sudorosos y meciéndonos a un ritmo brusco y acompasado.

—Podría morirme en esta vagina, Ale. Podría morirme ahora mismo sabiendo que eres mía. —Me agarró con suavidad por el cuello, dejándome inmóvil contra el cuero mientras nos llevaba al éxtasis.

Meneó las caderas hacia mí como si estuviera tratando de incrustarme alguna verdad desconocida en el cuerpo. Cuando apoyó la frente en la mía, vi las sombras que se escondían en su rostro. Vi unas palabras que no quería creerme bailándole en la mirada.

Seguridad y miedo se me arremolinaron en el estómago.

El roce de su anillo de casado contra mi piel me pareció un peso que me arrastraba hacia un purgatorio en el que me adentraría alegre si eso significaba poder disfrutar de este momento robado.

Una embestida más y estallé, removiéndome como si fuera una tira de serpentina contra el cuero y dejando que trozos y partes de mí se le clavaran en la piel. Dominic se vino al cabo de poco con un temblor y un gruñido, y a mí me llenó una ola de calor.

El silencio se abrió paso entre nosotros, fuerte y lánguido. Se nos fue calmando la respiración y aquella neblina inducida por el sexo fue disipándose.

¡Acababa de acostarme con mi exmarido! Lo empecé a ver con claridad, pero no estaba lista para pensar en el significado que se escondía tras dicha acción. Había deseado a Dominic y había dejado que me tuviera.

El arrepentimiento se apoderó de mí, pero me deshice de él enseguida.

Dom se levantó y se alisó la ropa. Aunque emanaba elegancia y poder, vi al hombre del que me enamoré. El hombre que tenía tres trabajos, pero que, aun así, me comía la vagina por debajo de la mesa mientras estudiábamos. El hombre que cumplía sus promesas; al menos, lo hizo durante un tiempo.

Nos miramos el uno al otro y nuestros ojos dijeron aquello que ni siquiera se puede comunicar con palabras.

Acababa de levantarme y de alisarme la ropa cuando oí una tercera voz en la sala.

—Mierda.

Levantamos la vista hacia el tercer piso, de donde Kai e Isabella salían de... ¡¿Eso era una sala secreta escondida detrás de los libreros?!

Nos quedamos mirándonos entre todos. Los cuatro íbamos arrugados y despeinados, indicios de un único tipo de actividad en concreto.

—Caramba... —soltó Kai con su elegante acento británico demasiado dignificado, dadas las circunstancias—. Qué incómodo.

32
Dominic

Mi felicidad postsexual duró, exactamente, una hora y ocho minutos. Tras aquel incómodo momento en el que nos cruzamos con Kai e Isabella en la biblioteca, Alessandra se despidió con la cara roja y yo volví a casa con la sangre corriéndome ávida por las venas.

Sabía que no debía dar por sentado que haberme acostado con ella significara nada más aparte de una mezcla temporal de deseos. Sin embargo, sí era un mínimo progreso en nuestra relación, y era todo cuanto podía pedir en ese momento.

El *penthouse* me recibió en silencio al regresar, ya que le había dado la semana de Navidad libre al personal. Se oía el eco de mis pasos contra el suelo de mármol mientras atravesaba el pasillo y me dirigía a la sala. Debería encender...

Atisbé un movimiento en la oscuridad.

Una fría ola de miedo aplacó las últimas brasas de calor que quedaban en mi interior, fruto de aquella bruma provocada por Alessandra, y me detuve con brusquedad.

Al cabo de un segundo, alguien encendió una lámpara y le dio relieve a una persona de cabello oscuro como la noche y de fríos ojos verdes.

—Qué tarde —dijo mi hermano arrastrando las palabras—. ¿Dónde has estado?

El miedo que sentía se fue fragmentando y se convirtió en un ferviente enojo.

—¿Cómo demonios entraste?

Roman estaba apoltronado en el sofá cual emperador en su trono. Una daga plateada resplandecía ante el contraste con su vestimenta, negra de los pies a la cabeza, y se la iba pasando como quien no quiere la cosa de una mano a la otra mientras me estudiaba divertido.

—Tu sistema de seguridad es bueno —respondió—, pero yo soy mejor.

Se me tensó la mandíbula a más no poder.

Tenía el mejor sistema de seguridad del mercado. Además, contaba con el mejor investigador de la ciudad y no había sido capaz de encontrar absolutamente nada acerca del pasado de Roman ni tampoco había podido descubrir dónde había estado desde la sospechosa muerte de Martin Wellgrew en Le Boudoir.

«¿Qué has estado haciendo desde la preparatoria, Rome?».

—Tranquilo. Vengo en son de paz —dijo con un tono medio sincero medio vacilón y levantando las manos—. Quítate esa mirada suspicaz de la cara. ¿Acaso no puede uno hacerle una visita amistosa a su hermano en fiestas?

—Habría sido amistosa si hubieras llamado a la puerta en lugar de optar por el allanamiento de morada.

—Cuando pasé por aquí, no había nadie, así que no me habría servido de nada tocar, ¿o sí?

—Déjate de estupideces. —Atravesé la sala, consciente tanto de la daga que tenía él en las manos como de la pistola que yo tenía escondida en la repisa camuflada de la chimenea—. Después de la cena en Le Boudoir, desapareciste. Y no estarías aquí a no ser que quisieras algo.

Dejó de sonreír y de juguetear con la daga, que mantuvo en la mano izquierda.

—Como te decía, estamos en Navidad. Estas fechas me ponen nostálgico.

—Las Navidades que vivimos de pequeños fueron bastante mierda.

Nuestra familia de acogida nunca fue una de esas que intercambiaba regalos ni desprendía alegría navideña. El único regalo que me hicieron una vez fue un par de calcetines de segunda mano.

Roman se estremeció.

—Cierto, pero siempre tenían algo. ¿Te acuerdas del día en que nos emborrachamos con ponche de huevo por primera vez y destrozamos los gnomos de jardín de la señora Peltzer? Se le oía gritar desde media manzana.

—Le hicimos un favor. Esos gnomos eran horrendos.

—Pues sí. —Se le ensombreció la expresión—. Cuando te fuiste, no tuve con quién pasar la Navidad. El correccional era un infierno. Y, cuando salí, no tenía ni familia ni dinero.

Un sentimiento de culpabilidad se apoderó de mí. Mientras yo había estado codeándome con compañeros de clase y profesores en Thayer, Roman había estado sufriendo solo. Había tomado ciertas decisiones y eso implicaba tener que acarrear con las consecuencias que derivaran de estas; aun así, noté un amargo nudo en la garganta.

Pero ahora ya se había convertido en adulto, en uno peligroso, y yo no sería tan bobo de dejar que la sentimentalidad ganara a mi instinto de supervivencia.

—Parece que te va bien ahora —respondí.

Me detuve al lado de la chimenea sin quitarle los ojos de encima. Tenía todos los sentidos agudizados por si aparecía alguna sorpresa de las sombras.

—Eso parece. —Se clavó la punta de la daga en el dedo y le brotó una minúscula gota de sangre—. Fui un poco de acá para allá cuando salí del correccional hasta que conocí a John. Era un veterano de la Segunda Guerra Mundial y tenía siempre un humor de perros, pero me ofreció trabajo fijo en su tienda y un techo bajo el cual dormir. De no ser por él, ahora no estaría donde estoy. —Se le ensombreció todavía más el rostro—. Murió el año pasado.

—Lo siento. —Y lo dije de verdad.

Yo no conocía a ese hombre, pero sí había tenido a una figura similar en mi vida y la muerte de Ehrlich me había trastocado más que cualquier otra cosa hasta entonces.

—¿Sabes? Le hablé de ti —me contó en voz baja—. Le dije lo bien que nos llevábamos, que me traicionaste y que te odiaba. Ese odio me mantuvo vivo, Dom, porque me negaba a morir mientras tú conseguías todo cuanto querías, maldita sea.

La amargura que sentía en mi interior aumentó. Era como si tuviera cien piedras atadas a la cintura que iban jalándome hasta hundirme bajo su peso.

—Te habría ayudado. Si me hubieras pedido cualquier otra cosa, lo que fuera, menos una coartada, lo habría hecho.

—¿Quién suelta estupideces ahora? —Roman se levantó del sofá y el rencor fue tiñéndole aquella expresión de indiferencia hasta que la máscara se le cayó al suelo hecha añicos—. No habrías hecho absolutamente nada porque Dominic Davenport siempre quiere ser el número uno en todo. ¿Cuántas veces te cubrí las espaldas cuando éramos jóvenes? Decenas. ¿Y cuántas veces te pedí ayuda? *Una*.

Llamaradas de frustración fueron consumiéndome la culpabilidad.

—¡Mentir por haber bebido alcohol siendo menores no es lo mismo que hacerlo por haber causado un puto incendio premeditado!

—¡¿Pretendes que crea que te importa algo la ley?! —Espetó con un volumen ensordecedor que reverberó por el mármol—. No me vengas con que no has hecho nada turbio desde la última vez que te vi. Si es para enriquecerte, lo haces sin problema; ahora bien, si tienes que hacerlo para ayudar a alguien más, ahí ya no mueves ni un hilo. —Se le llenó la mirada de animadversión—. No fue porque no mintieras por mí. Fue por una cuestión de lealtad. Ni siquiera intentaste quedarte. Viste mis problemas como una amenaza contra tu preciado plan para hacerte rico y le diste la espalda a la única familia que tuviste.

Volví a oír aquel zumbido; esta vez, con mayor intensidad. Era ensordecedor; una cacofonía de ruido que no podía inhibir por más que lo intentara.

—Parece que se repite el mismo patrón. —Al soltar aquel disparo mortal, se le relajó la expresión—. ¿Dónde tienes a tu mujer, Dom? ¿Ya se cansó de tu mierda y por fin te dejó?

El duro y fuerte nudo que se había ido formando en mi interior desde la noche en la que llegué a casa y me encontré con que Alessandra se había ido por fin estalló.

Un gruñido llenó el aire mientras me abalanzaba sobre Roman. Le di un puñetazo, lo cual recabó un fuerte siseo. Lo tomé desprevenido, aunque solo duró un segundo porque tiró la daga a un lado y me devolvió el golpe con tanta fuerza que me quedé sin aliento.

Un jarrón se hizo añicos mientras nos íbamos atacando el uno al otro igual que hacen los hermanos, pero con una hostilidad aún más potente a causa del pasado que compartíamos. Ni yo tomé la pistola ni él fue por la daga. Aquella confrontación llevaba quince años gestándose y no íbamos a dejar que las armas suavizaran los golpes.

Esto era personal, maldita sea.

El aire se empapó de sudor y rabia. Se nos fue rasgando la piel y unos riachuelos de sangre nos fueron cubriendo la cara. Eché la cabeza hacia atrás y el sabor a cobre me llenó la boca. Se oyó el crujir de un hueso.

No era la primera vez que Roman y yo nos peleábamos físicamente. De adolescentes, nos enojábamos enseguida y solíamos pelear hasta acabar con rasguños y moretones en la piel. Sin embargo, el paso de los años había hecho que nuestra brutalidad aumentara y, esta noche, de no haber sido porque nos estábamos aferrando con uñas y dientes a las razones que teníamos por seguir con vida, habríamos muerto.

Mi razón era Alessandra. La de Roman, no la sé; algo que él jamás confesaría.

Al final, entre golpes y gruñidos, se nos agotó la energía. Caímos rendidos al suelo, con el cuerpo magullado y el pecho agitado tras aquella tempestad.

—Carajo. —Escupí sangre y esta manchó el lateral de la alfombra de veinte mil dólares que compré en Turquía, pero ahí estaba la ventaja de ser rico: que todo era reemplazable. «Casi todo»—. Ya no eres aquel flacucho saco de huesos.

—Y tú por fin aprendiste a pelear sin hacer trampas.

—Pelear utilizando la inteligencia en lugar de la fuerza no es hacer trampas.

Roman rio en voz baja. Se le estaba empezando a llenar el rostro de moretones y la sangre, ya fría, le iba dibujando unos renglones oxidados por la cara. Tenía un ojo hinchado y el otro, medio cerrado.

Seguro que mi aspecto no era mejor. Ahora que me había abandonado la adrenalina, sentía un daño agonizante por todo el cuerpo y estaba bastante convencido de que me había fracturado uno o dos huesos. Aun así, a pesar de la paliza física, aquel doloroso zumbido que me taladraba el cerebro había desaparecido. Nuestra pelea había eliminado lo que fuera que había ido incubando desde que me había ido de Ohio y, a pesar de los ojos morados y de las fracturas, había valido totalmente la pena.

Roman echó la cabeza hacia atrás y la apoyó contra la pared. En su expresión ya no quedaba rastro de enojo.

—¿Te arrepentiste alguna vez?

No tuve ni que preguntarle a qué se refería.

—Cada maldito día.

Tanto su respiración como la mía recobraron un ritmo normal mientras permanecíamos en silencio. Y, si bien no fue un silencio agradable, tampoco fue destructivo. Fue. Sin más.

—Intenté dar contigo —le confesé—. Cuando terminé la universidad. Varias veces. Eras como un fantasma.

—Tengo mis motivos. —Su respuesta iba cargada de advertencia y cansancio.

Un instinto protector que llevaba tiempo escondido salió a la luz. A pesar de nuestra turbulenta historia, seguía siendo mi hermano pequeño. En su día, yo no tenía los recursos para protegernos a ninguno de los dos, pero ahora sí.

—¿En qué te metiste, Roman?

—No me preguntes cosas que no quieres saber. Es mejor así; tanto para ti como para mí.

—Al menos dime que no tienes nada que ver con la muerte de Wellgrew.

Desde su prematura defunción, el Banco Orión vivía en el caos. El nuevo director era un idiota que parecía que intentara acabar con la institución adrede y, a pesar de que la gente susurraba lo contrario, habían decretado la muerte de Wellgrew como un accidente.

—No te preocupes por él. —Esta vez, oí su advertencia alto y claro—. Está muerto. Listo. Se acabó.

Me froté la cara con la mano y se me quedó la palma ensangrentada.

Yo ya no era aquel chiquillo intentando sobrevivir en Ohio, pero, tal vez, a pesar del dinero y del poder, seguía siendo un cobarde. Porque, por más que me saltaran las alarmas a cada palabra que le salía de la boca, decidí ignorarlas.

Habíamos llegado a una tregua temporal y, aunque yo jamás lo reconocería, me gustaba volver a estar rodeado de familia. Me gustaba tanto que no me atreví a mirar más allá de aquella máscara y ver en lo que se había convertido mi hermano.

33
Alessandra

—La gente ya está empezando a confirmar. —Sloane sonrió satisfecha y le dio un golpecito a la pantalla del celular—. Christian y Stella Harper: sí. Ayana: sí. Buffy Darlington: sí. Será todo un éxito.

—Claro que lo será. Lo organicé yo —bromeó Vivian.

Era la semana después de Año Nuevo y Sloane, Vivian, Isabella y yo habíamos quedado de vernos en la tienda para combinar nuestra hora feliz semanal con la preparación para la fiesta. Tenía cócteles sin alcohol a mano para Vivian, que ya estaba en su undécima semana de embarazo.

—Ahora en serio: es increíble, Ale. La inauguración será increíble —dijo esta última.

—Eso espero. —Tenía el estómago hecho un manojo de nervios—. Gracias de todo corazón a las dos por ayudarme. No lo habría conseguido sin ustedes.

Que tus mejores amigas fueran una célebre publicista y una organizadora de eventos tenía sus ventajas. Sloane y Vivian se habían ofrecido bondadosamente para echarme una mano con la planificación de la inauguración mientras yo me esmeraba en terminar el *collage* a tiempo.

Después de echarle una agonizante aunque indispensable y realista ojeada a mi calendario, había desestimado mi plan original de recrear todos los proyectos que se habían destrozado a causa de la inundación. En lugar de eso, había consagrado toda mi energía a crear un único centro enorme que me serviría de pieza de exposición principal para la galería y lo rematería con unas cuantas obras más pequeñas que tenía en casa. Me la estaba jugando un poco con la nueva disposición, pero era lo mejor que podía hacer sin aplazar la apertura. Los contratos que tenía con los del *catering* y con el DJ no eran reembolsables; de modo que, por más que quisiera, no podía posponer la fecha.

Miré alrededor de la tienda. Todavía estaban reformando la parte trasera, pero en solo unas cuantas semanas habían convertido la zona principal en algo digno de foto. El mostrador y las delicadas muestras florales se encontraban en la parte derecha, mientras que en la izquierda estaba la cafetería. El espacio no me había dado para más que para poner una barra de mármol, un gabinete aterciopelado y dos mesas, pero le daban un aire acogedor al local. Lo único que faltaba era el centro de flores prensadas y acabar de pulir algunos detalles.

Por primera vez en mi vida, no había viajado a Brasil por fiestas y había estado trabajando más horas que un reloj para tenerlo todo preparado. Y había valido la pena.

—¿Qué tal tu cita del sábado? —se interesó Isabella—. Espero que mejor que el fiasco con Dalton.

—Es complicado que una cita salga peor que esa. —Desde la gala de Navidad, no había oído ni una sola palabra de Dalton. Corrían rumores de que lo habían expulsado del Valhalla, pero aún no había confirmación alguna—. Para responder a tu pregunta: fue bien, pero no habrá una segunda.

No es que hubiera desistido de mi incursión al mundo de

las citas tras mi, eh..., encuentro con Dominic en la biblioteca. El sexo había sido increíble, pero lo de que quería salir con más gente iba en serio. A pesar de que fueran fiestas, había hecho espacio para ir a ver un espectáculo de humor con un músico después de Navidad y fui a tomar una copa con un profesor de preparatoria bastante lindo durante el fin de semana.

Me daba igual que aquellas citas no fueran a ir a ninguna parte. Se trataba de conocer a gente nueva y de descubrir lo que suponía estar con otras personas. Por suerte, ni el músico ni el profesor habían intentado engatusarme para que me fuera a casa con ellos y así grabarme mientras nos acostábamos, lo cual ya había sido un punto a su favor.

—No me puedo creer que tuvieran sexo en la biblioteca a la misma vez —soltó Vivian—. Ni que haya una *sala secreta* y no me lo hubieras dicho.

Isabella y yo nos sonrojamos. Le habíamos contado a nuestras amigas lo ocurrido en la gala y, ahora que lo veía en perspectiva, había sido un error porque ni Vivian ni Sloane habían dejado de vacilarnos con el tema. Aunque por lo menos no habían comentado nada con Marcelo presente.

Como no pude ir a Brasil por Navidad, había venido mi hermano aquí. Nos habíamos pasado el puente entero yendo a espectáculos de Broadway y atiborrándonos de pastelitos excesivamente caros. El día de Navidad, mi madre nos llamó por FaceTime desde San Bartolomé, lo cual resultó más considerado de lo que habíamos esperado.

—Yo no era quién para decir nada —se defendió Isabella—. Es un secreto de la familia Young. Y no se lo puedes contar *a nadie*.

Sloane resopló con discreción.

—¿Por qué iba a contarle a alguien cuál es su picadero?

Antes de poner un pie ahí dentro tendría que desinfectar el lugar.

Isabella le tiró una bola de papel de estraza y nuestra sesión de preparativos enseguida se convirtió en una intensa pelea de bolas de papel llena de risas.

—¡Para! —grité cuando Vivian me bombardeó a mí—. ¿Cuándo te volviste tú tan violenta? ¡Se suponía que eras la tierna!

—Estoy constantemente cansada, me duelen los pechos y tengo que convencer a Dante para que no me aísle con papel burbuja un día sí, el otro también —argumentó—. Necesito liberar algo de tensión.

Comprensible.

Me alegraba de que mis amigas no estuvieran acribillándome con preguntas acerca de Dominic. Se habían quedado asombradas con mi confesión tras haberme acostado con él, aunque el hecho en sí no las había sorprendido (prefería no darle demasiadas vueltas a este hecho); además, les había pedido no hablar del tema y habían cumplido con su palabra. Total, yo ni siquiera sabría qué decir; el estado de mi relación me tenía igual de confundida que a ellas.

Dominic y yo nos habíamos dejado alguno que otro mensaje de voz mutuamente desde la gala. Eran frases genéricas, como «Feliz Navidad» o «Feliz Año Nuevo», aunque ya iba siendo hora de que tuviéramos una conversación real.

Mi celular vibró mientras mis amigas acababan su guerra de bolas de papel. Miré de quién era el mensaje.

«Hablando del rey de Roma».

Me dio un vuelco el corazón y sentí un nudo en la garganta. Dominic apenas mandaba mensajes de texto; justamente por eso tardé un minuto en asimilar lo que me acababa de escribir:

Dominic: Te espero esta noche en la Galería Saxon a las 20 h. Tengo algo para ti.

Sentía demasiada curiosidad como para no ir.

Cuando mis amigas se fueron y cerré la tienda, tomé el metro y me dirigí a la Galería Saxon, que se hallaba en la parte oeste de la ciudad, y me encontré con Dominic esperándome en la entrada.

Lo primero que le vi fueron los moretones. Tenía la mandíbula y la mejilla llena de contusiones amarillentas y violetas, así como un corte ya encostrado justo encima del ojo derecho. Parecía que se hubiera estado dando puñetazos con un animal salvaje.

—Dios mío —ahogué un grito—. ¿Qué pasó?

Fue sorprendentemente honesto.

—Mi hermano volvió a aparecer. Podríamos decir que resolvimos nuestros problemas a golpes.

Pensaba que nuestra relación era complicada, pero el embrollo que tenía con su hermano debía de ser peor.

—¿Por qué los hombres recurren siempre a la violencia? —El instinto me llevó a acariciarle con los dedos el moretón más oscuro que tenía—. Existe la terapia, ¿lo sabían?

—Nuestros problemas no se arreglan con terapia. —Su rostro emanaba satisfacción—. Además, yo no soy el único que acabó magullado.

Sacudí la cabeza. «Hombres...», pensé poniendo mucho énfasis en la palabra.

—No puedo creer que no me lo dijeras.

—No pensé que te importara.

Detuve la mano. El silencio se abrió paso entre nosotros antes de que bajara el brazo y, esquivando su respuesta, añadiera:

—Bueno, espero que estés poniéndote hielo a menudo. El lila oscuro no te combina con los trajes.

Se le dibujó una media sonrisa.

—Tomo nota.

Nos adentramos en la galería, que albergaba una mágica exposición de flores de cristal de Yumi Hayashi.

—Inspiración —dijo Dominic—. Por si la necesitas para tus proyectos.

Sentí una ola de ternura en el vientre.

—Gracias.

—No hay de qué. —Su delicado e íntimo murmullo hizo que sintiera un escalofrío de los pies a la cabeza.

Obsequié a mis pulmones con aquella profunda bocanada de aire que tanta falta les hacía.

—Supongo que no es una exhibición muy famosa —comenté en un desesperado intento por no reparar en la forma en la que su calor corporal me acariciaba la piel o en el roce de su camisa en mi brazo—, porque somos los únicos.

—Reservé la galería entera. —Dominic se puso una mano en el bolsillo—. Es mejor si no hay un montón de gente; además, quería estar a solas contigo.

Fui incapaz de dar con la respuesta correcta.

La exposición tenía siete salas y cada una estaba dedicada a la flora de regiones distintas. No volví a decir nada más hasta que llegamos a la séptima y última sala, donde se exponían flores naturales de Asia.

—Sobre lo de la gala... —Me detuve justo enfrente de un enorme farol de loto. Era la única fuente de luz que había allí, pero iluminaba lo suficiente para dejar a la vista la tensión que se le estaba acumulando a Dominic en los hombros—. No... —Estaba teniendo problemas para encontrar las palabras adecuadas—. No puedo prometerte nada más que sexo.

Dominic era el *único* hombre capaz de hacerme arder con tocarme una sola vez. Era inútil que negara la atracción que sentíamos y mi sequía previa a las fiestas había sido una tortura. No me había dado cuenta de lo mucho que extrañaba el contacto físico hasta que lo tuve.

¿Meterme en una relación puramente carnal con mi exmarido era una idea horrible? Sin duda alguna. Pero ya estábamos en el baile, así que, ya puestos, mejor bailábamos hasta que durara la canción.

Le resplandeció la vista bajo aquella tenue luz.

—Me sirve.

«¿Y ya?». Exhalé sin saber si lo hacía por una cuestión de alivio o decepción. Esperaba que fuera a insistir, pero parecía dispuesto a acatar mis órdenes.

Sin embargo, se me aceleró el corazón en el instante en que me sorprendió y se colocó lentamente detrás de mí. Me convertí en rehén de un fuerte silencio mientras su cálido aliento me avivaba la piel y Dominic me acariciaba los brazos en sentido ascendente con los dedos.

Mi espalda encontró su torso y sentí que se me ponían los pelos de punta a la altura de la nuca. Me dolía estar tan cerca de él y sentir aquella intimidad que ahora habíamos perdido. Cada vez que lo notaba inhalar y exhalar, se me encogía un poquito más el corazón, y cada latido de este era como un nuevo recordatorio a base de martillazos.

«Te hizo daño».

«Lo dejaste».

«Sigue aquí».

«Lo deseas».

«No ha tirado la toalla».

«¿Y si...? ¿Y si...? ¿Y si...?».

Todos ciertos, por más que se contradijeran entre sí.

Me besó el cuello y sentí que se me ponía el vello de punta. El recuerdo de sus labios en mi piel era la tortura más dulce del mundo; un tacto suave aunque firme, cariñoso aunque dominante.

—¿Qué quieres, *amor*? —me susurró.

Mientras él esperaba una respuesta, oí el eco de nuestra respiración. Dominic nunca esperaba. Era todo acción, movimiento y órdenes. Yo era quien siempre había esperado. Había esperado que llegara a cenas que nunca compartimos y que apareciera en las veladas de pareja que nunca llegaron a suceder.

«¿Qué quiero?». Quería tener voz, algo que tanto me había faltado durante nuestro matrimonio. Había estado caminando por la cuerda floja con mi deseo y mi papel de esposa diligente durante años, y ahora quería un mundo donde yo creara mis propias reglas en lugar de limitarme a seguirlas.

Solo puedo prometerte sexo.

Mi primera regla implícita. A lo mejor esta noche era el momento de ponerla en práctica según lo que yo misma había estipulado.

Se me aceleró el corazón mientras le pasaba las manos por los hombros y le iba quitando, poco a poco, el saco. La sorpresa se le dibujó en el rostro, pero me siguió el juego y se lo colocó en los brazos para doblarlo y dejarlo a un lado. Se levantó la camisa con movimientos calculados y cuidadosos, sin apartar la mirada de mí en ningún momento. El anillo que llevaba en la mano izquierda centelleaba cada vez que movía la muñeca.

No se la había quitado nunca, ni siquiera después de que nos divorciáramos. Verla avivó, por extraño que me resultara, las llamas que poco a poco se habían ido abriendo paso en mi interior. La vulnerabilidad se apoderó de mí mientras una ola de calor se me acomodaba entre las piernas y me palpitaba en un vacío dolor.

Detuvimos los movimientos y nos quedamos mirándonos el uno al otro mientras la electricidad iba cargando el aire.

—No pares ahora —me pidió Dominic en voz baja—. Enséñame qué quieres.

Era una súplica envuelta en una simple orden, pero nada de esto era simple. Este era el momento que superaba todo lo anterior. Era un tipo de sumisión con la que no habíamos experimentado nunca.

Le pasé los dedos por el cabello y lo jalé para llevarlo a la esquina más oscura de la sala, donde solo un rayo de luz atravesaba las sombras. Ejercí la más mínima presión con las manos y lo tuve de rodillas. La lujuria se me metió por las venas mientras Dominic me obedecía y me levantó una rodilla para acomodármela por encima del hombro. Ver el contraste de mi piel morena con el nítido blanco de su camisa hizo que me diera vueltas la cabeza.

Me levantó la falda y me apartó la ropa interior a un lado.

—Carajo, nena, estás empapada. —Su susurro me provocó un escalofrío—. ¿Ves cuánto te necesito? Tanto que estoy desesperado por sentirte en cualquier forma que me lo permitas.

Me dolió el corazón al pensar en todas las noches que había antepuesto su imperio a mí y me había dejado sola entre la fría oscuridad. En todas las noches en las que yo deseé que me necesitara a mí y no una cifra más elevada en su cuenta bancaria.

Sufría por un hombre a quien desearía no amar, pero al que anhelaba desesperadamente.

Dominic fue dejándome besos lentamente por el muslo antes de acercarme la boca a la vagina. Noté el frescor de la pared en la espalda mientras metía la lengua en mi interior y, justo ahí, en una esquina de la galería, con una pierna apoyada en su hombro y con sus manos sujetándome la cadera, me la comía como si estuviera muerto de hambre.

Las llamas de mi interior se convirtieron en un incendio descontrolado. Cada movimiento de su lengua hacía que una nueva ola de placer me inundara; cada experto lengüetazo en mi clítoris me debilitaba las rodillas y tuve que agarrarme con fuerza a su cabello como si me fuera la vida en ello.

La afilada daga de mi control me partió en dos igual que lo hacía su perversión. Sabía que el sexo no iba a arreglarme el corazón roto, pero parecía que estuviera arrancándome todas las esquirlas hechas añicos de lo que éramos con cada lengüetazo y con cada lamida.

—Más —gemí—. Por favor, no pares. No... ¡Ah! —Mi grito retumbó por la sala mientras él me agarraba por las caderas con más fuerza y me cogía con la lengua hasta dejarme hinchada y chorreándole en la cara.

Me resbalaron los dedos y se encontraron con la realidad. Se volvió todo borroso hasta que solo quedamos él, yo y la incesante marcha de placer que me recorría entera.

Por más control que hubiera podido tener yo esta noche, también me había adentrado aún más en su órbita. Cada temblor y cada escalofrío que sentía eran tanto un punto positivo a favor de mi independencia como un ataque a mis defensas.

Dominic me rozó el clítoris con los dientes y me metió dos dedos con fuerza. Chillé tanto que aquel sonido reverberó por la galería entera mientras yo me meneaba a causa de esa repentina invasión. Me quitó la otra mano de la cadera y, cuando bajé la vista y vi que se estaba agarrando la verga, se me cortó la respiración. Estaba masturbándose con unos movimientos duros y bruscos mientras gemía con la boca pegada a mi sexo.

—¿Te excita saborearme? —jadeé.

No lo había visto tocarse con tanta intensidad en la vida. Y siempre me había encantado ver cómo se tocaba y cómo se venía solo para mí.

Ya no era un pensamiento más, sino una obsesión. Ser objeto de los deseos de Dominic era lo que tanto me había gustado y lo que tanto había anhelado. No podía confiarle mi corazón, pero sí mi cuerpo.

—Vaya si me excita. —Noté la calidez de su aliento en la piel—. Nunca me cansaré de ti. Si me lo permitieras, me hundiría en ti hasta ahogarme.

Sus palabras encendieron una mecha en mi interior que fue ardiendo lentamente hasta conseguir lo inevitable. Él debió de notarlo porque me miró, cautivado y con una expresión voraz, mientras yo temblaba alrededor de sus dedos.

—¿Te doy lo que necesitas, *amor*?

Se me escapó una mentira de los labios.

—No.

Aunque tener yo el control mientras se adueñaba de mí con manos y boca era como una fantasía. No quería entregarme a él, pero mi determinación empezó a venirse abajo justo enfrente de Dominic. Mis fluidos empezaron a resbalarme por los muslos y el corazón me empezó a latir a la misma velocidad a la que él me penetraba. Me chupaba y lamía como si nunca hubiese estado más dispuesto a exprimir hasta la última gota de placer que hubiera en mi interior.

Una ola de sensaciones nubló el pasado y sentí que me acercaba al orgasmo.

Y entonces lo noté temblar y gruñir de nuevo con la boca pegada a mi sexo. Se había venido ahí mismo, a mis pies, derramando sus promesas encima de la loseta. Verlo arrodillado ante mí, cogiéndome con los dedos mientras se tocaba él también, me llevó al éxtasis.

La presión estalló y una luz cegadora me nubló la vista mientras me venía en su boca.

No perdí el control, pero me había mentido a mí misma. Seguía siendo suya.

34
Dominic

—Oh, Dios. —El sonido del agua casi ahoga el gemido de Alessandra—. Oh, Dios... Oh, diablos. ¡Dom!

Soltó un grito ahogado cuando la embestí; el sonido de mi nombre redujo mi moderación a nada. Estaba agarrándole la melena, que tenía empapada, y ella estaba sujetándose con las manos en la loseta mientras yo la cogía, despiadadamente, contra la pared. Con cada brutal empellón, a Alessandra se le escapaba un sollozo roto.

A veces le gustaba que se lo hiciera lento y con cariño y, otras veces, duro y rápido. Saber de qué manera tenía ganas me embriagaba en cierto modo, y la forma en la que se le contrajo la vagina alrededor de mi verga confirmó mi presentimiento de que anhelaba el segundo tipo de sexo.

Una ola de calor me recorrió la espalda y el pulso me latió con fuerza. Quería decirle lo bien que se le daba, que quería hundirme en ella hasta quedarme tatuado en todas las partes de su cuerpo y corazón, y que sería siempre mía.

Pero no lo hice.

Me mordí aquellas palabras que amenazaban con escapárseme de la boca mientras la tenía pegada a su hombro. La agarré con más fuerza con una mano y le jalé el cabello para echarle la cabeza más hacia atrás mientras, con la otra, le recorría la cintura en dirección ascendente hasta llegar a su suave pecho. Se le endureció el pezón bajo el tacto de mi mano y me devolvió los empellones.

—Ábrete más de piernas para mí, cariño. —Le rocé la piel con los dientes y mis dulces palabras se convirtieron en una orden—. Quiero ver cómo te dilato esta bonita y pequeña vagina con la verga.

La delgada figura de Alessandra se estremeció de arriba abajo. No dudó en obedecer y casi deseé que no lo hubiera hecho porque estuve a nada de que me fallaran las piernas cuando vi cómo su sexo acogía el mío.

—Perfecto —gemí tan cachondo que fue un milagro que no me viniera en ese preciso instante.

Encajábamos a la perfección, carajo. Su cuerpo se amoldaba al mío como si estuviera hecho para mí. Hundirme en ella era lo más cerca que había estado jamás del paraíso y, maldita sea, no quería irme nunca de ahí.

Dentro. Fuera. Más rápido. Más hondo. El constante repiqueteo del agua en mi espalda mientras yo me hundía aún más en ella; nuestros cuerpos mojados chocando y creando una sinfonía erótica y obscena que sería imposible de purificar ni con todos los baños del mundo.

Alessandra tenía la cabeza echada hacia atrás y el agua le caía en riachuelos por la cara hasta llegarle al pecho. Con los labios separados, dio paso a un jadeante y agudo grito que nos caló hasta lo más hondo a los dos.

Ya no pude seguir aguantando. Aún notaba los espasmos de su orgasmo a mi alrededor cuando se la saqué y la manché de semen. El agua de la regadera se lo limpió con más rapidez de la que a mí me habría gustado y nos sujetamos el uno al otro mientras nos recuperábamos; se nos sincronizaron los latidos del corazón y la respiración adoptó su ritmo habitual bajo el agua que aún iba cayendo. Quería grabar aquel momento en mi memoria, pero, como siempre, terminó demasiado pronto.

Alessandra se deshizo de mi abrazo y pasó a mi lado. El frío se me apoderó del cuerpo cuando cerré la llave de la regadera y la vi secándose. Su apremiante salida hizo que sintiera un vacío en el corazón de inmediato.

No puedo prometerte nada más que sexo.

Así que eso habíamos hecho durante las últimas tres semanas. Alessandra me llamaba cuando quería verme y yo acudía. Ella tenía citas por las cuales nunca le preguntaba y yo le hacía invitaciones que ella nunca aceptaba.

No era una relación en sí, pero si eso era todo cuanto estaba dispuesta a darme, lo aceptaría.

Me envolví la cintura con una toalla y la seguí hasta la habitación. Hoy habíamos quedado de vernos en el *penthouse* en lugar de en su departamento o de ir a un hotel, cosa que no era del todo habitual. Alessandra solía evitar pisar nuestra antigua casa a toda costa.

Cuando entró por la puerta, ¿debió de acordarse de cómo celebramos que habíamos firmado el contrato del *penthouse* con champán? Cuando tomó el vestido de la cama, ¿debió de visualizar los cientos de noches que habíamos pasado envueltos en los brazos del otro? ¿Le recordaría este lugar tanto a nosotros que el simple hecho de respirar su aire le sentara como si le clavaran una maldita daga en el corazón?

Porque eso era lo que sentía yo. Esa casa era un lacerante limbo de recuerdos. Me mataba quedarme y me mataba irme.

—No tienes por qué irte todavía —me aventuré a decir—. Es viernes por la noche. Podemos pedir comida a domicilio, ver una peli... Estrenaron una nueva de Nate Reynolds. —Los éxitos de taquilla de Nate Reynolds eran nuestro *guilty pleasure*.

Alessandra dudó y paseó la vista por nuestra cama y por la foto de cuando nos comprometimos que descansaba en el buró. Nos la habíamos sacado justo enfrente de la biblioteca de Thayer, donde nos conocimos por primera vez. Salíamos medio besándonos medio riendo. Por aquel entonces, éramos muy jóvenes y no teníamos ni idea de qué nos depararía el futuro; casi envidié a mi yo del pasado por su impetuosa seguridad en sí mismo. Camila intentó esconder la foto después de que Alessandra se fuera y yo casi la despido en el acto.

Nadie tocaba esa foto.

Alessandra tragó saliva con fuerza. Se le desdibujó el rostro con indecisión y una peligrosa semilla de esperanza germinó en mi interior. No estaba ignorando mi sugerencia como solía hacer.

«Di que sí. Di que sí, por favor».

—No puedo. —Apartó la mirada de la foto y acabó de subirse el cierre del vestido—. Tengo... Tengo una cita más tarde.

Su confesión me sentó como una cruel cubetada de agua fría. Aunque no debería. Sabía que estaba saliendo con otros; Dante y Kai me lo habían confirmado porque se habían enterado por los chismes que les contaban sus respectivas parejas. Sin embargo, saber algo y oírlo de primera mano eran dos cosas distintas.

—Vaya. —Me obligué a sonreír a pesar de que me hubiera aplastado aquella pizca de esperanza—. Otra vez será.

—Sip —respondió con un hilo de voz—. Otra vez será.

La puerta se cerró emitiendo un sutil sonido y Alessandra desapareció. De no ser por aquel delicado aroma a lirios, dudaría que hubiera estado aquí siquiera.

Me vestí y encendí la televisión, pero no aguanté ni cinco

minutos de aquella película de Nate Reynolds. Me recordaba demasiado a Alessandra. Traté de trabajar, pero no podía concentrarme. Hice una sesión bestial (deliberadamente) de entrenamiento en el gimnasio privado, pero ni eso consiguió despejarme la mente.

¿Con quién tendría la cita? ¿Dónde la llevaría el chico? ¿Se habrían besado ya? ¿Suspiraría ella cuando la tocara el tipo en cuestión o contaría los minutos para volver a casa?

La imaginación me atormentó a base de imágenes de Alessandra con su cita (alguien sin rostro) hasta que ya no pude más. Tomé el celular y llamé a la única persona que sabía que no tenía absolutamente ninguna conexión personal con ella.

Respondió enseguida.

—Ve al The Garage en una hora —solté—. Necesito una copa.

El The Garage era un bar de mala muerte en East Village. Era conocido por preparar bebidas fuertes y porque a los meseros no les importaba una mierda si los clientes lloraban, vomitaban o perdían el conocimiento ahí mismo, siempre y cuando pagaran.

Era el lugar perfecto para ahogar las penas. Por eso había una hilera de hombres con aspectos miserables apretujados en la barra un viernes por la noche.

—Dios mío. —Roman estudió la sala con una mueca en los labios—. Parece que acabo de entrar en una reunión de Bobos Desesperados Anónimos.

Me tomé el tercer shot de la noche de un trago sin responderle nada.

—¿Tan mal estás? —preguntó.

Se sentó a mi lado. Su atuendo de suéter y pantalones

negros se camuflaba perfectamente con la sórdida oscuridad del local.

Habíamos hablado en alguna ocasión, pero esta era la primera vez que nos veíamos en persona desde esa demoledora y violenta pelea antes de Navidad. Seguía sin confiar ni un pelo en Roman; no obstante, a lo largo del mes, nuestro efervescente antagonismo había ido calmándose hasta convertirse en una precavida cautela. Además, no había estado vinculado con ninguna otra muerte sospechosa, lo cual ya era algo.

—Alessandra tiene una cita. —Aquella confesión sabía agria.

—¿No llevaba saliendo con otros tipos desde hace tiempo? —Llamó la atención del mesero—. Un *bourbon*. Solo.

—Nunca me había dicho que tenía una cita con alguien justo después de que nos hubiéramos acostado.

—Ah.

Roman hizo una mueca mientras ese mesero lleno de *piercings* y tatuajes le dejaba el vaso delante de malas maneras. El líquido oscuro cayó salpicando por los lados y manchó la pegajosa barra del local. El alcohol de por aquí sabía a residuos nucleares, lo cual formaba parte de su cuestionable encanto (o eso decían quienes estaban informados).

Bebimos en silencio durante un rato. Ni él ni yo éramos de los que comparten sus emociones o consuelan a los demás, por eso era el compañero de copas perfecto. No quería volver a hablar de mis problemas con Alessandra: solo quería sentirme menos solo.

Si me hubieran dicho hace tres meses que estaría ahogando mis penas tomando un *whisky* asqueroso en East Village con mi hermano, que llevaba años desaparecido y que ahora me juzgaba en silencio, les habría contestado que cambiaran de dealer.

«Qué bajo has caído». Menos mal que ni Dante ni Kai

estaban aquí para presenciar la miseria en la que me hallaba, carajo. De lo contrario, me lo recordarían hasta el fin de mis días. Roman también lo haría, pero a él no tenía que verlo cada semana.

—Si algún día me ves igual de destrozado por una mujer, dame un tiro —espetó justo después de que me tomara el quinto shot—. Es patético.

Clarisísimamente Roman no era de los que consuelan a los demás.

—¿Como la vez que lloraste cuando Melody Kettler te dejó para salir con ese alumno de intercambio de Suecia, quieres decir? —Y ahí estaba yo, echando mano de cosas que habían ocurrido hacía siglos.

Apretó la mandíbula.

—No lloré. Y no me dejó. Nos dimos un tiempo.

—Si repetírtelo te ayuda a dormir por las noches...

—De entre todo lo ocurrido, el *tiempo* que nos dimos Melody Kettler y yo es lo que menos probabilidades tiene de mantenerme en vilo. —Se terminó la bebida—. Créeme.

De entre todo lo ocurrido. Habían pasado quince años. No podía ni imaginarme las cosas que Roman habría presenciado y hecho.

—¿Cómo era el correccional?

—Podría haber sido peor. —No me miró—. ¿A cuánta gente tuviste que lamerle tú el trasero para conseguir subir tantos peldaños?

La tensión espetó y se me escapó una rencorosa risa.

A lo mejor fue por los shots o tal vez por el aire de «todo me vale» que se respiraba en el local. Fuera por lo que fuera, le conté con total sinceridad cómo había construido Capital Davenport: cómo había hecho contactos, las puertas a las que había tocado y, efectivamente, a cuánta gente le había tenido que lamer el trasero antes de conseguir mis primeros inversionistas. Él también compartió conmigo algunos detalles de su vida a lo largo de esos años: los distintos trabajos que había tenido, los problemas que había tenido con la ley y los entrenamientos de artes marciales, que bien había puesto en práctica durante nuestra pelea, el muy cabrón.

Ya no éramos los de hacía tiempo y nuestra relación jamás volvería a ser la que fue en su día. Sin embargo, eso de poder hablar con alguien que me conocía desde antes de que todo cambiara y me convirtiera en una persona que ni yo mismo reconocía ahora mismo estaba bien.

35
Alessandra

Las puertas del elevador se abrieron al llegar a mi planta.

Salí. Me dolían los pies de haber caminado antes hasta Midtown y luego haberme desplazado hacia la zona sur de la ciudad para cenar y tomar unas copas. Habría ido en metro o en taxi, pero caminar me despejaba la mente. Si no me daba tiempo de practicar yoga (actividad que había continuado haciendo al volver de Búzios), salía y deambulaba por las calles hasta que me sentía mejor con respecto a lo que fuera que me preocupara. Y últimamente solo había una persona que solía aparecer por ahí durante mis paseos.

Doblé la esquina. Había alguien sentado en la puerta de mi departamento, con la espalda pegada a la pared y las piernas estiradas. A su lado, un saco arrugado.

—¿Dom?

—Hey. —Levantó la cabeza y me sonrió con los ojos vidriosos—. Volviste.

—¿Qué estás haciendo?

Reanudé el paso y me detuve frente a él. A principios de año me había ido del departamento de Sloane y me había mudado al mío. Y menos mal, porque, de lo contrario, Sloane habría puesto el grito en el cielo con esta escena.

—Te extrañaba.

No se levantó. Tenía las mejillas sonrosadas y parecía tan triste y abatido que me dolió más de lo previsto.

—Nos vimos hace solo unas horas.

—Ya lo sé.

Se me fue haciendo más lento el pulso sobremanera. «No caigas, Ale». Pero no pude evitarlo.

Volví a caer, aunque fuera solo un poquito.

—Vamos. —Alargué los brazos y lo jalé—. Entra antes de que alguien te vea y llame a la poli. —La señora mayor del 6.º B era una chismosa y, si veía a un desconocido borracho en «su» pasillo, le daría algo.

Dominic entró a tropezones a mi departamento. Cerré la puerta con llave y el ceño fruncido.

—¿Te caíste en un barril de *whisky*?

Apestaba a alcohol. El olor le emanaba de los poros de la piel y ahogaba el aroma de las flores frescas que tenía en la entrada.

—Salí a tomar algo con Roman. —Se pasó una mano por el cabello, ya enmarañado—. No podía dormir.

—Son las nueve de la noche —señalé—. Aún es algo temprano para irse a dormir.

Lo llevé al sofá porque temía que fuera a caerse al suelo si no se sentaba pronto. Trastabilló a cada paso.

No había visto a Dominic tan borracho desde..., bueno, nunca. Normalmente era muy meticuloso y calculaba cuánto alcohol ingería. Me contó que lo hacía porque de pequeño había visto a tanta gente caer en las garras del alcoholismo y de la adicción que odiaba la pérdida de control que derivaba del inhibirse en exceso.

Cayó rendido contra los cojines y levantó la vista para volver a mirarme. Tragó saliva con fuerza y preguntó:

—¿Qué tal la cita?

No había tenido ninguna cita. Había ido a una clase sobre

cómo hacer joyas (me gustó tanto la que probé en Búzios que me había inscrito a un taller parecido aquí) antes de pasar a un bar de Soho, donde me había tomado un martini de manzana, había leído tres capítulos del *thriller* que me había recomendado Isabella y me había dedicado a observar a la gente. No había sido la noche más divertida del mundo, pero sí justo lo que necesitaba después de haber estado con Dominic.

—Bien.

La culpabilidad me invadió y nubló la mente. Detestaba mentir, pero al pedirme antes que me quedara, casi cedo. Yo no era de las que se quedaba acurrucada junto al otro ni de las que se quedaba a dormir después de un rato de sexo, pero estar en aquella habitación y ver la cama que habíamos compartido, nuestra foto de compromiso... Mentir sobre la cita había sido lo único que se me había ocurrido para salir de esa situación.

—Bien. —Dominic tragó saliva de nuevo—. Espero que no te haya llevado a comer tacos. Los odias.

Tampoco es que los odiara tanto, pero sí los evitaba porque tenía un trauma. Una vez, en la universidad, pedí un taco de pescado y contraje una intoxicación alimentaria. No los había vuelto a tocar desde entonces.

—No.

¿Por qué me dolía tanto detrás de los ojos? Si me brotaban las lágrimas hablando de tacos, tenía que ser cosa de las hormonas.

El silencio nos tomó como rehenes. El aire se humedeció y se cargó de nostalgia, y los segundos fueron alargándose con tanta tensión que mezcló mis pensamientos con mis emociones hasta convertirlo todo en un confuso desorden.

La mirada de Dominic me consumió.

—¿Eres feliz, Alessandra?

Noté cómo ardía una pizca de claridad entre toda su intoxicación y se me clavó muy hondo.

Ojalá tuviera una respuesta exacta. Sí que lo era; era feliz en muchos sentidos: tenía un negocio que iba viento en popa, unas amigas increíbles y una próspera vida social. Había descubierto *hobbies* nuevos y, además, estaba felizmente independizada y viviendo por y para mí por primera vez en mi vida.

Aun así, siempre habría un vacío donde antes solíamos estar nosotros dos. Siempre faltaría una pieza en un rompecabezas que solo él podía completar.

No lo necesitaba, pero lo extrañaba tan desesperadamente que me daba la impresión de que sí.

—Descansa un poco —respondí esquivando su pregunta—. Ya hablaremos por la mañana.

No me llevó la contraria. Cuando saqué una cobija del clóset donde guardaba la ropa de cama y volví a la sala, Dominic ya se había quedado dormido.

Una pizca de luz plateada le acariciaba la frente y los labios. Mucha gente hallaba la paz en el descanso, aunque no era el caso de Dominic. Lo que fuera que lo atormentara durante el día, lo perseguía también en sueños.

Ya más adentrada la noche, me quedé mirando el techo, incapaz de acallar la mente. La medianoche dio paso al alba y el aire se impregnó del aroma a flores. Tenía un jarrón con rosas doradas al lado de la cama junto con la nota que había encontrado metida en mi bolso esa misma tarde.

18 de mil más.
Con amor,

Dom

Cerré los ojos para evitar aquel ardor familiar.

Dominic no era el único que no encontraría el reposo esta noche.

36
Dominic / Alessandra

Dominic

Me desperté con la resaca del siglo.

Era como si me estuvieran martilleando el cerebro con una brutalidad inhumana y la boca me sabía a algodón. Un rayo de sol se coló a través del espacio que quedaba entre las cortinas y el cabrón casi me mata.

Me cubrí los ojos con el antebrazo y gruñí. «Jamás vuelvo a beber alcohol».

—Toma. —Una voz risueña me sacó de aquella miseria—. Así te sentirás mejor.

Levanté la cabeza y, al hacerlo, noté otro martillazo.

Encontré a Alessandra al final del sofá, con un rostro fresco y un precioso vestidito amarillo. Sus húmedas ondas de color castaño le acariciaban los hombros y toda ella emanaba una embriagante mezcla de perfume y shampoo.

Yo tenía una aspecto de mierda absoluto y Ale parecía que acabara de salir de un cuento de hadas.

«Mira tú qué bien, demonios». Cuando tomé la estúpida decisión, borracho, de esperarla fuera de su departamento la noche anterior cual desgraciado desesperado, no tenía esto en mente. Roman podía irse a la mierda por no haberme detenido; lo habían llamado del trabajo (se negó a entrar en detalles al respecto) y me dejó tirado, así que fui víctima de mis peores impulsos.

—Si alguna vez vuelves a verme a menos de un metro y medio de un vaso de *whisky*, dame una bofetada. —Me obligué a sentarme para poder tomarme el agua y los *pastéis* que me había ofrecido. Alessandra me los había dado a probar la primera vez que fuimos a Brasil y me había convertido en un gran fan de aquel dulce frito desde entonces—. Quienquiera que inventara las bebidas de mierda se merecería que le dieran un tiro.

Le resplandeció la mirada con júbilo.

—Nunca te había visto con tanta resaca ni tan desaliñado. Debería tomarte una foto. Si no, nadie me creerá.

—Qué graciosa. ¿Por qué no me lo recuerdas más aún?

Me acerqué el agua a los labios, pero estaba tan desorientado que me tiré un poco por encima y me mojé la camisa. Solté una florida grosería.

Alessandra rio y le tembló todo el cuerpo.

—Esto no tiene precio —exhaló entre carcajadas.

Tomó el celular y, con una sonrisa de oreja a oreja, me tomó una foto.

—Ale, te juro por Dios que si esta foto acaba en internet subiré esa en la que sales tú durmiendo con la boca abierta en el tren —la amenacé.

Sin embargo, una indeseada pizca de diversión hizo que se me encorvaran los labios. Era complicado seguir enojado viéndola sonreír, por más que fuera tirarme piedras a mi propio tejado.

—Puede que valga la pena.

Se pasó una mano por la comisura lateral del párpado y el enojo se me fue disipando con su risa.

—Pareces feliz —señalé con un hilo de voz—. Ya no recuerdo cuándo fue la última vez que te vi tan contenta.

A lo mejor era una felicidad temporal, pero era felicidad al fin y al cabo. La había hecho llorar tanto que verla feliz valía la pena a pesar del golpe que le suponía a mi ego.

Aparté la comida y me levanté. Los nervios no me permitieron ir demasiado rápido, pero enseguida estuve delante de Alessandra con el corazón encogido y la boca seca. El dolor que me atravesó el cuerpo amainó el impacto de los martillazos de mi cabeza. Olvídense de la resaca: no había nada que doliera más que saber que le había hecho daño a Alessandra. Y esa era una verdad con la que tendría que vivir el resto de mi vida. Sin embargo, esperaba que nuestro futuro pudiera compensar las pifias de nuestro pasado.

—¿Recuerdas la noche que acabamos de limpiarlo todo después de que estallara la tubería? Pedimos comida a domicilio y me preguntaste dónde debería estar en lugar de en la tienda.

Asintió con precaución.

—Te dije que no querría estar en ninguna otra parte y era cierto —proseguí—. Sé que no me creíste porque me he pasado gran parte de estos diez años viviendo en la oficina, pero no lo hacía porque me encantara. Lo hacía porque me aterrorizaba pensar que, si me iba, todo se iría al traste. Todo por lo que había trabajado, todo lo que había conseguido. Miraba por la ventana y veía la ciudad que la gente decía que yo mismo había conquistado, pero yo solo veía un millón de razones más que podían hacerme fracasar. Pensaba que ir acumulando cada vez más sería sinónimo de seguridad, pero me he dado cuenta de una cosa. —Tragué saliva para deshacerme de las emociones que me obstruían la garganta—. Estuve semanas sin ir a la oficina cuando me fui a Brasil y apenas lo extrañé. Sin embargo, cuando volví a casa y vi que no estabas..., esa noche y todas las que le han seguido después me resultan eternas. *Saudades de você*. —Significaba «te extraño», pero en el sentido más puro y profundo. Alessandra bajó la mirada, pero yo no me detuve—. A lo mejor me pasé al esperarte a que volvieras de tu cita, pero estaba borracho, me sentía miserable y... —la agonía se me carcomió por dentro— necesitaba verte.

Me había mentalizado de que a lo mejor estaría con el otro. Me había convencido de que podría soportarlo cuando, en realidad, seguramente le hubiera partido la cara al muy cabrón y lo habría arruinado todo. No obstante, la suerte había estado de mi lado en ese sentido, aunque ahora mismo no me sentía demasiado afortunado. Aquí estaba yo: con el corazón en la mano y esperando a que Ale hiciera con este lo que tuviera ganas porque, a fin de cuentas, era suyo. Siempre lo había sido.

—No tuve ninguna cita anoche —me confesó con un hilo de voz.

Sorpresa y alegría se unieron a mi confusión.

—¿Y por qué...?

Levantó la vista de nuevo y vi que tenía los ojos vidriosos.

—Porque tenía miedo de volver a involucrarme demasiado. Cuando estábamos en el *penthouse* me pediste que me quedara y casi lo hago. No quería... No quiero... —Tomó aire, temblorosa—. Tengo miedo de volver y perderme otra vez. Tengo miedo de que te acostumbres y te olvides del progreso que hemos hecho. No puedo volver a pasar por esto, Dom. No puedo —insistió.

Estalló en un sollozo y así, sin más, el corazón me resbaló de la mano y se hizo añicos de nuevo.

Alessandra

Dominic me envolvió en un abrazo.

—No pasará —me garantizó con seguridad—. Hemos llegado demasiado lejos. No voy a permitir que volvamos a eso.

Siempre se le había dado bien decir la frase adecuada. Hacer lo adecuado, en cambio, era mucho más difícil. Y, cada vez que yo daba un paso hacia delante y le creía, había una extraña criatura en mi interior que me hacía retroceder hasta quedarme en las sombras del miedo.

—No puedes prometerme algo así. —Me separé de él y me sequé las lágrimas. Dios, ¿cuántas veces había llorado en los últimos meses? Estaba convirtiéndome en uno de esos personajes melodramáticos que tanto odiaba de la tele, pero no podía hacer nada al respecto. Si pudiera controlar mis emociones, ahora no estaríamos aquí—. ¿Qué cambió, Dom? Cuando nos casamos, te colocaste a mi lado y me prometiste que nunca volvería a enfrentarme sola al mundo. —Noté cómo se me clavaban unas esquirlas de cristal en el pecho—. Pero no lo hiciste.

La emoción irrumpió en la sala cual tormenta de verano, de forma repentina y con violencia, y se llevó por delante todas las palabras bonitas y toda la fuerza de atracción para dejar a plena vista el quid de la cuestión. La razón por la cual, a pesar de todo lo que Dominic había hecho y del genuino arrepentimiento que había mostrado, yo no me había permitido soltar del todo. Si ahora se sentía mal era porque, sentirse mal, resultaba fácil. Tenía un equipo que podía ocuparse de todo mientras él no estaba en la oficina, y tenía suerte de que no hubiera habido ninguna emergencia mientras había estado fuera. Pero ¿qué ocurriría la próxima vez que tuviera que elegir entre mil millones de dólares o yo? ¿O cuando tuviera una reunión con un cliente vip y una cita cualquiera de un viernes por la noche a la misma hora?

El dolor le atravesó la cara, pero su respuesta fue firme y serena:

—La diferencia es que antes pensaba que no tenía nada que perder. Ahora me he dado cuenta de que puedo perderlo todo. —Sonrió con tristeza—. A ti.

A ti. Jamás pensé que dos palabras pudieran doler tanto.

La opción de creerle y la de refugiarme en lo seguro estaban librando una ruda batalla en mi interior.

—Danos otra oportunidad —me suplicó—. La última. Te juro que no la voy a cagar. Sé que mis promesas ya no significan demasiado para ti, pero dime qué quieres que haga y lo haré. —Sus lágrimas cayeron en el mismo punto que las mías—. Lo que sea. Por favor.

Dominic no podía hacer nada por su cuenta que no hubiera hecho ya. Y yo solo podía esperar que el universo me diera alguna señal, alguna prueba irrefutable de que había cambiado y de que no volvería a ser el despreocupado adicto al trabajo con el que había vivido demasiado tiempo. Sin embargo, las señales quedaban abiertas a interpretación; existían a merced de una fuerza oculta, y yo estaba cansada de dejar que fueran los demás quienes dictaran mi vida.

A fin de cuentas, tenía que hacer lo que fuera mejor para mí y hacerle caso a mi intuición. Y mi intuición me decía que, por más que saliera con muchos chicos o por más que intentara huir, jamás podría huir de mi corazón.

—Última oportunidad —contesté.

Al oír mi respuesta, a Dominic le flaqueó el cuerpo, aliviado.

—Por favor, no me rompas el corazón —susurré.

Solo le pedía eso.

—No lo haré. —Nuestras respiraciones adoptaron el mismo ritmo irregular. Me besó de una forma tan dulce, desesperada e inquisitiva que se me metió en todas las moléculas del cuerpo—. Te perdí una vez. No quiero volver a perderte nunca más.

Lo único que me permitía aferrarme a sus promesas era una cuestión de fe, pero ¿no era esa la base de cualquier relación? Confianza, comunicación y fe al pensar que la otra persona nos quería y que podríamos superar cualquier bache juntos.

A Dominic y a mí no nos había funcionado la primera vez, pero, en ocasiones, lo más fuerte era aquello que se había roto y luego se había recompuesto.

37
Dominic / Alessandra

Dominic

Alessandra y yo nos pasamos todo el fin de semana en su departamento. Comiendo, hablando y cogiendo. Salimos a que nos diera el aire en una ocasión, cuando su malhumorado vecino aporreó la puerta y nos gritó por «hacer demasiado ruido y ser demasiado vulgares»; sin embargo, más allá de esto, los días pasaron rápidos y alegres.

Volvíamos a estar juntos. No volvíamos a estar casados, pero habíamos dormido en la misma cama y me había invitado a la inauguración de la tienda. Era un paso enorme en comparación con los minúsculos progresos que habíamos estado haciendo hasta ahora. La euforia me duró hasta el lunes, día en que llegué una hora más tarde de lo habitual a la oficina porque preparé el desayuno tanto para ella como para mí.

Fui silbando mientras caminaba por el pasillo, haciendo caso omiso de los miembros de mi equipo que me miraban con el ojo cuadrado. Caroline me interceptó al lado de los elevadores y me siguió hasta la oficina; una vez allí, cruzó los brazos y me miró de la misma forma que alguien miraría a un tigre que se escapó de su jaula.

—¿Se encuentra bien? ¿Quiere que llame a un médico?

—Estoy bien. —Encendí la computadora y me puse a mirar las últimas cifras actualizadas—. ¿Por qué? ¿Tengo mala cara?

—No. Es solo que está... sonriendo muchísimo. —Se dio unos golpecitos en el brazo con los dedos—. A lo mejor debería llamar al doctor Stanley por si acaso. Hoy tiene distintas reuniones con clientes importantes...

—Caroline —la interrumpí—, dije que estoy bien. ¿Tienes que informarme de algo relacionado con el trabajo o preferirías cambiar de sector y pasarte al ámbito sanitario?

Volvió a adoptar su rol de jefa de personal al momento.

—Corren rumores de que esta semana ocurrirá algo importante relacionado con un banco —me contó—. Sea lo que sea... tiene aspecto de que va a ser algo gordo.

Yo también lo había oído. Wall Street estaba plagado de rumores e información que se había filtrado. Muchas veces no eran nada, pero yo seguía aguzando el oído por si las moscas.

—Sigue investigando —le ordené—. No quiero sorpresas de ningún tipo.

—Entendido.

El resto del día avanzó sin inconveniente alguno. Me fui de la oficina a las cinco en punto, lo cual provocó que otras tantas personas me miraran con los ojos y la boca abiertos a más no poder. En el mundo de las finanzas, nunca nadie se iba del trabajo a la hora exacta, pero siempre hay una primera vez para todo.

—No te quedes hasta demasiado tarde —le dije a uno de mis socios júnior al salir—. Vete a cenar con tu novia. Disfruta de la noche.

Di por sentado que tenía novia. Si no, era bastante raro que tuviera una foto en el escritorio donde salía abrazando a una rubia sonriente por la cintura.

Me miró boquiabierto con una expresión que denotaba *shock*, miedo y respeto.

—S-sí, señor.

Pasé por mi florería habitual de camino a Diseños Floria y compré una rosa dorada. No solían venderlas, pero yo había conseguido que les saliera a cuenta importarlas frescas por vía aérea a diario.

—Hey. ¿Qué tal todo? —Saludé a Alessandra con un beso.

—Bien. —Parecía algo cansada, pero sonrió cuando le pasé la rosa y la nota donde decía: «21 de mil más»—. Estoy dando vueltas cual pollo sin cabeza, pero, aparte de esto, todo bien.

—¿Puedo hacer algo para ayudarte?

La inauguración de Diseños Floria era este fin de semana. El local había quedado increíble, pero Alessandra no descansaría hasta que se hubiera terminado. En cuanto a acontecimientos se refería, era muy perfeccionista.

—¿Puedes clonarme y alargar el día? —Sopló para apartarse un mechón de cabello del ojo.

—Puedo pedirle a mi equipo que investigue si se puede hacer, pero no puedo garantizarte que den con una respuesta que te satisfaga antes del domingo. —Le apoyé una mano en la espalda baja y la guie hasta la salida—. De momento, vayamos a cenar.

—No puedo. Tengo que responder mil correos electrónicos, aún no he escogido qué vestido me pondré para la fiesta y...

—Ale. —Nos detuvimos frente a la puerta—. Respira. Todo saldrá bien. Tracy llega mañana, ¿no?

Tracy era una de sus asistentes virtuales. Volaría hasta la ciudad para ayudarla con los preparativos y asistir a la inauguración. La otra asistenta de Alessandra acababa de dar a luz, de modo que no podría estar presente.

—Sí, pero...

—Todo saldrá bien —repetí—. ¿Cuándo fue la última vez que comiste? Si fue antes de mediodía, la cena es innegociable.

—Está bien —cedió. Cuando salimos, un taxi pasó tan deprisa que nos cegó con el humo del tubo de escape y casi atropella a un repartidor que iba en bici; este le gritó algo impúdico, el taxista bajó la ventana y le hizo una seña con el dedo—. Tiene gracia que me digas que tengo que comer cuando eres tú el que siempre se salta la comida.

—Siempre no. —La moví un poco sin quitarle la mano de la espalda baja para que ella quedara en la parte interna de la banqueta—. Hoy me tomé un café solo y un sándwich.

Me miró medio exasperada medio divertida, sonriendo.

Como aún le quedaba trabajo por terminar después de la cena, la llevé a una hamburguesería *gourmet* que había al final de la misma calle donde tenía la tienda. Apenas pedí la comida cuando me llegó un mensaje al celular.

—¿Es tu hermano? —preguntó Alessandra, entendiendo a la perfección mi ceño fruncido.

Solo había una persona en el mundo capaz de hacerme reaccionar así.

—Sí. Quiere que nos veamos para tomar algo.

No quería dejarlo plantado tras nuestra primera toma de contacto normal (porque lo de que se metiera en mi apartamento no contaba), pero no pensaba dejar a Alessandra sola ni de broma.

—Dile que venga aquí con nosotros. Es en serio —añadió cuando la miré incrédulo—. Hablas muchísimo de él y algún día tendremos que conocernos.

—No sé yo si es de los que les gustan las hamburguesas con papas.

—Tú pregúntaselo —insistió antes de tomar su refresco—. Por preguntar, no le harás daño a nadie.

Alessandra

Me arrepentí de haberle dicho a Dominic que invitara a su hermano en el mismo instante en que este apareció.

Roman era tan atractivo y perturbador como lo recordaba. Me saludó con una fresca sonrisa y fue bastante educado, pero algo en él hizo que sonaran absolutamente todas las alarmas. A lo mejor era por cómo se movía, cual depredador acechando por la noche, o tal vez por esa gélida mirada. Dominic era implacable, pero también era muy humano; los verdes ojos de su hermano, en cambio, no escondían ni una pizca de humanidad.

—Dom me comentó que viniste a la ciudad por trabajo. —Intenté entablar conversación después, cuando nos quedamos sin más comentarios acerca de nuestra previa charla sobre la última película de Nate Reynolds—. ¿A qué te dedicas?

—A las resoluciones.

—¿Qué quieres decir?

—Resuelvo problemas que otros no pueden resolver.

No entró en más detalles. Desvié a la vista hacia Dominic y este sacudió ligeramente la cabeza.

Una sensación de incomodidad se adueñó de mí. Estaba encantada de que hubiera retomado el contacto con su hermano, pero me preocupaba que su perenne sentimiento de culpabilidad hacia lo ocurrido en Ohio le estuviera nublando el juicio.

¿Hasta qué punto sabía cómo era la vida de Roman desde que eran dos adolescentes?

Procuraba no juzgar a las personas por su apariencia, pero me bastó con mirar a Roman una sola vez para saber que era el tipo de persona que no tenía miramientos a la hora de quitarse cualquier obstáculo de en medio.

38
Dominic

Atravesé toda la oficina y me detuve delante del penúltimo perchero.

—Este —señalé al escoger un reluciente vestido dorado.

—Excelente elección. —Lilah Amiri sonrió—. Le quedará estupendo. ¿Lo mando directamente al departamento de Alessandra?

—Sí. Y cárgalo a mi cuenta.

Alessandra no tenía tiempo para elegir atuendo para la inauguración, así que le pedí a una de sus diseñadoras favoritas que me trajera una selección de vestidos que pudieran gustarle. Pensé que el dorado era el que mejor le quedaría. Ese color siempre le había quedado bien y el corte del vestido en cuestión era sencillo, femenino y elegante.

Martha acababa de acompañar a Lilah y a su asistente fuera de mi oficina cuando sonó mi celular. Kai.

La adrenalina se apoderó de mí al ver su nombre en la pantalla. Kai nunca llamaba en plena jornada laboral a no ser que tuviera noticias muy relevantes. Como director ejecutivo de la empresa de medios de comunicación más grande del mundo, se enteraba de absolutamente todo al segundo, muchísimo más rápido que cualquier otra persona a quien conociera.

—Abre el correo.

Ni «hola» ni «adiós» antes de colgar. Aquellas noticias tenían que ser una puta bomba.

El instinto me advirtió que estaría relacionado con los rumores que se habían ido oyendo por Wall Street a lo largo de la semana. Un rápido clic con el ratón me lo confirmó.

La bolsa cerraba en un minuto. Era el momento ideal para cualquiera que quisiera soltar una bomba que fuera a cambiar drásticamente la sesión bursátil de la mañana siguiente, y eso era justamente lo que había hecho un informante anónimo.

Kai me había enviado una versión para disléxicos de un documento técnico que hablaba de un importante fraude en el DBG, un banco regional de gran envergadura. Transacciones falsas, problemas de solvencia, tapaderas en los cargos administrativos más altos... Si aquellas acusaciones eran ciertas, este sería uno de los casos de fraude bancario más importante de la historia de Estados Unidos.

Los mercados se convertirían en una debacle. Me sorprendería que a finales de semana el DBG no hubiera perdido absolutamente todo su valor.

Las implicaciones y posibilidades que derivaban de eso me inundaron la mente en un crepitante y turbulento bullicio. La adrenalina hizo que la sangre me bombeara con más fuerza todavía y que se me acelerara el corazón a más no poder.

Ahí estaba. La crisis que tanto había esperado.

—Señor. —Caroline apareció por la puerta con el rostro pálido. La algarabía detrás de esta me dio a entender que no éramos los únicos que habíamos leído el documento. Los teléfonos no paraban de sonar con sus estridentes tonos, pero los gritos y las maldiciones que iba soltando la gente se oían por encima de todo. Un socio pasó corriendo al lado de Caroline y casi la tira. Mi jefa de personal no me preguntó si había oído las noticias; ya lo sabía—. ¿Qué quiere hacer?

Me había pasado toda mi carrera profesional esperando el momento en que pudiera dejar huella y, en muchos sentidos, ya lo había hecho. Sin embargo, mis logros previos no eran suficientes. Pero lo que tenía en mente sería más que eso. Me convertiría en una leyenda.

—Llama a todo el mundo, incluido al equipo legal, al de finanzas y a los miembros de la junta. —Me levanté. La sangre me corría ávida por las venas ante aquella oportunidad—. Vamos a comprar un banco.

El caos estalló en cuanto me desperté el viernes y duró hasta bien entrada la noche.

Tal y como había previsto, las acciones del DBG cayeron hasta alcanzar mínimos históricos. El revuelo generado por los medios de comunicación fue tal que causó una fuga de depósitos que llevó a uno de los mayores bancos regionales del este de Estados Unidos al borde de la ruina en menos de veinticuatro horas.

Mi plan era simple. Para que el DBG continuara siendo solvente necesitaba capital, y rápido. Y yo, de eso, tenía mucho; el suficiente para comprarlo durante el fin de semana antes de que acabara de hundirse definitivamente.

Debido a aquel fuerte giro, mi equipo se puso a trabajar a contrarreloj para poder tenerlo todo listo. El DBG estaba completamente de acuerdo con la idea y nos habíamos mantenido en contacto con ellos durante toda la jornada.

Era medianoche y nosotros seguíamos trabajando con

apremio en la sala de operaciones que había al lado de mi despacho cuando sonó mi celular.

«Número desconocido».

O era la persona que había estado molestándome en otoño (Roman me dijo que no había sido él, pero yo aún tenía mis dudas) o era otro periodista. Alguien del DBG había filtrado las noticias acerca de mi próxima compra y no me habían dejado de llamar en todo el maldito día.

—¿Qué? —espeté.

Le hice un gesto a mi asesor jurídico. Este se acercó enseguida y tomó el montón de papeles que le pasé.

—No compres el banco. —Aquella voz distorsionada atravesó mi neblina laboral como si fuera el filo de un puñal. Me detuve y una gélida sensación me fue bajando por la garganta hasta adentrárseme en los pulmones—. Si lo haces, morirás.

39
Dominic

El viernes por la noche, no regresé a casa. Tomé una siesta durante algunas horas en el cuarto que había montado después de que Alessandra se fuera (época en la que no soportaba dormir solo en nuestra cama) y me desperté antes de que saliera el sol para acabar con el papeleo. Gran parte del equipo también estaba durmiendo en la oficina.

Comprar un banco no era ninguna nimiedad, ni para mí ni para la empresa en general, y en el aire se respiraba una vertiginosa mezcla de nervios, entusiasmo y tensión. Cualquier cosa podía salir mal antes del lunes, pero nuestro trabajo era asegurarnos de que no fuera el caso.

El domingo por la tarde-noche, prácticamente me había olvidado de la llamada de la noche anterior. Había muchísima gente en contra de dicha adquisición, incluidos los directores de los demás bancos regionales. A la larga, que el DBG se fuera al traste los beneficiaría, y a ninguno de los otros bancos les importaba recurrir a técnicas de intimidación. Aun así, dudaba que ninguno de ellos fuera a tomarse la amenaza en serio y asesinarme de verdad.

—Ya casi terminamos —dijo Caroline con unas oscuras ojeras en la cara. Detrás de ella había una mesa donde se amontonaban recipientes de comida para llevar, tazas de café y pilas de documentos—. Los contratos estarán listos por la mañana por muy tarde.

—Bien.

Miré el reloj de muñeca. Tenía que irme pronto para poder llegar a la inauguración de Alessandra a tiempo.

La crisis del DBG nos había agarrado en el peor fin de semana posible, pero podría con todo. Como decía Caroline, ya estábamos en la recta final y yo confiaba en que mi equipo sabría aguantar hasta la mañana siguiente. A partir de ahora, era la noche de Alessandra.

Me bañé rápidamente y me cambié en el baño privado de mi oficina. Dos minutos para bajar. Treinta minutos para llegar a la inauguración, dependiendo del tráfico que hubiera. No iba sobrado de tiempo (me había quedado más rato del que debería para acabar de detallar una cláusula esencial del contrato), pero podía hacerlo.

Fui corriendo hacia el elevador y oprimí el botón del lobby con fuerza.

«Cuarenta. Treinta y nueve. Treinta y ocho...». El elevador fue pasando por todos los pisos a una lentitud insoportable. Por primera vez en mi vida, me arrepentí de haber puesto mi oficina en el último piso de la sede de Capital Davenport.

El elevador se detuvo en la trigésima planta. Se abrieron las puertas, pero al otro lado no había nadie esperando. Lo mismo ocurrió en la vigesimoquinta.

Miré el reloj de nuevo. El margen de tiempo para llegar a la hora iba acortándose cada vez más. Esperaba, con todas mis fuerzas, que los dioses del tráfico estuvieran de mi parte porque, de lo contrario, estaría muerto.

El elevador volvió a pararse en la séptima planta.

—¡Maldita sea!

Tenía que hablar con los de mantenimiento del edificio para que arreglaran estos malditos elevadores. Alargué el brazo para oprimir el botón de cerrar, pero oí un sutil clic que me hizo levantar la mirada.

Había una pistola de metal negra resplandeciéndome a solo unos pocos centímetros de la cara. El cañón mantenía la misma firmeza que la mano que sujetaba el arma.

La estupefacción se apoderó de mí. «No».

Roman me miró a los ojos.

—Lo siento.

Sonó verdaderamente arrepentido mientras me aguantaba la mirada y apretaba el gatillo.

40
Alessandra

Vino más gente a la inauguración de la que me había imaginado. Si Dominic y yo siguiéramos casados, me habría parecido evidente, porque todo el mundo quería codearse con un Davenport. Sin embargo, el hecho de que nos hubiéramos divorciado y todos los invitados vip estuvieran presentes fue increíble.

Paseé la vista rápidamente por la sala y vi a Buffy Darlington siendo el centro de atención de miembros de la alta sociedad de toda la vida mientras Tilly Denman reinaba por encima de varias de las nuevas chicas del momento. El color esmeralda, a Ayana, le sentaba fenomenal; Sebastian Laurent hizo su primera aparición social desde el fiasco en Le Boudoir, y Xavier Castillo estaba apoltronado en el gabinete de terciopelo, con su oscuro cabello enmarañado y una sonrisa perezosa que atraía muchísima atención hacia él, aunque este no le quitaba los ojos de encima a Sloane. Incluso vi a Vuk Markovic, conocido por su reclusión, cuyo cuerpo empequeñecía la silla con irrisoria facilidad.

Debería haber sido la mejor noche de mi vida. Pero...

Miré el reloj. Hacía media hora que había empezado la fiesta y Dominic aún no había hecho acto de presencia.

El desasosiego se me metió en las venas. «Vendrá». Seguramente se encontraba parado en medio de un embotellamiento. Conducir un sábado por la noche por Manhattan era infernal.

—¡Felicidades, reina! —Isabella apareció con una bebida en la mano y con Kai detrás, y me envolvió en un enorme y perfumado abrazo—. Mira esto. ¡Es increíble!

—Gracias. —Sonreí e intenté echar mis preocupaciones a un lado.

Isabella tenía razón. Era una noche increíble y no es que se me hubiera subido a la cabeza.

Había abierto una tienda física en menos de cuatro meses. Está bien: la suerte, los contactos y un flujo de caja constante habían estado de mi parte; pero, vinieran las personas que vinieran esta noche, seguía siendo un logro digno de celebrar.

Me había propuesto algo —para mí y no para terceras personas— y lo había conseguido. El orgullo mitigó mi anterior recelo. Conversé un poco con Kai e Isabella antes de ponerme a hablar con otros invitados a quienes no veía tan a menudo.

—Deberíamos sentarnos. —Oí que le decía Dante a Vivian (a quien ya se le estaba empezando a notar muy discretamente la panza) cuando pasé por su lado. Sonaba inquieto—. Leí en un artículo que deberías evitar estar de pie mientras estés embarazada y tú llevas horas sin sentarte.

—Fueron cuarenta minutos —respondió ella. Le dio un golpecito en el brazo a su marido y añadió—: Estoy bieeen. Estoy embarazada, no incapacitada.

—¿Y si...?

—¿Y si vamos por otro de esos deliciosos canapés? Excelente idea. Vamos. —Lo jaló hacia la mesa de comida—. Tengo antojo de pepinillos y a ti te hace falta una copa.

Contuve las ganas de reír. Dante siempre había sido

protector con Vivian, pero desde que esta había quedado embarazada, su preocupación se había multiplicado por infinito. Me sorprendía que no la hubiera envuelto en papel burbuja y la hubiera pegado a él hasta que diera a luz.

—Hola, Sebastian. Muchísimas gracias por venir.

Saludé al amigo de Dominic, que llevaba lidiando con el revuelo de la prensa desde que Martin Wellgrew falleció en su restaurante. Sebastian siempre había sido una persona auténtica y encantadora, algo poco habitual en la alta sociedad de Manhattan, y no se merecía que lo trataran tan injustamente como lo estaban haciendo.

—¿Cómo me lo iba a perder? —Sonrió, pero su gesto escondía una pizca de agotamiento—. Felicidades por la tienda. Está genial.

—Gracias —respondí con compasión—. ¿Tú qué tal?

—Podría estar peor. —Levantó los hombros—. *C'est la vie.* Los medios hacen lo de siempre. Mira a Dominic con lo del DBG.

Se me aceleró el corazón a más no poder ante aquella repentina e inesperada mención a Dominic. El fiasco del DBG llevaba acaparando encabezados desde el jueves, pero todavía no habíamos podido hablar en persona porque yo había estado ajetreadísima con los preparativos de la inauguración y él con la compra del banco.

—¿A qué te refieres?

—A que se volverán locos con las noticias de la compra del banco según cómo las presenten. —Sebastian sacudió la cabeza—. Es una bomba, pero este fin de semana tiene que ser una locura para Dom y su equipo. Se ve que llevan metidos en las oficinas desde ayer por la mañana y aún no ha salido nadie. Seguro que también se pasarán toda la noche trabajando.

—Ya... —Noté que se me formaba un nudo en la garganta y tragué saliva—. Es lógico. Bueno, gracias de nuevo por venir. No te olvides de tomar una bolsa de regalo antes de irte.

Seguro que también se pasarán toda la noche trabajando.

Fui caminando por la sala sin poder sacarme las palabras de Sebastian de la cabeza. Intenté concentrarme, pero no podía quitarme una imagen de la mente: la de Dominic estudiando meticulosamente algunos documentos y tan metido en el trabajo que se le había olvidado todo lo demás.

No. Dijo que estaría aquí. Me había escrito hacía unas cuantas horas para prometerme que saldría pronto para llegar. No habría vuelto a romper su promesa, ¿no?

Sin embargo, cuanto más rato pasaba, más temor me entraba y más se me encogía el corazón. Mi antigua yo habría racionalizado su ausencia. La compra del DBG suponía un acuerdo sin precedentes que tenía que llevarse a cabo en un margen de tiempo muy limitado; era *evidente* que Dominic priorizaría eso a la inauguración de una pequeña tienda. Desde un punto de vista práctico, tenía sentido.

Pero ahí estaba el problema. Nuestro matrimonio se había ido al traste porque nos habíamos centrado demasiado en los aspectos prácticos y no lo suficiente en nuestros sentimientos, incluido el cómo me sentía yo al ser siempre su segundo plato, porque el plato principal era el trabajo.

Ahora, Dominic sabía cómo me sentía y me había prometido una y otra vez que cambiaría. De todos modos, esta era su primera gran prueba desde que habíamos recuperado la relación, y no había venido.

Se me encogió más aún el corazón. Me bastaría con una visita rápida, aunque viniera solo un par de minutos y luego volviera corriendo al trabajo. Lo entendería porque, al menos, su breve presencia significaría que se había acordado y había hecho un espacio para verme.

Pero, a medida que avanzaban las agujas del reloj y que los invitados iban yéndose, me quedó claro que Dominic no iba a venir.

41
Dominic

Reaccioné instintivamente.

Le agarré el brazo a Roman justo antes de que pudiera acabar de apretar el gatillo. El disparo se desvió y la bala golpeó el acero mientras se cerraban las puertas del elevador con nosotros dentro.

Se cayó la pistola al suelo. Los dos nos abalanzamos a la vez para tomarla, pero Roman me clavó el codo en la costilla derecha justo cuando yo ya estaba rozando el arma con los dedos.

Se oyeron golpes y gruñidos; puños contra carne. Me salió el aire disparado de los pulmones y lo reemplazó un primario y desesperado instinto de supervivencia.

No me di tiempo para pensar. Si lo hacía, tendría que enfrentarme al dueño de la pistola. A quien había llamado cuando había necesitado hablar con alguien. A quien había reaparecido en mi vida y cuya presencia en ella yo mismo había permitido, a pesar de las dudas, porque había metido la pata una vez y había dejado que el sentimentalismo se apoderara de mí.

A diferencia del día en que nos peleamos en el *penthouse*, hoy no hubo sangre. Sin embargo, dolió más que todas nuestras peleas anteriores.

Roman ganó ventaja cuando sonó mi celular y desvié la atención una milésima de segundo. Le bastó con girar el brazo para tenerme empotrado contra la pared y ejerciendo presión con la pistola bajo la barbilla.

Nos quedamos mirándonos fijamente con la respiración pesada a causa del esfuerzo y de algo más profundo que una lucha física.

El celular dejó de sonar y el silencio posterior fue tal y estuvo tan pesado que incluso se me notó al hablar:

—Yo también me alegro de verte, Rome —dije con la voz ronca. En algún momento en el que le di un respiro a mi mente, me di cuenta de que el elevador se había detenido. Debimos de haber oprimido el botón de emergencia—. ¿Puedes contarme ya qué demonios es esto?

La neblina de la estupefacción se fue disipando lentamente y dio paso a miles de preguntas por responder. Como, por ejemplo, por qué estaba mi hermano intentando matarme y por qué, en caso de quererme muerto, no lo había intentado antes. Había tenido varias oportunidades en el último mes porque yo había bajado la guardia.

¿Por qué ahora? ¿Por qué aquí? ¿Y a qué se debía esa mirada de arrepentimiento mientras había apretado el gatillo?

Tensó la mandíbula.

—No puedo dejar que cierres el trato.

«¿Qué...?». Fui dándome cuenta de lo que estaba hablando y esa sensación aplacó un poco el sentimiento de traición que se iba cociendo en mi interior.

—¿Con el DBG? ¿Esto es por un maldito banco?

—Intenté advertirte.

No compres el banco. Si lo haces, morirás. La extraña llamada que recibí anoche volvió a mí con una claridad cegadora.

—Me dijiste que tú no estabas detrás de las llamadas anónimas.

Enseguida me di cuenta de lo absurda que sonaba mi acusación. Si no le importaba matar, tampoco le importaría mentir.

—De las de otoño, no. —Le resplandecieron los ojos bajo la luz—. Esas fueron ellos. Estaban... descontentos porque me había puesto en contacto contigo. Esas llamadas fueron más un toque de alerta hacia mí que hacia ti.

La sangre me corría con tanta fuerza que incluso podía oírla. *Ellos.*

—¿Para quién trabajas? —Tenía mis sospechas, pero quería que pronunciara aquellas palabras.

—No puedo decírtelo. —Agarró la pistola con más fuerza—. Digamos que me junté con la pandilla equivocada.

—Típico de ti.

No sonrió.

—Ojalá no tuviera que hacer esto.

—Pues no lo hagas —contesté sin apartarle la mirada—. Sea quien sea esa gente, no están aquí. Aquí estamos tú y yo. Nadie más.

Era terriblemente consciente del frío metal que tenía contra la piel y de que iban pasando los segundos. Había una altísima probabilidad de que no saliera de este elevador con vida y lo único en lo que podía pensar era en Alessandra.

Aún estaba en plena inauguración. ¿Pensaría que se me había olvidado? ¿Que no iba a ir porque estaba demasiado ocupado con la compra del banco? Esta era su gran noche y yo tal vez se la echaría a perder al igual que había hecho en tantas otras ocasiones en el pasado.

Morir no me daba tanto miedo como pensar que no volvería a verla nunca.

El arrepentimiento ganó fuerza y se convirtió en determinación. A la mierda. Acabábamos de regresar y aún nos quedaba toda la vida por delante. No pensaba renunciar a eso sin haber luchado antes.

—¿Por qué te importa tanto lo del banco? —alargué la conversación. Si podía distraer a Roman aunque fuera un segundo...—. ¿Qué más da que lo compre o no?

—A mí me da igual. A mi cliente te aseguro que no.

—Tiene gracia. —Noté un regusto agrio en la boca—. Para ser alguien que habla tanto de lealtad, estás poniendo a tu cliente por encima de tu hermano. Suerte que somos familia.

Volvió a apretar la mandíbula.

—No me cargues el muerto a mí. Si hubieras escuchado lo que...

—¿Lo que me dijo un anónimo con la voz distorsionada? No sé cómo no se me ocurrió seguir los consejos empresariales de alguien con esas características. —El corazón me latía con tanta fuerza que apenas podía oírme la voz—. Al menos sé sincero. Hay una parte de ti que siempre ha querido hacerlo. Querías hacerme pagar por haberte traicionado y esta es tu oportunidad. Así que, vamos, hazlo. Ahora mismo, cara a cara. Llevas quince años esperando este momento. —Le agarré la muñeca e hice presión para clavarme aún más la pistola en la piel—. *Hazlo.*

Clic.

El corazón se me agitó más que la respiración. El oxígeno se me volvió denso como el lodo y la acritud me rasgó la piel cual hoja de afeitar.

A mi hermano le resplandeció la mirada y, por un segundo, uno solo, pensé que ese era mi fin.

Pero entonces Roman soltó una maldición en voz baja y el roce del metal me abandonó la piel. Dio un paso hacia atrás sin dejar de apuntarme con el arma.

—Si no te mato, nos matarán a los dos —señaló—. A no

ser que... —esperé medio aliviado medio aterrorizado— abandones el trato. Aléjate de los del DBG, Dom, y tal vez pueda convencerlos de que nos dejen seguir con vida.

—Hecho.

—A mí no me mientas. —Mi hermano me conocía demasiado como para fiarse de mi palabra a la primera de cambio—. Si te dejo escapar y tú cierras el trato igualmente, no habrá equipo de seguridad que pueda salvarnos, ni a ti ni a mí. Ya no será por el cliente en sí. Será por su reputación, y esa gente haría *lo que fuera* con tal de protegerla. Créeme. —Se le ensombreció la mirada; era mejor no desenterrar los ecos del terror.

El pulso me latía tan desbocado que incluso me dolían las venas.

Había pensado hacer exactamente lo que él sospechaba. Irme, firmar el acuerdo e ir por quienquiera que hubiese orquestado lo de esta noche. No descansaría hasta que esa gente hubiera muerto; todos y cada uno de ellos.

—Es un banco —dijo Roman sin apartarme la mirada—. Un banco. ¿Vale la pena en comparación con aquello que puedes perder?

El pulso me latió con más fuerza todavía.

Debería haber sido evidente. Renunciar al trato y vivir sin tener que guardarme las espaldas a diario. Pero lo del DBG no era porque fuera «solo un banco». Era porque significaría la culminación de todo lo que había intentado conseguir desde que tenía la edad suficiente para darme cuenta de que no tenía por qué quedarme en el culo del mundo que era mi ciudad natal para siempre.

Nunca nadie había comprado un banco de aquella envergadura antes de cumplir los treinta y cinco. Yo sería el primero en hacerlo. Sería como mandar a la mierda a todos los detractores con los que me había topado y a todos los profesores que me dijeron que no servía para nada. Daba igual lo que derivara de ello; pensaba asegurarme de que mi nombre apareciera en los libros de Historia.

Inmortalizado. Indeleble.

Sería una cuestión de seguridad y mi legado.

No me daba miedo el misterioso mecenas de Roman. Yo mismo tenía mis propios contactos y el dinero suficiente como para enterrarlos vivos. Sin embargo, nadie me garantizaba que fuera a ganar esta batalla; y yo no era el único que estaba en peligro.

¿Cuánto estaba dispuesto a apostar para conseguir todo lo que siempre había soñado?

—La pelota está de tu lado, Dom —me recordó Roman con voz grave—. ¿Qué vas a elegir? ¿Tu legado o nuestras vidas?

42
Alessandra

No vino.

La fiesta terminó pronto porque, de repente, empezó a caer una tormenta que llevó a que la gente se refugiara en sus casas antes de que pudieran terminarse la comida, pero no me importó. La inauguración en sí había sido un éxito total y a mí ya no me quedaba energía para seguir socializando.

Además, sonreír y fingir que todo iba bien cuando se te iba rompiendo el corazón antes siquiera de que volviera a estar del todo curado no era nada fácil.

—A lo mejor tuvo un accidente —especuló Isabella—. Tal vez esté en el hospital ahora mismo, intentando arrancarse la vía intravenosa para poderse escapar y venir a verte. Estoy segura de que no se le olvidó.

—¡Isa! —Vivian la fulminó con la mirada—. No hagas bromas con algo así.

—¿Qué? Cosas más raras han pasado. —Isabella se mordió el labio inferior—. No creo que a Dominic se le haya olvidado o haya preferido no venir. Y menos después de todo lo que ha hecho para volverse a ganar a Alessandra.

—Ustedes dos. —Sloane señaló a Dante y a Kai, que se

quedaron petrificados a la vez. Nadie quería ser objeto de su ira—. ¿Dónde está su amigo?

—No nos responde a las llamadas. —Kai fue el primero en recobrar la compostura y sonrió para tranquilizarme—. Estoy seguro de que está en camino. Deben de haberlo retrasado.

—O lo asaltaron —terció Dante. Vivian dirigió su mirada asesina hacia él y este levantó los hombros—. Lo siento, *mia cara*, pero es una posibilidad.

—Chicos, tranquilos. —Estaba tan agotada que me limité a pronunciar cuatro palabras básicas y punto—. No es problema suyo. Váyanse a casa. Yo limpiaré.

—Te ayudo. —Sloane agarró una bolsa de basura.

—No —respondí con firmeza—. Ya hiciste bastante.

—Pero...

—No puedes...

A pesar de sus quejas, empujé a mis amigas por la puerta al cabo de pocos minutos. Les agradecía que se preocuparan por mí, pero quería estar sola.

Tiré la basura y guardé las sobras de comida en el refrigerador en piloto automático. Fue como ver a alguien ajeno hacer de mí: era físicamente igual que yo y tenía los mismos movimientos, pero no me sentía yo. Era una desconocida viviendo mi vida de ensueño.

Me detuve justo delante del *collage* que me había pasado semanas creando minuciosamente. Ocupaba toda la pared derecha. Unos pétalos llamativos y coloridos se iban difuminando poco a poco hasta llegar a los apagados tonos marrones que dominaban el centro de la pieza antes de que una pizca de color volviera a reavivar el lienzo.

Vida, muerte y renacimiento. No era sutil, pero tampoco quería que lo fuera. Quería que me sirviera como recordatorio de aquello de lo que me había alejado y en lo que no quería volver a caer nunca más.

—Ale.

Al oír esa voz tras de mí, me erguí. Debería haber cerrado la puerta con llave, pero la ausencia de Dominic me había distraído demasiado. Mi instinto de supervivencia salió volando por la ventana en el mismo segundo en que apareció.

—Llegas tarde. —No me di la vuelta porque temía que, de hacerlo, me pusiera a llorar y no parara nunca.

—Cielo...

—No, espera, no lo dije bien. —La decepción me hizo más lento el ritmo de habla—. No es que llegues tarde; es que, directamente, ni te apareciste. La fiesta se terminó, Dominic. Ya no es necesario que estés aquí.

—Claro que sí. —Notaba su presencia a la espalda; iba cargada de arrepentimiento, así que cerré los ojos para evitar derramar las lágrimas que se me amontonaron en cuanto me puso una mano en el brazo—. Porque tú sí estás.

—¿Y dónde estuviste hasta ahora? ¿En la oficina?

Silencio.

—¿Sí o no, Dominic?

Otro silencio, esta vez más fuerte, me hendió aún más las grietas del corazón. Y, entonces, en voz tan baja que apenas lo oí, confesó:

—Sí.

Una lágrima me resbaló mejilla abajo y las tonalidades marrones de la pieza principal de la tienda se fueron volviendo borrosas hasta convertirse en un monstruo amorfo que tiñó de color todas las sombras de mi mundo.

¿Cuándo aprendería yo?

—Pero no es lo que crees.

Me agarró por los hombros y me dio la vuelta. Me miró a los ojos y reconocí la misma congoja de mi mirada en la suya. Todo su rostro emanaba desesperación.

—Quería estar aquí, *amor*, te lo juro. Estaba de camino cuando... Dios, es que aunque te lo contara no me creerías.

—Inténtalo.

No debería consentírselo. Me había puesto todas las excusas habidas y por haber a lo largo de los años («era una emergencia», «nos jugábamos quinientos millones de dólares», «el primer ministro me ha invitado a cenar y no podía decirle que no»...); no necesitaba otra más. Aun así, lo que sí necesitaba era poder pasar la página y, si no se lo preguntaba, siempre me quedaría con la duda.

—Fue Roman.

Me quedé absolutamente atónita. Eso sí que no lo había visto venir.

—Debo admitir que me quedé trabajando en el contrato más tiempo del que debería —confesó—. Estaba saliendo disparado para llegar a la inauguración a tiempo cuando... me crucé con él.

Fui escuchándolo, atrapada entre una peligrosa chispa de esperanza y un escéptico desconcierto, mientras él me contaba lo ocurrido desde que había entrado en el elevador hasta el momento en el que su hermano le había puesto un ultimátum a punta de pistola.

—Sé que suena inverosímil a más no poder, pero es lo que ocurrió —añadió cuando hubo terminado—. Te lo juro.

No sabía qué pensar. Por un lado, me acababa de contar algo tan descabellado que casi me sentía insultada por que pensara que me lo iba a tragar. Por el otro, eso era justamente lo que lo hacía creíble. Las excusas de Dominic siempre se habían ceñido a la realidad; no las había basado en historias que pudieran servir de trama para una película de Nate Reynolds.

—Si no me crees, búscalo en internet. Hice un comunicado de prensa anunciando lo del acuerdo y deberían haberlo publicado... —miró el reloj— hace diez minutos. Roman no me dejó ir hasta que los de la prensa me han dado el *okey*.

Una palpable tensión se apoderó de él cuando tomé el móvil con el corazón en un puño.

No quería aferrarme a la esperanza, pero cuando vi el encabezado, algo dentro de mí se relajó.

```
En un impactante comunicado nocturno, Dominic
Davenport ha anunciado que se retracta de la
compra del DBG. El asediado banco lleva desde
el jueves bajo presión...
```

—No les hablé de Roman, por supuesto, pero eso demuestra que lo que dije sobre que dejo el acuerdo es cierto —concluyó. Tragó saliva y se le movió la manzana de Adán; estaba hecho un manojo de nervios—. No lo haría a no ser que me viera obligado a ello. Ya sabes que yo... Carajo. —Los nervios dieron paso a una sensación de alarma cuando oyó el sutil sollozo que se me escapó—. No llores, *amor*, por favor. No lo soporto. —Me secó la lágrima con el pulgar y se le quebró muy ligeramente la voz.

Intenté reprimirlas, pero las lágrimas me brotaron tan rápido que no pude controlarlas. Se habían amontonado en algún rincón de mi interior, en una laguna desde la cual acechaba el monstruo de mis peores miedos e inseguridades. Me mantenía alejada de Dominic por miedo a que este volviera a caer en antiguas costumbres y, en cuanto veía alguna señal de peligro, me precipitaba a pensar lo peor. Sin embargo, cuanto más lloraba, más se vaciaba dicha laguna y dicho monstruo se fue debilitando hasta quedar prácticamente en nada.

Le hundí la cara en el pecho sin poder dejar de llorar con gran desesperación.

—Pensé que se te había olvidado —dije entre hipidos.

Me avergonzaba por estar llorando de aquella forma, pero la situación en sí me superaba tanto que ni siquiera me importó.

—Lo sé. —Me acercó a él y me besó el cabello—. Siento no haberte puesto a ti primero en el pasado. Siento que la forma en la que te he tratado te haya hecho pensar que me olvidaría de ti. Es inexcusable, pero no voy a volver a hacerlo nunca más. —Su sinceridad alivió un poco aquel doloroso arrepentimiento—. Te lo prometo.

Se rompió la última compuerta que mantenía mi llanto a raya.

Oí un trueno mientras él me agarraba, inquebrantable bajo la fuerza de mis sollozos. Ya se había desatado la tormenta y aquella feroz cortina de agua que aporreaba los cristales sirvió de una extrañamente relajante banda sonora mientras, tanto la naturaleza como yo, soltábamos nuestras emociones en un aguacero torrencial.

Dominic se había ido del trabajo en plenas negociaciones de un acuerdo histórico y valorado en miles de millones de dólares. Faltaban menos de setenta y dos horas para cerrar dicho trato y había sacado tiempo para mí. Para algunos, eso sería el mínimo del mínimo; para él (para nosotros), en cambio, lo era todo. Daba igual que no hubiera seguido con el acuerdo o que no hubiera llegado a la fiesta en sí; lo que importaba era que se había preocupado y había hecho el esfuerzo.

No sabía cuánto tiempo nos habíamos pasado así, yo con la cara pegada a su pecho y él abrazándome por la cintura. Sin embargo, cuando dejé de llorar, el cielo también se había ido abriendo y ahora solo caía una sutil llovizna.

Levanté la cabeza y me sequé las lágrimas.

—Por cierto —señalé—, quiero que sepas que, a partir de

ahora, la única excusa válida si cancelas algún acontecimiento importante es que te hayan amenazado a punta de pistola.

Se le destensaron los hombros y el alivio se metió en su ronca risa.

—Lo apunto —respondió antes de besarme con dulzura—. Aunque espero no volver a encontrarme en demasiadas situaciones como esa.

—Yo también.

Le devolví el beso. Una ola de calor me abandonó el pecho y fue serpenteándome cautelosamente por todo el cuerpo.

Dudaba de que nos hubiéramos quitado de encima a su hermano y a quienquiera que lo hubiera contratado para poner punto final a la compra del DBG, pero ya nos ocuparíamos de eso más tarde. Ahora prefería disfrutar de haber superado el primer obstáculo tangible y real de nuestra nueva relación.

Fuera lo que fuera lo que estuviera por venir, nos ocuparíamos de ello. Juntos.

43
Dominic

Si el viernes fue un buen relajo, el lunes llegó el caos absoluto.

Sin el rescate financiero federal ni el capital de mi fracasado acuerdo, el DBG se hundió definitivamente y esto afectó a todo el sector financiero. La crisis del mercado alcanzó cotas vertiginosas y la FDIC (la Sociedad Federal de Seguro de Depósitos) tuvo que intervenir para poder gestionar el problema derivado de aquella situación.

En la oficina, el humor era más bien lúgubre. Dejando de lado las trascendentales implicaciones que suponía la caída de un banco de semejante envergadura, mi equipo había trabajado más horas que un reloj para poder cerrar aquel trato y yo me había desdicho sin explicación alguna y sin avisar a nadie. Como no podía contarles por qué había tomado aquella decisión, me inventé una excusa sobre la gestión de riesgos que solo se tragó parte de la plantilla.

Ese día, no fueron pocos los que me pusieron mala cara, pero me daba igual. Si conseguía proteger a la gente a la que amaba, no me importaba ser el malo de la película.

—¿Es todo, señor? —me preguntó Caroline después de nuestra reunión informativa diaria.

Era lo bastante profesional para no dejar al descubierto el rencor que sentía, pero lo erguida que estaba y cómo apretaba los labios fueron indicio suficiente.

Asentí, distraído por una llamada entrante de Kai. Esperé a que mi jefa de personal se fuera y respondí:

—No me digas que hay otro banco al borde del fracaso.

—No exactamente —respondió. Parecía tan atónito que me tensé instintivamente—. Mira Twitter. Es... Carajo, nunca he visto nada igual. En comparación con esto, la quiebra del DBG parece una trivialidad.

Que Kai soltara una maldita bomba de esa forma tan poco habitual en él hizo que sonaran las alarmas. Puede que Roman no me hubiera matado, pero a lo mejor moriría por una sobredosis de adrenalina antes de que terminara la semana.

No tuve que buscar demasiado para ver a qué se refería. Twitter, Facebook, Reddit, Instagram, TikTok y absolutamente todas las plataformas que me pasaron por la mente estaban llenas de lo mismo.

No era un artículo técnico. Era un contrato entre dos partes por servicios prestados y en el cual se entraba en absolutamente todos los pormenores de cómo el nuevo director ejecutivo del Banco Sunfolk había contratado a una empresa de mercenarios para eliminar a su competencia costara lo que costara.

Martin Wellgrew del Banco Orión.

El artículo técnico del DBG.

¡Maldita sea!

Y así, sin más, el lunes más disparatado de los últimos diez años se volvió aún más frenético.

Los expertos tardaron pocos días en verificar la autenticidad de dicho contrato. El nombre de la empresa de mercenarios y los detalles estaban censurados, pero eso daba igual. Bastó con jalar un cabo mal atado para que todo cayera por sí solo.

Jack Becker, el director ejecutivo del Banco Sunfolk, había tomado las riendas de dicho grupo después de que su padre falleciera. Comparado con los demás, este banco ya estaba teniendo problemas, pero la gestión impulsiva y despiadada de Jack había acabado de cavarle una tumba aún más honda. Ante la inmensa presión de la junta para que o bien dimitiera, o bien recuperara el buen estado de la empresa, Becker se había decantado por una tercera opción: eliminar a la competencia hasta que el Sunfolk fuera el único banco que quedara de pie.

Era un plan inconcebible y desconcertante, de los que suelen aparecer en las películas. Me parecía surrealista pensar que alguien fuera lo suficientemente atrevido o lo bastante estúpido como para intentar poner en práctica semejante maquinación en la vida real; pero idiotas hay en todas partes.

—¿Se sabe algo? —Alessandra me envolvió con los brazos por detrás.

Habíamos regresado temprano de cenar y yo me había puesto a leer las noticias mientras ella se bañaba.

Negué con la cabeza. Hacía una semana que se había filtrado la información del contrato y Roman había vuelto a desaparecer.

No sabía qué lo había llevado a volverse en contra de su empresa. Tras convencerme para que no procediera con la compra del DBG, mi hermano había quedado fuera de peligro; sin embargo, algo lo había puesto a él en el punto de mira. Quienes trabajaban para su antiguo jefe no pararían hasta que hubieran dado con él, y yo vivía con el pánico de que un día alguien encontrara su cadáver o lo que era todavía peor: que no lo encontraran jamás.

—Seguro que está bien —respondió Alessandra en voz baja—. Sabe cuidarse a sí mismo.

—Eso espero.

Volteé la cabeza y la besé con dulzura. No sabía dónde estaba Roman, pero al menos Alessandra estaba sana y salva, y a mi lado.

Había despedido a mi antigua empresa de seguridad y había contratado los servicios de Christian Harper. Debería haberlo hecho mucho antes. En veinticuatro horas, su equipo me había mejorado el sistema de seguridad; tanto el de casa, como el de la oficina y el personal. Alessandra seguía viviendo en su departamento, así que también habíamos contratado lo mismo para ella y para Diseños Floria.

Estaba preparado por si el exjefe de Roman decidía atacarme por estar relacionado con él, aunque esperaba que ese día no llegara nunca. Jamás me perdonaría que le pasara algo a Alessandra por mi culpa.

Más entrada la noche, cuando ella ya estaba durmiendo, salí del cuarto sin hacer ruido y volví a revisar las noticias. Se había convertido en una obsesión que ya no podía evitar. Había adictos a las redes sociales o a los videojuegos, y luego estaba yo: adicto a revisar los encabezados por si alguno mencionaba a alguien que coincidiera con la descripción de Roman.

Nada.

Empecé a sentir algo de alivio, pero antes de que pudiera tranquilizarme por completo, un familiar tono de celular cortó el silencio.

«Número desconocido». La desazón se apoderó de mí.

—¿Hola? —respondí con cautela.

Quienquiera que llamara podía ser una de las dos partes y, al oír aquella sutil exhalación al otro lado de la línea, sentí una minúscula sensación de sosiego en el pecho.

No sé cómo, pero lo sabía. No éramos hermanos consanguíneos, pero había cosas que iban más allá de la genética.

—Si me necesitas, estoy aquí —respondí en voz baja. Cuanto más tiempo estuviéramos al teléfono, más se arriesgaba a exponerse—. Cuídate.

Se le entrecortó la respiración y luego... nada. Colgó.

—¿Todo bien? —preguntó Alessandra adormilada cuando regresé a la habitación.

Era de sueño ligero y el sonido de la puerta al cerrarse debió de haberla despertado.

—Sí. —Me metí en la cama y le di un beso en la frente. Roman acababa de arriesgar su vida al ponerse en contacto conmigo, pero se había asegurado de que supiera que estaba bien. A lo mejor no debería haberlo infravalorado. Mi hermano era un superviviente; los dos lo éramos—. Todo genial.

44
Alessandra

Tres meses después

—¿Seguro que estarás bien?

—Sí. ¡Ve! —Jenny me dijo adiós con la mano—. Es tu cumpleaños. ¡Diviértete! Te prometo que no voy a prenderle fuego a la tienda.

—Después del percance de la plancha, este comentario no me hace ninguna gracia.

La culpabilidad se adueñó de ella.

—Fue solo una vez, ¿de acuerdo? Ya aprendí la lección. Ahora vete a pasar el día con el guapo de tu novio o el próximo percance con la plancha no será «un accidente».

—Está bien. Tú moléstame. Así tendré que contratar a alguien que no amenace a su propia jefa —bromeé al salir.

Antes de mudarse a la ciudad para estar más cerca de su familia, Jenny había sido mi asistente virtual. No tuve ni que pensarlo dos veces antes de contratarla para que me ayudara a llevar la tienda.

A pesar de mi reticencia por irme y dejarla sola justo cuando empezaba la época de graduaciones (las flores prensadas eran un regalo sorprendentemente popular para estos casos), mis dudas se disiparon cuando vi a Dominic esperándome en la banqueta.

Tenía la espalda apoyada en el coche y, con aquellos pantalones de mezclilla y aquella camisa gris pizarra con las mangas remangadas, parecía que acabara de salir de una portada de *GQ*. Unos lentes de sol le escondían los ojos, pero su perezosa sonrisa se me metió por todos los poros de la piel.

—Mírate. ¿Te sientes más cool ahora que eres el dueño de un banco? —bromeé.

Dominic apenas conducía el Porsche por la ciudad, pero verlo delante, al lado o detrás del volante le daba una profana sensación a mi libido.

—Pues ya que preguntas, sí. —Arrastró las palabras con un tono de voz grave y un escalofrío me recorrió de los pies a la cabeza.

Desde ayer, Dominic (o, mejor dicho, la empresa de Dominic) era oficialmente el nuevo propietario del Banco Sunfolk. La institución que tantos quebraderos de cabeza le había causado a la competencia se había pasado los últimos tres meses en apuros. El contrato que se había filtrado no había sido sino la punta del iceberg; después de que detuvieran y encarcelaran al director ejecutivo de dicho banco, lo encontraron muerto en la celda a causa de un «incidente desconocido». Todo el mundo sospechaba que se trataba de un asesinato, pero nadie pudo confirmar nada.

Desde entonces, Sunfolk había pasado por no uno sino *dos* directores ejecutivos y había tenido que enfrentarse a varias dimisiones de miembros de la junta antes de que Dominic entrara en acción. Les propuso una oferta que no podían rechazar; aceptaron y él pasó a la historia del sector empresarial.

Seguía preocupado por su hermano y aún le obsesionaba la idea de que el exjefe de Roman continuara persiguiéndonos, pero, de momento, no habíamos tenido problema alguno. Creo que Dominic se dio cuenta de que no podía pasarse el resto de la vida angustiado por si tenía que cubrirse las espaldas, así que ahora ya se había calmado y no me escribía tantas veces para ver cómo estaba ni insistía en que nos moviéramos única y exclusivamente por lugares que fueran seguros.

Lo seguí hasta el lado del copiloto y me senté después de que abriera la puerta.

—Bueno, señor Davenport, ¿qué tiene usted pensado? —Arqueé una ceja, divertida—. Espero lo mejor de lo mejor, después de las expectativas que has creado.

Este año, mi cumpleaños caía en miércoles y Dominic había insistido en que nos tomáramos el día libre para que pudiéramos «celebrarlo a lo grande».

Sonrió.

—Si te lo dijera, ya no sería sorpresa, ¿Verdad que no?

Me agarró la mano, la llevó a la consola central y ahí se quedó mientras conducía por la ciudad. Lo miré de perfil; tenía el corazón tan lleno que era hasta bochornoso.

No me importaba adónde fuéramos. A mí me hacía feliz el hecho de poder pasar el día con él.

Dominic y yo estábamos saliendo oficialmente, lo que resultaba extraño cuando habíamos estado casados, pero ninguno de los dos quería acelerar las cosas y volver a contraer matrimonio enseguida sin haber resuelto primero nuestros problemas. Y, a decir verdad, el noviazgo era muy divertido. Nada de complicaciones ni de presión; se trataba, solo, de disfrutar de la simple compañía que nos brindábamos el uno al otro.

Supongo que resultaba más fácil cuando sabías que la otra persona era el amor de tu vida. Aun así, yo quería saborear cada paso de nuestra relación 2.0.

Al cabo de media hora, llegamos al Aeropuerto de Teterboro, donde nos esperaba su *jet* en la pista.

Me invadió la curiosidad.

—¿Volvemos a ir a Brasil?

Mi hermano estaría encantadísimo. Habíamos ido a visitarlo el mes pasado para celebrar que lo habían ascendido en el restaurante y hasta llegué a pensar que se alegraba más de que nosotros hubiéramos reavivado la relación que de haber subido él un peldaño en el ámbito profesional.

A Dominic le resplandecieron los ojos, pícaro.

—No. Nos queda algo más cerca.

Fuimos a Washington, la ciudad donde nos habíamos conocido, donde habíamos empezado a salir y donde nos habíamos enamorado. La ciudad donde nos habíamos casado y donde habíamos pensado celebrar nuestro décimo aniversario de bodas. Esa ciudad guardaba tantos recuerdos de nuestra relación que pasear por sus calles era como retroceder en el tiempo.

La nostalgia fue aún mayor cuando el conductor nos dejó en la que sería nuestra primera parada del día. Exterior negro. Letrero chueco de color rojo. Ventanas donde se leía «las mejores hamburguesas de la ciudad». Ciertas cosas cambiaban, pero no había sido el caso de este lugar.

Sentí un nudo lleno de emoción en la garganta.

—El Frankie's —señalé.

Era el local donde nos habíamos quedado hasta altas horas de la noche en muchísimas ocasiones y donde nos habíamos robado algún que otro roce tantos años atrás.

No me había imaginado que fuera a afectarme tanto. Hacía años que Dominic y yo no veníamos a Washington; precisamente por eso había insistido en que lo hiciéramos por nuestro aniversario. Quedaba tan cerca de Nueva York que podríamos haber venido repetidamente los fines de semana, pero él siempre quería ir a algún lugar que quedara más lejos, que fuera más glamuroso.

Saint Moritz, Saint-Tropez, San Bartolomé... A pesar de lo que significaba para nosotros, Washington jamás había entrado en su lista de sitios a los que ir a no ser que fuera por cuestiones laborales. Hasta ahora.

—Exactamente igual que como lo dejamos —señaló—. Con alguna que otra mejora.

—Eso espero. —Una húmeda risa se me metió en el pecho—. Once años y medio es muchísimo tiempo como para no cambiar nada.

—Sí, sí lo es.

Nuestros ojos se encontraron en una silenciosa y dulce comprensión antes de que apartáramos la mirada. Entrelazamos los dedos mientras entrábamos en el local, lo suficientemente familiar como para que me sintiera relajada, pero lo bastante nuevo como para que las mariposas alzaran el vuelo en mi estómago.

Al Frankie's lo siguieron Thayer y Crumble & Bake, para que pudiera degustar mis *cupcakes* de limón favoritos, y luego nos paseamos por el paseo marítimo de Georgetown, por los nuevos barrios y por las tiendas que habían ido abriendo desde que nos fuimos. Fue una mezcla ideal entre lo conocido y lo nuevo. Dominic no podría haber organizado un cumpleaños más perfecto.

—Dios, cuánto extrañaba esta ciudad.

No volvería a vivir aquí. Washington no podía ofrecerme lo que yo necesitaba, ni a nivel personal ni a nivel profesional, pero regresar era como volver a ponerte aquellos pantalones de mezclilla usados que tanto te gustan.

Dominic me acercó a él y me dio un beso en el cabello.

—Podemos volver tantas veces como quieras.

Iba a atardecer dentro de poco y el camino estaba lleno de gente. Estudiantes, parejas y familias se congregaban en las bancas. Sin embargo, hubo una familia en particular que me llamó la atención. Se trataba de una pareja joven que no debería llegar a los treinta y ambos parecían muy felices mientras arrullaban al bebé que estaba sentado en el regazo de la madre.

El anhelo se aferró a mí con tanta fuerza y tan de repente que me quedé petrificada.

Un día, Dominic y yo dijimos que nos gustaría tener hijos en algún momento, pero no habíamos vuelto a hablar de ello desde entonces, lo cual había sucedido poco después de casarnos. Las cosas habían cambiado muchísimo desde esa época, pero yo aún quería formar una familia. Con él. Solo con él.

Me siguió la mirada.

—Qué lindo —dijo con un tono dulce, refiriéndose al bebé.

—Sí. —Tragué saliva para deshacerme de aquella dolorosa punzada. Dominic no me había insistido para que lleváramos nuestra relación al siguiente nivel ni para que fuéramos más rápido. Ahora ya éramos exclusivos, pero temía que él no estuviera seguro de que yo *sí* quería volver a casarme algún día—. Los nuestros lo serán aún más.

Desvió la vista de golpe hacia mí. Pude ver el preciso instante en que asimiló el significado que escondían mis palabras porque se le encorvaron los labios hasta adoptar la sonrisa más dulce y hermosa que he visto en la vida.

—Sí, *amor* —respondió—. Sí que lo serán.

Epílogo
Dominic / Alessandra

Dominic
Cuatro meses después

Aquel verano, Alessandra y yo nos fuimos a vivir juntos. Dejó el contrato de su departamento antes de tiempo y yo vendí el *penthouse* para irnos a una casa de piedra rojiza que había en el centro de West Village. Se trataba de una joya enorme de cuatro pisos con terraza superior y un pequeño jardín (lo cual ya era todo un lujo y todavía más en pleno Manhattan), pero seguía ofreciéndonos un ambiente aún más acogedor que nuestro antiguo hogar.

Contratamos a una asesora de diseño de interiores, pero la decoramos mayoritariamente nosotros. Además, no me preocupé tanto por comprar lo más caro del mercado, sino más bien por adquirir aquello que más se acomodara a nuestras vidas.

En ocasiones extrañaba el *penthouse* y lo que este representaba (la primera gran señal de lo que había conseguido, fuera lo que fuera), pero esa casa había sido para mí. Esta, en cambio, era para nosotros. Y ya iba siendo hora de que lo oficializáramos.

—¿Dom? —oí que me llamaba Alessandra desde la entrada—. ¿Estás en casa?

—¡En el jardín! —grité.

Me sudaba la palma de la mano, lo cual era ridículo. Ya había hecho esto antes, pero cuando algo tenía que ver con Alessandra, me sentía como si fuera siempre la primera vez.

Jamás podría mirarla y no maravillarme ante el hecho de que fuera mía. Jamás podría pensar en que estuve a nada de perderla sin darle las gracias a Dios por el hecho de que volviéramos a estar juntos. Jamás volvería a besarla sin darle a ese acto la importancia que se merecía.

Apareció por la puerta trasera y vi cómo le brillaba el cabello bajo la luz del sol. Había ido de *brunch* con sus amigas y tenía las mejillas sutilmente sonrosadas.

—No te ofendas, cielo, pero espero que no estés intentando hacer de jardinero otra vez. —Alessandra corrió la puerta de cristal para cerrarla tras ella y miró sus queridas flores con recelo—. ¿Recuerdas que casi mataste mi aster de Nueva Inglaterra?

—¿Esa era la de color lila o la rosa? Es broooma. —Reí cuando me fulminó con la mirada—. Ahora ya sé que no tengo que volver a tocar tus ásteres. En mi defensa diré que se me resbalaron las tijeras. Fue un accidente.

—Seguro. Pregúntales a las pobres flores, a ver si les importa —respondió con un soplo juguetón.

—Hablando de flores, tengo algo para ti.

Los nervios me acribillaban el estómago. Le pasé una rosa dorada y, atada al tallo, había una nota.

A Alessandra se le iluminó el rostro, a pesar de que le hubiera hecho el mismo regalo a diario.

—Ya me estaba preguntando cuándo llegaría la próxima —bromeó—. ¿Qué pasará cuando lleguemos a la número mil?

—Que volveré a empezar una y otra y otra vez para el resto de nuestras vidas. Porque quiero pasar todo el tiempo contigo.

Le fue cambiando la expresión, atónita, mientras yo me arrodillaba y me sacaba una cajita aterciopelada del bolsillo.

El corazón me latía con fuerza y me temblaban los dedos. Me arrodillaría ante ella un millón de veces por una oportunidad más con la chica que nunca dejó de creer en mí. Daba igual que estuviera intentando aprobar una asignatura en la universidad o construir un imperio en su honor; Alessandra siempre sería mi fuerza motriz.

—Alessandra, tú eres lo más importante para mí. Ser tu marido siempre será un gran honor y mi mayor logro. No hay victoria en el mundo que sepa tan dulce como el sentir tus labios con los míos. Te perdí y no te merezco. —Tragué saliva con fuerza al recordar todo lo que habíamos superado—. Pero te prometo que siempre te escucharé a ti por encima de mi ambición. Que nunca perderé la curiosidad por ti. Me has enseñado cuán importante es el aprendizaje, el crecimiento y el cariño constantes, y yo nunca te he querido tanto como te quiero ahora. Ver cómo te elegías a ti cuando yo no lo hice me servirá siempre de recordatorio de lo increíblemente fuerte que eres y del privilegio que es poder decir que eres mía. Quiero pasar el resto de mis noches contigo. Quiero pasar la próxima década esforzándome para ser el hombre que siempre te has merecido. Quiero que mi codicia busque siempre tu amor, tu risa y una vida a tu lado. No puedo soportar estar alejado de ti. Ale, por favor, ¿quieres casarte conmigo?

Se le escapó un sutil gimoteo. Le resplandeció la mirada mientras pronunciaba la única palabra que valía más que todos los miles de millones que tenía en el banco.

—Sí —sollozó—. Sí, quiero.

Ponerle el anillo en el dedo fue como cerrar un candado. Pero no el de una prisión, sino el de una promesa.

Su boca sabía a sal cuando se unió a la mía. Estábamos llorando los dos y yo sabía, con una certeza absoluta, que nunca volvería a haber reunión o cena más importante que la sensación que me generaba verla alegre a mi lado. Todo sacrificio serviría para equilibrar mi amor y mi ambición.

Me pasaría el resto de mis días siendo el hombre que Alessandra siempre había visto en mí.

Alessandra

Nuestra segunda boda tuvo lugar en una azotea con vistas a la ciudad. Habíamos ido a ver decenas de lugares antes de decantarnos por este. Era una mezcla perfecta entre lo encantador y lo lujoso, y, aunque no sabía cómo explicarlo, era más «nosotros» que si nos hubiéramos casado en una iglesia tradicional como hicimos la primera vez.

En aquella ocasión, hicimos lo que se esperaba de nosotros. Ahora, lo que nos gustaba a los dos.

Habían venido todas mis amigas y mi familia, incluida mi madre que, para mi sorpresa, apareció con el mismo marido con el que la había visto la última vez. Bernard debía de estar haciendo algo bien; a lo mejor, la cuarta era la vencida.

—Vaya añito que tuviste, ¿eh, cielo? —Mi madre chasqueó la lengua—. Primero estás casada, luego te divorcias, ahora te vueeelves a casar... ¡Me estás haciendo la competencia!

A Marcelo se le escapó la risa, pero ella lo fulminó con la mirada y mi hermano empezó a toser. Bernard estaba ocupado disfrutando del bufet, o sea que estábamos los tres solos.

—Dudo que alguien pueda hacerte la competencia en ese sentido, mamá —respondí seca.

—¡Sssh! —Palideció—. ¿Qué te dije de llamarme así en público? *Mamá* suena a persona mayor. Tú llámame Fabiana; así pareceremos mejores amigas, que es lo que somos. —Me acarició el brazo—. Las madres y las hijas siempre son mejores... ¡Uy! Mira, Ayana. Me pregunto si ya habrá cerrado lo de la portada de *Vogue*. —Salió corriendo y se olvidó de nuestra conversación.

Supongo que casarse con un multimillonario no era tan interesante cuando dicho multimillonario ya había sido su yerno. De lo contrario, mi madre estaría gritando desde la azotea (en este caso, literalmente), que su hija había conseguido pescar a Dominic Davenport.

—Oye, al menos vino —dijo Marcelo cuando ella se fue—. Ya es mucho. —Se acercó y me dio un beso en la mejilla—. Sé que ya te lo dije, pero: felicidades. Me alegra volver a tener cuñado. El mismo. Otra vez. —Le di un golpecito en el estómago y él rio—. Ahora en serio: estoy contento, por ti y por Dom. Están hechos el uno para el otro. Solo tenían que... reencaminarse un poquito antes.

Mi hermano podía ser un poco idiota, pero, de vez en cuando, se le escapaba alguna verdad bonita.

Dominic y yo nos pasamos la primera mitad del banquete saludando a los invitados y hablando con ellos. Se me había olvidado la de tiempo que los novios tienen que pasar con el resto de la gente en su propia boda, aunque tampoco estuvo tan mal.

Dante y Vivian habían venido con su adorable hija recién nacida, Josephine (o Josie, para acortarlo), que se convirtió en el centro de atención de muchos de los allí presentes. Vivian, Isabella y Sloane fueron mis damas de honor, así que Dante se ocupó de la niña casi toda la noche. Ver a aquel imponente y gruñón director ejecutivo babear con su hija me hizo babear *a mí* porque no podía parar de imaginarme a Dominic haciendo lo mismo.

Y hablando del tema...

—Dime por qué volvimos a invitar a tanta gente —me preguntó este cuando por fin tuvimos un minuto a solas—. No conozco ni a la mitad de los invitados.

—Dom, revisaste la lista entera.

—Pues debía de estar muerto en ese momento porque —entornó los ojos para centrarse mejor en un señor de pelo canoso que había en la barra— ¿quién diablos es ese de ahí?

No pude evitar que se me escapara la risa e intenté disimular.

—El vicepresidente del Banco Sunfolk.

Dominic abrió los ojos. De par en par.

—Dios. Necesito una copa. —Sacudió la cabeza y la exasperación de su rostro se transformó en una pesarosa sonrisa—. Lo siento, *amor*, pero si tengo que seguir conversando frívolamente con una persona más en lugar de bailar contigo...

—No pasa nada. El sentimiento es mutuo. —Tomó un par de copas de champán de la bandeja de un mesero que pasaba por ahí y me ofreció una. Me revolotearon las mariposas en el estómago. Había llegado el momento—. No, gracias.

Arqueó las cejas.

—¿Estás segura? No te has tomado ni una sola copa en toda la noche.

—Estoy segura. —El revoloteo de las mariposas se volvió más potente—. De hecho, me pasaré ocho meses más sin probar el alcohol.

Dominic, que estaba llevándose la bebida a los labios, se

quedó con la mano helada y luego la bajó lentamente. Le fue cambiando la expresión lentamente y pasó de la confusión al asombro.

—¿Estás...?

Asentí, incapaz de contener la sonrisa y los nervios.

—Estoy embarazada.

Le había robado a Vivian la forma de soltar semejante noticia, pero, oye, al carajo. Si funcionaba, funcionaba.

El ruido de la copa al romperse atrajo las miradas de los invitados, pero nos dio igual.

A Dominic se le escapó una media risa medio sollozo mientras esquivaba los trozos de cristal de la copa, me abrazaba y me levantaba. Y luego me besó y volvimos a reír y a llorar juntos.

No tenía pensado contarle que estaba embarazada durante la boda. Bastante importante era ya ese día, pero me había parecido el momento indicado.

Volvía a sentirme feliz. Me había encontrado a mí misma y Dominic había encontrado la alegría en otras cosas que nada tenían que ver con su incesante ambición. En todo el tiempo que estuvimos juntos, jamás pensé que llegaría a verlo riendo y sin estar preocupado por si lo perdía todo.

Cuando, en esa misma azotea, sus ojos encontraron los míos, supe que sería siempre suya. Y lo más importante: supe que él siempre sería mío. De vez en cuando tendría que cancelar alguna cena, pero siempre volvería a casa ilusionado por nuestro matrimonio. Nunca volvería a ser el hombre que no mostraba sus sentimientos o que escondía su curiosidad. Y yo nunca volvería a ser la mujer que fingía.

Éramos sinceros, nos habíamos abierto y, ahora, el amor que sentíamos por el otro era mucho mayor de lo que lo fue la primera vez que nos casamos.

Teníamos unas cicatrices en el corazón que no desaparecerían nunca. Pero ahora brillaban y se iban curando con cada nuevo día que vivíamos juntos.

Agradecimientos

A Becca. Esta historia no habría sido posible sin ti; me enorgullece enormemente poder llamarte no solo mi editora, sino también mi amiga. Gracias por calmar mis ataques de ansiedad a altas horas de la noche, por mantenerme hidratada y por llenarme la cocina de tentempiés de algas, aparte de..., bueno, crear un libro. Algún día, nos compraremos sudaderas que digan «¡Basta!» para celebrarlo.

A Vinay. Seguramente escuchaste mucho más de este libro de lo que te habría gustado, pero te agradezco que respondieras a nuestras interminables preguntas sobre el gran mundo de las finanzas y que nos ayudaras a encontrar algo «alocado pero verosímil». Le diste al clavo.

A Brittney, Salma y Rebecca. Gracias por decirme siempre cómo creen que puedo hacer justicia tanto a los personajes como a la obra. Me ayudan a hacerlos brillar. Ver cómo reaccionan a la historia siempre me hace sonreír.

A Ana. Gracias por tus detallados comentarios sobre la cultura brasileña y el idioma. Me han ayudado muchísimo a mejorar la narración y a darles más énfasis a los orígenes de Alessandra. P. D.: Con lo que me has ido contando sobre la comida, me entraron ganas de viajar a Brasil (otra vez). Estoy empezando a pensar que voy a tener que volver cada año...

A Tessa. Gracias por tu sinceridad y por el *feedback* que me diste sobre los aspectos que se comentan de la dislexia en este libro. Te agradezco que lo hicieras desde el primer momento y estoy verdaderamente contenta de que me contactaras cuando lo hiciste. ¡Fue el destino!

A Amy y Britt. Gracias por trabajar con tanta elegancia y bajo la presión de fechas de entrega justas. Son geniales.

A Christa, Madison y todo el equipo de Bloom Books. Gracias por hacer que esta publicación haya sido tan especial para mí. Es nuestra primera publicación híbrida y estoy alucinando con lo que hemos conseguido juntos. Por muchas más celebraciones de cara al futuro.

A Ellie y el equipo de Piatkus. Gracias por hacer que mis historias den la vuelta mundo. Fue un placer conocerlos en Londres. Ver mis libros en tiendas de todo el planeta sigue pareciéndome un sueño.

A Kimberly, Joy y el equipo de Brower Literary. Gracias por su increíble paciencia, apoyo y compromiso a la hora de ayudarme a encontrar nuevas lectoras para mis libros. Son mi pilar en el alocado mundo del sector editorial.

A Nina, Kim y el equipo de Valentine PR. Es la cuarta publicación que hacemos juntos y cada una es aún mejor que la anterior. ¡Gracias por su gran trabajo y por hacer que las semanas de lanzamiento sean tan llevaderas!

A Cat. Tanto tus portadas como tú me tienen fascinada. Fin.

A mis lectoras y a la Twisted Squad. Su entusiasmo por Dominic y Alessandra era palpable. Gracias por querer tanto a mis personajes, por sus creaciones y comentarios y por compartir mi trabajo. Las quiero mucho a todas.

Besos,

Ana

Contacta con Ana Huang

Grupo de lectoras: facebook.com/groups/anastwistedsquad
Página web: anahuang.com
BookBub: bookbub.com/profile/ana-huang
Instagram: Instagram.com/authoranahuang
TikTok: tiktok.com/@authoranahuang
Goodreads: goodreads.com/anahuang

Atrévete a pecar

PRÓXIMAMENTE *REY DE LA DESIDIA*